WILDES SEHNEN

LIEBE AM SPIELFELDRAND, BUCH 4

VIRNA DEPAUL

KAPITEL 1

*G*abe Murphy würde sich nicht von einer Tagestemperatur von über dreißig Grad Celsius oder von ein paar fünfundzwanzig-Kilogramm-Kisten unterkriegen lassen.

Er hievte sich eine Kiste auf die Schulter, hob sie von dem Umzugslaster und trug sie in sein neues Haus. Zum Glück hielt seine Schulter sich gut, trotz allem, was sie in den letzten Monaten durchmachen musste.

Als einer der besten Wide Receiver der NFL hatte Gabe in der vergangenen Saison sein ehemaliges Team, die Chicago Noise, in die Playoffs geführt. Ohne ihn wäre The Noise nicht so weit gekommen. Und wie war er belohnt worden?

Gar nicht.

Nachdem er sich verletzt hatte und zu einem Free Agent wurde, hatte The Noise seinen Vertrag nicht verlängert. Ganz gleich, wie viele erstaunliche Fänge er im Laufe der Jahre gemacht hatte, oder dass er den MVP Award bekommen hatte oder die ganzen medialen Feuerstürme und das ganze Lob für #44 Gabe Murphy. Sie hatten ihn wegen eines verdammten Schulterrisses rausgeworfen. Sicher, es war ein ernsthafter Riss und seine Leistung war nicht mehr dieselbe gewesen, auch nicht, nachdem er wieder offiziell spielen durfte – er hatte mehrere Schlüsselpässe in den letzten Playoff-Spielen der letzten Saison verfehlt –, aber alles, was er brauchte, war ein wenig mehr Zeit, um seine Beweglichkeit hundert Prozent zurück zu bekommen.

Die ganze Situation erinnerte ihn an das Lieblingsbuch seines Großvaters, *Per Anhalter durch die Galaxis*, in dem dieser eine Delfin sagt: *Macht's gut, und danke für den Fisch.* Fisch – das war alles, was er für The Noise gewesen war. Nun, da er vorübergehend nicht mehr dieselbe Leistung bringen konnte, konnte er genauso gut auch ein guter Kumpel sein.

Bis bald, Gabe, lass dich nicht von der Tür auf dem Weg nach draußen treffen ...

Wie auch immer – es spielte keine Rolle. Er hatte den ganzen Sommer mit einem Trainer und Physiotherapeuten zusammengearbeitet und war fast zu 100% wiederhergestellt. The Noise war jetzt Teil seiner Vergangenheit und Gabe hatte ein neues Team: Die Savannah Bootleggers. Wenn die Saison eröffnet wurde, wollte Gabe beweisen, dass sich die gesamte Reha und das Krafttraining, das er gemacht hatte, gelohnt hatten. Dass er ein ebenso guter Spieler war wie damals, bevor er sich einen Labrumriss eingehandelt hatte.

Seine Schulter hatte ihm einen kleinen Rückschlag beschert. Nicht mehr und nicht weniger.

Er stellte die Kiste, die er trug, ab, wischte sich über die Stirn und machte sich auf den Weg, um eine weitere Kiste von draußen zu holen, vorbei an einer winzigen Person, die in der Tür rumlungerte. Winzig, aber tödlich.

"Whoa, das ist eine Millionen-Dollar-Schulter, Kumpel", sagte seine Schwester, die Arme über ihrer Brust verschränkt. "Vielleicht solltest du etwas langsamer machen und die Umzugsleute ihren Job machen lassen." Michelle, alias Murph, war ein Meter achtundfünfzig groß und die herrischste Sportagentin in der Branche. Sie war auch *seine* Sportagentin.

Er ging an ihr vorbei.

"Ernsthaft, Gabe", rief Murph. "Du solltest sie nicht unnötig belasten. Heb dir das für deinen Termin bei deinem neuen Trainer heute Nachmittag auf. Das Letzte, was wir brauchen, ist, dass wir alles wegen einer erneuten Verletzung abblasen müssen."

Er schnappte sich eine schwere Kiste mit Tellern und Besteck und ging wieder an ihr vorbei. "Ich bin *nicht* ..."

Sogar das Wort *verletzt* fand er unpassend. Er war nicht verletzt. Ein verletzter Spieler erholte sich nie. Ein verletzter Spieler kehrte nach einem Sturz nicht mit voller Kraft zurück, um den Kritikern zu beweisen, dass sie falsch lagen. Gabe würde all das und noch viel mehr tun.

"Ich werde sie nicht wieder verletzen."

Gabe stellte die Kiste auf den Esstisch und hob dann den Saum seines Hemdes, um den Schweiß von seiner Stirn zu wischen. Es war Mitte Juli, höllisch heiß und schwül. Offenbar befanden sie sich mitten in einer Hitzewelle, ohne dass eine Abkühlung in Sicht war. Es war erst zwei Tage her, dass sie hier angekommen waren, und er vermisste Chi-town schon tierisch.

"Ich meine ja nur", sagte Murph. "Wir wollen keine unnötigen Risiken eingehen."

Er wartete, bis einer der Umzugsleute außer Hörweite war, bevor er etwas erwiderte. "Hey, ich brauche dich nicht, um mir zu sagen, was ich heben kann und was nicht", sagte Gabe, heftiger als beabsichtigt. Er atmete tief durch. "Ich kenne meine Grenzen, Murph."

Ein weiterer Mann von den Umzugsleuten folgte dem anderen, der eine große Kiste trug, und er warf Gabe einen vorsichtigen Blick zu. Sie sahen wahrscheinlich aus wie ein Ehepaar, das einen Streit hatte.

"Okay, okay, ich versuche nur zu helfen." Sie warf ihre Hände hoch und schlenderte in Richtung Wohnzimmer. "Der große Zampano denkt, er weiß alles besser", murmelte sie zu sich selbst.

"Was war das?"

"Ich sagte: 'Du bist der Beste!'", sagte sie und ihre Stimme tropfte vor Sarkasmus. "Ich liebe es, für dich zu arbeiten ... so ... sehr ..."

Gabe schüttelte den Kopf. Er liebte sein einziges Geschwisterchen. Sie konnten streiten bis zum Nimmerleinstag, aber wenn es darauf ankam, dann ließen sie die Konflikte beiseite. Nachdem ihre Eltern bei einem Autounfall ums Leben gekommen waren, als er sechs und Murph fünf Jahre alt gewesen war, waren sie bei ihren Großeltern Mimi und Pop aufgewachsen, aber er und Murph hatten gelernt, füreinander da zu sein.

Murph brauchte den Mist von ihm nicht mehr, als er ihren brauchte. Schließlich war er nicht der einzige, der gehen musste, als The Noise ihm den Rücken kehrte. Sie hatte Chi-town auch verlassen müssen und er fühlte sich schuldig, weil er sie dazu gebracht hatte, ihre Freunde zurückzulassen. Als seine Agentin musste sie nicht physisch in derselben Stadt leben wie er – aber Murph war immer dorthin gegangen, wo Gabe hingegangen war. So war es ihr ganzes Leben lang gewesen.

"Ich weiß, dass du nur mein Bestes willst." Gabe kam zu ihr und hielt sie an den Schultern fest. "Ich möchte einfach nicht wie ein Invalider behandelt werden. Jeder hat aus diesem ... Rückschlag ... ein solch riesiges Problem gemacht. Ich wünschte, ich wäre noch bei The Noise, wünschte, wir wären noch in Chicago, aber ich mache dieses Jahr zu meinem besten. Warte nur ab."

"Gabe, du musst nichts beweisen."

"Doch. Das muss ich, Murph." Vielleicht war es kindisch, aber er wollte, dass The Noise wusste, was sie verloren hatten. Er hatte viel zu beweisen – eine Menge.

"Gut, ich habe es verstanden. Das ist echt ätzend. Aber wir werden das durchstehen, Gabe. Gemeinsam."

"Ich weiß, dass wir das tun werden", sagte Gabe und beugte sich vor, um seine Schwester fest zu umarmen, bevor er sich wieder von ihr löste. "Was machst du heute Abend?"

"Fragst du mich, ob ich mit dir ausgehen will?" Sie tat so, als wäre sie ein weiblicher Fan und legte ihre Hände in einer affektierten Pose an ihr Kinn. "O mein Gott. Gabe Murphy hat mich gerade um ein Date gebeten. Er ist so verdammt heiß." Sie lachte übersprudelnd und er liebte sie, aber Mann, war sie nervend.

"Okay, erstens – das ist einfach bizarr."

"Aber wahr. Was glaubst du, was ich mir jeden Tag von meinen Freunden anhören muss?", spottete sie.

"Und zweitens, werden wir nach diesem Einzug ein paar kalte Bier brauchen."

"Ich bin immer für ein Bier zu haben. Zuerst aber muss ich einige Besorgungen machen und du hast einen Termin." Murph ging zu dem überladenen Esstisch und suchte nach etwas. "Irgendwo auf diesem Tisch liegt die Visitenkarte deines neuen Trainers. Dein Termin ist drei Uhr dreißig, das ist in einer Stunde. Wenn alles gut geht, wirst du nächste Woche offiziell mit dem Training beginnen. "

"Warum warten?"

Sie zuckte mit den Schultern. "Hat sich so ergeben. Aber nachdem du angefangen hast, wirst du in den nächsten sechs Wochen fünf Sitzungen pro Woche haben, Minimum. Du kannst es danach noch verlängern, falls du mit den Ergebnissen zufrieden bist."

"Klingt gut. Ich kann eine gewisse Struktur gebrauchen. In die Routine zurückkehren."

"Ihr werdet euch heute im Iron Maiden Gym treffen, den Rest der Zeit werdet ihr euch hier treffen." Iron Maiden. Eisen, wegen der Gewichte. Auch Muskeln. Clever.

"Können wir nicht zwischen Iron Maiden und hier hin und her wechseln?" Zugegeben, das Fitnessstudio, das sie vor dem Einzug installiert hatten, war nicht auf dem neuesten Stand der Technik und er hatte das Iron Maiden noch nicht gesehen, aber er mochte es, seine Routine zu durchbrechen.

"Das Iron Maiden ist fünfzehn Minuten vom Stadion entfernt, und zwar in die andere Richtung, also dreißig Minuten von hier entfernt. Warum sparst du dir nicht die Zeit, wenn der Trainer Hausbesuche macht?"

"Es gibt keine Trainer, die näher sind?"

"Scheinbar niemanden, der so gut ist wie dieser. "

"Wer hat diesen Kerl empfohlen? Einer deiner Freunde?" Murph war nicht nur selbstbewusst und nachdrücklich bei der Arbeit. Sie hatte ein kleines schwarzes Buch von der Größe von Texas und hatte keine Bedenken, mit einem oder zwei Typen etwas anzufangen.

Oder mit drei.

Gleichzeitig.

Gabe schüttelte das verstörende Bild ab und dann kam ihm ein schrecklicher Gedanke. "Warte, gehst du mit diesem Kerl aus?"

Murph rollte ihre Augen, packte dann ihre Schlüssel und ging zur Tür. "Den Namen des Trainers habe ich vom stellvertretenden Direktor der Bootleggers bekommen. Aber wieso spielt das eine Rolle? Du willst den Besten, oder?"

Gabe nickte. Wer auch immer er war, Gabe hoffte, dass er knallhart sein und ihn sich seinen Arsch abarbeiten lassen würde, wie sein Trainer in Chicago. "Genau. Danke, Murph."

"Kein Problem. Ich werde dir die Adresse der Bar texten, wo wir später ein Bier trinken können."

"Bis dann."

Gabe holte sich die Wegbeschreibung zum Iron Maiden auf seine Maps App und machte sich auf den Weg. Während er fuhr, wanderten seine Gedanken zu seinen Zielen, die er sich für dieses Jahr gesetzt hatte. Die Bewegungsfreiheit seiner Schulter verbessern, im Allgemeinen stärker und schneller werden, sich den Respekt von Fans, Trainern und gegnerischen Spielern gleichermaßen verdienen, sich wieder zurück zum MVP-Status arbeiten und Himmel ja, der Traum eines jeden Spielers – den Super Bowl gewinnen.

Er kam am Iron Maiden an, stieg aus dem Auto, stieß die Tür

auf und betrat die klimatisierte zweistöckige Anlage. Sie sah ein wenig heruntergekommen aus, aber die Geräusche von klirrenden Gewichten, starken Jungs, die bei ihren Workouts grunzten, und Musik, die aus den Lautsprechern kam, sorgten dafür, dass Gabe sich sofort wie Zuhause fühlte.

Einige Leute hatten Spas. Einige hatten Yoga-Studios.

Heute hatte Gabe Iron Maiden.

Apropos Mädchen, eine unglaublich schöne Frau sah ihn von einem Büro mit Glaswänden aus an, sagte etwas zu einem Mann, der neben ihr stand (wahrscheinlich sein neuer Trainer, so wie beide ihn erwartungsvoll anschauten), und öffnete die Tür. Sie war etwa ein Meter siebzig groß, mit langen, braunen, glänzenden Haaren, die verdammt süß in ihrem Pferdeschwanz schwangen. Sie trug kein Make-up, sie brauchte auch keines.

Sie hatte große grüne Augen, Wangen wie kleine Äpfel und ein herzförmiges Gesicht. Selbst die Art und Weise, wie sie ihren perfekt durchtrainierten Körper mit den kleinen festen Brüsten, die von einem Sport-BH und einem Tank-Top zusammengedrückt wurden, bewegte, erschien vollkommen mühelos. Sie hatte weiche Kurven und eine glatte Haut, und sein Verlangen erwachte. Offensichtlich trainierte sie, aber da war nichts Überzogenes oder Herbes an ihr. Er nannte sie sofort "Georgia Pfirsich", weil sie so verdammt saftig war.

Dann lächelte sie.

Es erhellte den ganzen Raum. Gabe kam sich vor, als wäre er die einzige Person im Eingangsbereich, als hätte sich die Zeit verlangsamt, nur damit er ihre Bewegungen in einer Endlosschleife beobachten konnte.

Er räusperte sich und nickte dem großen Kerl, der aus dem Glasraum getreten war, um sich ihnen anzuschließen, zu. Der Kerl lächelte, ging dann aber weiter.

"Hallo", sagte die Frau fröhlich und voller Energie. Sie streckte ihre Hand aus. "Du musst Gabe sein."

Für den Bruchteil einer Sekunde verabschiedete sich Gabes

Höflichkeit aus seinem Hirn. Er stellte sich vor, ihre Hand zu nehmen, sie herumzuwirbeln und seinen harten Schwanz an ihren hüpfenden Hintern in diesen engen Leggings zu drücken. Er stellte sie sich nackt vor und auf dem Bett liegend. Himmel, er stellte sich viele Dinge vor, aber er klebte sich ein höfliches Lächeln auf sein Gesicht, auch wenn seine Hoden sich schmerzhaft zusammenzogen. Sie war wunderschön und er fühlte sich ernsthaft zu ihr hingezogen, aber er war hier, um sich zu konzentrieren. Zu schwitzen. Sich sein A-Game zurückzuholen. Nichts konnte ihn ablenken.

"Ja." Er legte seine Hand in ihre, spürte die warme Zartheit ihrer Hand in seiner. "Ich habe hier um 3:30 Uhr einen Termin?"

"Ja. Ich bin Zoe Reynolds ...", sagte sie und drückte seine Hand fester, als er es erwartet hatte. Ihr Pferdeschwanz hüpfte energisch. '... deine Trainerin. Außerdem die Besitzerin von Iron Maiden. Ich weiß, dass wir uns in deinem Fitnessstudio bei dir zu Hause treffen werden, aber da du schon einmal hier bist, führe ich dich etwas herum." Sie warf ihm ein weiteres strahlendes Lächeln zu, bevor sie sich umdrehte und ihm einen königlichen Blick auf ihren perfekten runden Hintern gab.

Aww, so süß. Es hatte sich fast so angehört, als hätte sie gesagt, sie wäre ...

Warte mal ...

Seine *Trainerin?*

Die *Besitzerin* des Fitnessstudios?

Gabe klappte seinen Mund zu und schluckte alle seine voreingenommenen Vorstellungen über Fitnessstudios und Frauen und Geschäftsinhaber und Athletiktrainer. Okay, also war er ein Arschloch, aber er hatte seit Monaten keinen Sex mehr gehabt und sie war mehr als nur wunderschön.

Wie zur Hölle würde er sich jetzt auf Training und Football konzentrieren können?

KAPITEL 2

Zoe hatte Aufnahmen von Gabe Murphy beim Ballspielen gesehen – wer nicht? Der Mann war ein Tier auf dem Feld und die Fans verschlangen seine Ausstrahlung. Himmel noch mal, *Zoe* verschlang seine Ausstrahlung auf dem Bildschirm. Sie hatte ihn auch in einem Seifenwerbespot gesehen, in dem sich die Kamera auf seine Brust fokussierte, von der Seifenschaum tropfte, bevor sie sich zu seinem Gesicht bewegte, wo sich seine Wangen zu einem schelmischen Lächeln verzogen.

Keine Frage, er war ein heißer Kerl.

Dennoch war etwas Ungreifbares nicht durch die Linse der Fernsehkameras herübergekommen. Ja, dieser Seifen-Werbespot hatte dieses hübsche Gesicht eingefangen, hatte die quadratische Kieferlinie und diese festen, gut geformten Lippen erwischt. Aber jetzt, da er so dicht vor ihr stand, gab es so viel *mehr* an ihm, was sehenswert war. Langes, welliges Haar, das man "braun" hätte nennen können, aber wirklich eher einem tiefen Karamell glich. Leidenschaftliche blaue Augen, die bis in ihre Seele zu schauen schienen. Ein Stoppelbart entlang seiner Kieferlinie. Ein Tribal-Tattoo, das seine linke Schulter bedeckte – seine *verletzte* linke

Schulter – und teilweise unter seinem ärmellosen Tank-Top sichtbar war.

Ihr wurde beinahe schwindelig und ihr Körper reagierte auf Gabe in einer Weise, wie sie noch nie zuvor so schnell auf einen Mann reagiert hatte. Zoe holte tief Luft, bevor sie wieder sprach.

"Hier haben wir die freien Gewichte. Diese Ecke da drüben, die Maschinen ..." Als sie mit ihm einen Rundgang durch die Anlage machte, ihm die Maschinen und die Gewichtständer zeigte, kam sie sich angesichts seiner schieren Größe wie ein Zwerg vor. Er überragte sie um mindestens dreißig Zentimeter. Als sie vorhin seine Hand geschüttelt hatte, war ihre Hand in seinem starken, sanften Griff versunken, der ein Kribbeln ihren Arm hinaufgejagt hatte.

Sie blieben vor der Brustpresse stehen, wo sie versuchte, sich auf den Stahl der Maschinen statt auf ihren Kunden zu konzentrieren. "Also, das wäre es. Es ist nicht das Ritz, aber es ist ausreichend. Fragen?"

Gabe verschränkte seine Arme, was die Größe seiner Bizeps deutlich zum Vorschein brachte. Sie zwang sich, ihm ins Gesicht zu sehen. "Eigentlich ja. Ich bin ein wenig überrascht", sagte er.

"Weswegen?"

Er hob seinen Arm, rieb sich den Nacken und sah entsprechend schüchtern aus, als er sagte: "Nun, du bist eine Frau ..."

"Ich verstehe ..." Nun war sie an der Reihe, ihre Arme zu verschränken. "Du denkst also, weil ich eine Frau bin, kann ich dich nicht so gut ausbilden wie ein Kerl."

"Nein, das ist es nicht. Ich meine nur, dass es schwierig ist ... Weißt du was? Vergiss es einfach." Er stieß einen tiefen Seufzer aus, als sei er der am meisten missverstandene Neandertaler auf dem Planeten. "Lass uns das hinter uns bringen."

Zoe atmete tief durch. Sie war enttäuscht von seiner Haltung, aber es war nichts, was sie nicht vorher schon durchgemacht hätte. "Eigentlich fange ich so nicht gern an. Warum sagst du mir nicht, was du gemeint hast, denn du weißt, dass ich kein Mann sein muss, um zu wissen, wie ich dich trainieren muss, oder? Genau wie eine Hebamme, die kein eigenes Baby hat, muss wissen, wie man eines zur Welt bringt."

Er schüttelte seinen Kopf und ging zur Brustpressmaschine, zog den Pin, der derzeit auf fünfzig Kilogramm eingestellt war, heraus und stellte ihn auf zweihundert Kilogramm ein. "Wie gesagt, das ist nicht das Problem, Pfirsich."

Sie spannte ihre Beine an und richtete ihre Wirbelsäule auf. *Wie hat er mich gerade genannt?* "Verzeihung?" Sie war in ihren fünf Jahren als Trainerin noch niemals von irgendeinem ihrer Athleten als Pfirsich bezeichnet worden.

"Nun, du siehst einfach aus wie ein frischer Pfirsich." Ein Hauch von einem Lächeln spielte auf seinen Lippen, aber als er ihren missbilligenden Blick sah, seufzte er wieder. "Das ist auch schwierig."

Das war das zweite Mal, dass er das Wort *schwierig* erwähnte. Sie wollte ihn fragen, ihn bitten, es noch einmal zu erklären, aber sie hielt sich zurück.

"Wir müssen eine vollständige Bewegungsanalyse machen, danach einige Mobilitäts- und Stabilitätsübungen."

"Ich würde lieber gleich sehen, welche Art von Training du mir geben kannst." Er setzte sich in den Sitz der Brustpressmaschine.

"Diese Dinge wären Teil deines Trainings."

"Du weißt, was ich meine. Ich habe nichts gegen Stretching und Schaumrollen, aber ich muss wissen, dass du mir das intensive Training geben kannst, das ich brauche."

Mit intensivem Training meinte er schwere Gewichte und He-Man-Moves, und als Profisportler sollte er wissen, dass man nicht direkt mit einem schweren Training anfing, ohne sich vorher aufzuwärmen. Aber offensichtlich hatte er für sich entschieden, dass sie eine *Frau* war, und er einfach so schnell wie möglich hier rauskommen wollte. *Ich brauche diesen Kunden, ich brauche diesen Kunden,* erinnerte sie sich immer wieder aufs Neue.

Sie überprüfte, wo er den Pin gesetzt hatte. "Was ist dein übliches Startgewicht?"

"Ich habe es schon festgelegt."

"Ich weiß, aber wenn du ein Aufwärm- und Mobilitätstraining überspringst, solltest du mit einem geringeren Gewicht anfangen und dich dann nach oben arbeiten. Ich würde es vorziehen, dass du dich am ersten Tag nicht überforderst."

Er schnaubte und warf ihr einen nachdenklichen Blick unter seinen Augenbrauen hervor zu. "Und ich würde lieber vom ersten Tag an richtig trainieren. Ich habe Ziele, die ich erreichen will, und muss mir bei meinem neuen Team Respekt verdienen. Jetzt gib mir Hilfestellung."

Dieser Kerl wollte alles auf einmal. Sie kannte diesen Typ Mann gut. Sie dachten, der beste Weg, um sich von einer Verletzung zu erholen, war, ihren Körper zu zwingen, härter als je zuvor zu arbeiten, den Schmerz zu unterdrücken und die Vernunft in den Wind zu schießen. Es waren die gleichen Jungs, die zum Training kamen, obwohl sie an der Grippe oder einer besonders fiesen Erkältung starben. Sie ließen ihren Körper und Geist nie ruhen.

Zoe versuchte, sich ihren Ärger nicht anhören zu lassen. "Nachdem ich mir ein paar Bänder aus deiner schicksalhaften Saison angeschaut habe, würde ich sagen, dass du langsam anfangen *musst*, um dir deinen Weg zu diesen Zielen zu erarbeiten."

"Warum sagst du *schicksalhaft*, als ob es das Ende meiner Karriere gewesen wäre?"

"Nein, das habe ich nicht gesagt." Sie war nervös. Die Komplexe dieses Kerls waren von der Größe eines Schlachtschiffs. "Ich sage schicksalhaft, weil es dein Leben verändert hat, wenn auch nur vorübergehend. Aber meine Aufgabe ist es, dafür zu sorgen, dass du dort hinkommst, wo du sein willst, ohne eine weitere Verletzung zu riskieren, bevor du überhaupt eine Chance hattest, ein Spiel mit den Bootleggers zu spielen. Also hörst du entweder auf meinen Rat oder machst dich aus dem Staub."

Dich aus dem Staub machen? Woher kam das? Sie hatte noch nie so mit einem Kunden gesprochen.

"Es tut mir leid." Sie biss sich auf die Lippe. "Ich hatte einen stressigen Tag. Das hätte ich nicht sagen dürfen."

Er starrte sie an. "Du hast wie Mary Poppins geklungen."

Nun, wenn sie wie Mary Poppins klang, dann nur, weil er sich wie ein bockiges Kind verhielt.

"Hör zu, Pfirsich Poppins", sagte er, als er sein Set anfing. "Ich weiß, was ich kann und was nicht. Du hast nur die Bänder der letzten Saison und die Nachwirkungen der Verletzung gesehen. Du hast keinen der Fortschritte gesehen, die ich seitdem gemacht habe oder wie hart ich diesen Sommer trainiert habe. Ich weiß, was ich brauche, und es ist nicht mich zu schonen."

Himmel, er war frustrierend. Sie sollte jetzt aufhören, anstatt ihre Zeit zu verschwenden. Nur sie konnte es nicht. Sie musste diese Arbeit durchziehen.

Obwohl das Iron Maiden früher dem Hall of Fame Quarterback, Kip Reynolds gehörte, litt der Mann, den sie Papa nannte, nun an Alzheimer und verbrachte seinen Alltag in einer teuren Pflegeeinrichtung, die Zoe und ihr Bruder Pete sich fast nicht leisten konnten. In den letzten Monaten waren die medizinischen Rechnungen ihres Vaters, die anfangs exorbitant waren, aufgrund unerwarteter Atemwegskomplikationen noch höher geworden. Erschwerend kam hinzu, dass der Sohn ihres Vermieters die Leitung des Gebäudes übernommen hatte, in dem das Iron Maiden untergebracht war, und die Miete um mehrere hundert Dollar erhöht hatte. Zoe und Pete hatten kaum genug Geld zum Leben, und dann hatte Pete unerwartete Kosten in seinem Job gehabt, direkt nachdem ihr Vater wieder im Krankenhaus gelandet war.

Jetzt hatte sie nicht das Geld, um die Miete des Iron Maiden zu bezahlen, und ihre Kreditkarten waren ausgereizt. Erst vor wenigen Minuten hatte Zoe Kevin, einen ihrer besten Trainer, mitteilen müssen, dass sie es sich nicht mehr leisten konnte, ihn jede Woche zu bezahlen. Sie hatten sich gerade seinen neuen, angepassten Zeitplan angesehen, als Gabe gekommen war. Sie hatte bereits zwei andere potenzielle Kunden abgelehnt, nur damit sie dem "Superathleten" Gabe Murphy für sechs Wochen zur Verfügung stehen konnte. Sie hatte sich sogar bereit erklärt, ihn in seinem Haus zu trainieren, trotz der zusätzlichen Fahrt und der Zeit, die sie dann nicht im Iron Maiden sein konnte, und das nur, weil sie das Geld so dringend brauchte.

Als Gabe mit dem ersten Satz Brustpressen fertig war, stand er auf, um sich zu strecken, wobei er sie wie ein Mammut überragte, und seine Hand berührte dabei ihre nackte Schulter. Sofort zog er seine Hand weg, als hätte er einen Kaktus berührt.

Ernsthaft? Seine Reaktion hätte sie nicht stören sollen. Sie war ein Profi und alle Kunden hatten das Recht, sich mit ihrem Trainer wohl zu fühlen. Warum kam sie sich dann wie das Kind vor, das als letztes für ein Ballspiel ausgewählt wurde?

Es reichte. "Mr. Murphy, wenn Sie der Meinung sind, dass Sie für Ihr Training einen Mann brauchen, dann ist das in Ordnung. Ihre Schwester und ich waren uns einig, dass wir mindestens sechs Wochen zusammenarbeiten würden, und ich habe meinen Zeitplan entsprechend zusammengestellt. Ich entlasse Sie jedoch aus dieser Vereinbarung, wenn Sie das für das Beste halten, aber nur, wenn Sie heute etwas für mich tun."

Sie erwartete halb, dass er weich werden würde, sich sogar entschuldigen würde, aber er tat nichts dergleichen. "Und was wäre das?"

"Wir beginnen mit der Mobilitätsprüfung und den Übungen, die ich empfehle – die übrigens über das Dehnen und die Schaumrollen hinausgehen – und gehen dann zu Stabilitäts-, Kraft- und Ausdauertraining über. Ich möchte mich auf Übungen konzentrieren, die mehr Beweglichkeit im Schultergürtel schaffen und den Serratus Anterior stärken. Wenn Sie eine zweistündige Session mit mir durchstehen, dann können Sie mir direkt ins Gesicht schauen und mir sagen, dass ich nicht die Richtige bin ..." Die Worte hatten nicht annähernd so anzüglich geklungen, wie sie sie gedacht hatte, aber jetzt, da sie sie laut gehört hatte, hingen sie in der Luft zwischen ihnen wie eine seltsame sexuelle Herausforderung.

Seine Nasenlöcher weiteten sich und sein Blick durchbohrte sie.

Ihr Herz hämmerte gegen ihre Rippen. *Mein Gott,* das war nicht das, was sie meinte ... "Was ich meine, ist, äh, wenn ich Ihnen nicht das beste Training Ihres Lebens gebe, dann haben Sie gewonnen. Dann können Sie sich jemand anderen suchen. Abgemacht?"

Seine Augen verengten sich, dann glitt sein Blick über ihren Körper, als ob ihre Kurven oder seine Reaktion darauf seine Antwort bestimmen würden. Was auch immer seine Absicht war, ihr Körper erhitzte sich überall, und sie hielt ihren Atem an, damit er sie nicht verraten konnte.

Schließlich verzog sich sein Mund zu einem schiefen Grinsen, und Zoe sog bei seinem Anblick die Luft ein. Zügellose Lust wallte durch ihr Zentrum.

"Abgemacht, Pfirsich", murmelte er. "Nimm mich gut ran."

Gabe ließ die Mobilitätsprüfung und die anschließenden Übungen, die sie ihm gab, über sich ergehen, aber nur knapp. Als sie ihn anwies, sich nach vorn zu beugen und seinen verletzten Arm wie ein Pendel zu schwingen, wodurch eine passive Rotation durch die Verwendung seines Körpergewichts und nicht durch tatsächliche Bewegung seines Arms erzeugt wurde, schloss er tatsächlich die Augen, als würde er innerlich um Geduld bitten. Als sie ihn bat, sich auf die Seite zu legen und etwas zu benutzen, was er wahrscheinlich für ein lächerlich geringes Gewicht hielt, um interne/externe Abduktions- und Adduktionsübungen durchzuführen, knirschte er mit den Zähnen, als wollte er einen beißenden Kommentar abgeben, den er gerade noch knapp zurückhalten konnte. Als sie vorschlug, dass er sich nach jemandem umschauen sollte, der sich mit Akkupunktur sowie mit Meditation auskannte, grunzte er, zeigte aber wenig Interesse.

Zoe ließ sich davon nicht beirren. Sie sorgte dafür, dass er sich auf das konzentrierte, was sie für wichtig hielt, einschließlich der Verlangsamung durch die Verwendung von exzentrischen Kontraktionen während seiner Bizeps-Curls und Schulterdrehungen. Erst dann gab sie ihm das dynamische Testosteron-Workout, nach dem er sich sehnte.

Die ganze Zeit, wenn sie nicht gerade von seinen Muskeln abgelenkt war und sein Grunzen nicht hörte, wie er es wohl beim Sex auch tun würde, war sie sich ihrer Einrichtung voll bewusst, sah, wie die Farbe von einigen der Maschinen abblätterte, wie ein Stück des Teppichs wirklich dringend ersetzt werden musste.

Sie hatte sich noch nie für das ehemalige Fitnessstudio ihres Vaters geschämt, aber das Iron Maiden sah wirklich heruntergekommen aus. Sie würde sich aber nicht von ihren Problemen herunterziehen lassen. Sie war großartig im Training von Athleten, obwohl ihr Geschlecht ein Knackpunkt für viele von ihnen war.

Sie hoffte nur, dass Gabe sie für die sechs Wochen, auf die sie sich eingestellt hatte, behalten würde. Mit dem Geld, das sie verdienen würde, konnte sie die Rechnung für das Pflegeheim ihres Vaters, die überfällige Miete des Fitnessstudios und möglicherweise sogar die Miete für einen Monat voraus bezahlen. Danach müssten sie und Pete die Dinge ernsthaft neu bewerten. Vielleicht mussten sie ihr Haus verkaufen und sich eine kleine Wohnung mieten, vielleicht sogar einen Mitbewohner aufnehmen.

Unterm Strich steckten sie finanziell in großen Schwierigkeiten. Die Dinge mussten sich ändern, und zwar bald, und diese Veränderung würde nicht annähernd so schnell kommen, wenn Gabe sich entschloss, nicht mit ihr zu arbeiten.

Zoe brachte Gabe in eine Ecke, wo sie ihn Seil springen und auf einen Sandsack einschlagen ließ. Seine körperliche Leistung war beeindruckend. Seine Entschlossenheit erfolgreich zu sein, war bewundernswert und er schien ein Mann zu sein, den sie respektieren konnte, abgesehen von der Tatsache, dass er ein offensichtliches Problem damit hatte, mit einem weiblichen Trainer zu arbeiten.

Es war während seiner letzten Sets Bauchmuskeltraining, als sie mit weichen Fingerspitzen sanft seinen Bauch berührte und er praktisch zurückzuckte, sodass sie anfing sich zu fragen, ob er ein Problem damit hatte, dass sie eine Frau war, oder damit, dass sie eine Frau war, von der er sich angezogen fühlte?

Bei dem Gedanken durchlief es sie siedend heiß. Aber es musste ihr egal sein. Gabe war tabu. Erstens war er ihr Kunde, oder würde es zumindest hoffentlich am Ende ihrer Sitzung sein. Und zweitens war er ein Footballer, ein Mann, der für das Rampenlicht geboren war. Zoe ging aus Prinzip nicht mit Profisportlern aus (und schlief auch nicht mit ihnen). Sie hatte schon ihr ganzes Leben damit verbracht, zur Nummer eins für einen Mann zu werden, der sich mehr für Football interessierte als für alles andere, bevor die Alzheimer-Krankheit ihr ihren Vater wegnahm. Sie hatte es nicht nötig, noch einmal nur die zweitbeste nach dem Sport zu sein.

Als das Training mit einem komplexen Set von lateralen Übungen und einigen Dehnübungen zur Abkühlung endete, atmete Gabe nicht einmal schneller, aber er war schweißbedeckt. Sie holte ein sauberes Handtuch aus einem Regal und reichte es ihm, wobei sie seinen Blick mied. Aber sie konnte es förmlich sehen, wie er sich Arme und Schultern abrieb. Vielleicht hatte er sogar sein Hemd angehoben, um mit dem Handtuch über seinen Bauch zu wischen. Sie spürte seinen brennenden Blick auf sich, und als sie ihm einen Blick zuwarf, sah sie, dass sie recht gehabt hatte. Diese stahlblauen Augen und dieses Schulter-Tattoo würden sie heute Abend verfolgen.

Himmel, sie brauchte Wasser. Sie nahm ihre Flasche und trank sie in einem Zug leer, bevor sie sich aufrichtete, um ihn erneut anzusehen, wobei sie versuchte, nonchalant auszusehen, und mehr als wahrscheinlich dabei scheiterte.

"Nun?"

Er zuckte mit den Schultern. "Ich hatte schon ein besseres Training." Sie starrte ihn mit offenem Mund hinterher, als er zur Tür schlenderte. Als er sie jedoch geöffnet hatte, drehte er sich um und ein freches Grinsen zupfte an seinen Mundwinkeln. "Aber du reichst mir", rief er. "Bis nächste Woche, Pfirsich."

KAPITEL 3

Zwei Stunden später trat Gabe sich immer noch selbst in den Hintern.

Nicht, weil er Zoe gesagt hatte, dass er schon bessere Trainer gehabt hatte – obwohl das eine Lüge gewesen war –, sondern wegen dem, was er danach gesagt hatte, *aber du reichst mir.* Er hätte das Angebot zu gehen, was sie ihm gemacht hatte, annehmen und sich einen anderen Trainer suchen sollen. Leider konnte er zwei Dinge nicht leugnen. Erstens, dass er während dieser zwei Stunden im Iron Maiden von der Besten trainiert worden war. Und zweitens fühlte er sich unglaublich zu Zoe hingezogen und er wollte sie, obwohl sie ihn von seinen Zielen ablenkte, wiedersehen.

Gabe saß allein am Tresen von Petes Bar & Grill – einer Bar in der Nähe des Bootleggers-Stadions, dessen Adresse Murph ihm getextet hatte, um sie dort zu treffen –, fluchte leise vor sich hin und nahm einen langen Schluck aus seinem Bierglas. Zoe als Trainerin zu behalten, würde er noch bereuen, das wusste er. Himmel, sie ließ ihm jetzt schon keine Ruhe mehr. Dieses Gesicht mit diesen großen, grünen Augen, denen nichts entging. Diese vollen Lippen und diese hübschen weißen

Zähne. Er hatte ihr keinen wirklichen Grund zum Lächeln gegeben, aber aus irgendeinem Grund war er sicher, dass sich dort irgendwo ein Grübchen versteckte. Und er liebte Grübchen.

Im Moment war es jedoch ihr Körper, der den größten Teil seines Hirns beanspruchte. Schlank und gut gebaut, mit einer zweckdienlichen schwarzen Leggings und einem lila Trainingstop bekleidet, das eigentlich nach nichts Besonderem hätte aussehen sollen, aber an ihr–

"Wie ist es gelaufen? Ist sie nicht großartig!"

Er schüttelte den Kopf und sah, wie sich seine Schwester auf den Hocker neben ihm setzte und ihre Tasche über die Rückenlehne hängte. Ihr Gesicht zierte ein fröhliches und breites Grinsen, als wäre alles auf der Welt in Ordnung. "Wie es gelaufen ist?", fragte er irritiert. "Hast du rein zufällig vergessen zu erwähnen, dass dieser neue Trainer eine Frau ist?"

Murph lachte. "Nein, das habe ich nicht vergessen. Die Chancen standen fünfzig zu fünfzig, dass es eine Frau ist, nicht wahr?"

"Ich erinnere mich noch gut daran, dass ich dich gefragt habe, wo du den 'Kerl' aufgetrieben hast. Du hast mich nicht korrigiert."

Sie zuckte nur mit den Achseln. "Selber schuld, wenn du Vermutungen aufstellst."

"Verdammt, Murph. Du hättest es erwähnen sollen."

"Gabe, mal ehrlich, warum ist das so wichtig?"

Gabe grunzte und trank den Rest seines Bieres. Warum machte es ihm etwas aus? Vielleicht, weil er nach seinem Workout nach Hause gegangen war, um sich umzuziehen, aber zuerst hatte er geduscht und sich beim Gedanken an Zoe einen runtergeholt. Anstatt sie aus seinen Gedanken zu verbannen, zuckten immer noch Erinnerungen an die Lust, die er empfunden hatte, als er sie sich nackt vorgestellt hatte, durch ihn hindurch.

Er signalisierte dem Barkeeper, ihm ein weiteres Bier zu bringen.

Der Mann, der Mitte zwanzig war, kam herbei, ein gutaussehender Kerl mit dunklen Haaren und grünen Augen, der genau der Typ seiner Schwester war. "Ein weiteres Bier für Sie, mein Herr? Und Sie, meine Dame?" Er schenkte Murph ein breites Lächeln und sie senkte sofort ihre Lider und bestellte sich ein Glas Sam Adams. Er überreichte Murph innerhalb von zwei Sekunden ein kaltes Bier. Er brauchte wesentlich länger, um Gabe seines zu bringen.

Murph warf ihm ein neckisches Lächeln zu. "Himmel, Pete, ich dachte, nur Frauen könnten flott bedienen. Vielleicht sollte ich nicht bei dir bestellen. Was meinst du, großer Bruder?" Sie wandte sich Gabe zu. "Kommen wir mit dieser atemberaubenden Wendung der Ereignisse klar, oder wollen wir lieber irgendwohin gehen, wo es weniger progressiv zugeht?"

Zunächst einmal sah es seiner Schwester ganz ähnlich, den Namen des Barkeepers bereits zu kennen – war er der Pete, dem Petes Bar and Grill gehörte? Und zum anderen, sah es ihr ähnlich, den Barkeeper so leicht zum Mitspielen zu überreden.

"Miss, ich verspreche, dass ich diesen Job so gut wie jede Frau erledigen kann", sagte Pete.

Murph fuhr mit der Fingerspitze am Glasrand entlang. "Aber du hast keine Brüste, also ..."

"Stimmt, aber meine Einschenkgeschwindigkeit ist unübertroffen. Und Brüste sind nicht alles."

"Ich weiß nicht recht", flirtete seine Schwester. "Brüste sind ziemlich wichtig."

"Okay, das reicht", unterbrach Gabe. "Du hast deinen Standpunkt deutlich gemacht."

Pete lachte und schlenderte davon, um sich um einen anderen Kunden zu kümmern.

"Hör zu, ich bin kein sexistisches Arschloch", sagte Gabe. "Denk daran, wer früher mit dir Teeparty gespielt hat, nur um dich dann ein paar Jahre später zum Footballtraining zu überreden."

Sie verzog ihr Gesicht und hielt ihr Bier hoch. "Ja, du hast Gutes getan, großer Bruder. Nieder mit dem Patriarchat." Murph nahm einen großen Schluck. "Was also ist so verdammt schlimm daran, dass der Trainer eine Frau ist?"

Gabe biss die Zähne zusammen, wollte Murph nicht direkt sagen, wie sehr er sich von Zoe angezogen fühlte, aber ihre Augen, die sich weiteten, verrieten ihm bereits, bevor sie es sagte, dass sie es begriffen hatte.

"Warte mal! Ich glaube, ich weiß ..."

"Du weißt es nicht."

"Es ist nicht die Tatsache, dass Zoe Reynolds eine Frau ist – es ist vielmehr, weil Zoe Reynolds heiß ist. Sie gefällt dir!"

"Das habe ich nicht gesagt", grinste er.

"Das musst du auch nicht, Gabe. Es steht dir ins Gesicht geschrieben. Na und? Hat sie gute Arbeit geleistet?"

"Ja, sie war verdammt nochmal fantastisch. Deshalb habe ich sie nicht gefeuert."

"Gut. Denk weiter mit dem Kopf und nicht mit deinem Schwanz, und alles wird gut."

"Sagt das Mädchen, das den Vornamen des Barkeepers kennt und mit ihm flirtet."

"Hey, es ist nicht meine Schuld, dass ich ihn kenne. Er war da, als ich im Iron Maiden war, um deine *Trainerin* einzustellen. Wir haben uns unterhalten und er hat mir von der Bar erzählt."

"Ja? Was hat er dir sonst noch gesagt?"

"Zoe und Pete Reynolds sind Bruder und Schwester und die Kinder von Kip Reynolds."

Gabes Brauen schossen in die Höhe. "Der Quarterback aus der Hall of Fame? Der 1989 die perfekte Saison hatte?"

"Ja. Kein Wunder, dass sie weiß, was ein großer, böser Footballer braucht. Sie hat von den Besten gelernt. Also finde dich damit ab, Kleiner."

Wow, seine Schwester hatte wirklich die beste Trainerin für ihn aufgetrieben. Kip Reynolds war schon als Kind Gabes großer Held gewesen. Sein Dad hatte ihm damals immer gern beim Spielen zugesehen.

"Freust du dich auf dein erstes Training mit dem Team?", fragte Murph. "Ich bin sicher, dass sie sich darauf freuen, ihren neuen Bruder kennenzulernen."

Ein bitteres Lachen entrang sich seiner Brust. "Ich hatte *Brüder* bei The Noise und du siehst ja, was mir das gebracht hat."

"Diese Jungs werden auch deine Brüder werden. Warte es einfach ab. Denk immer daran, dass die Bootleggers dich wollten, sonst hätten sie nicht so einen Aufwand betrieben, um dich zu bekommen."

"Kann schon sein", murmelte er. Ihm kam es immer noch so vor, als hätte The Noise ihn wie ein lahmes Pferd auf die Weide abgeschoben, und auch wenn er mit positiver Einstellung zum Training gehen würde, würde er keine emotionale Bindung zulassen. Zu nichts und niemandem, auch nicht zu einem Ort. Er würde nicht den gleichen Fehler machen wie beim letzten Mal, indem er sein Team als Familie sah. Er würde seinen Job machen, aber er würde keine emotionalen Bindungen zulassen. Sein neuer Trainer würde nicht sein Vater sein. Seine Teamkollegen nicht seine Brüder. Sie waren Teamkollegen, keine Freunde.

Es gab keine Freunde im Football – nur einen Job.

Er bestellte sein drittes Bier, als sich die Tür öffnete und eine schöne Frau die Bar betrat. Er versteifte sich und fühlte ein Ziehen tief in seinem Bauch, als er Zoe erkannte. Ihr langes dunkles Haar fiel ihr locker über die Schultern und sie trug Jeans mit einem schulterfreien Oberteil und eine Tasche. Sie sah entspannter aus, als sie es im Fitnessstudio getan hatte, weicher und lässiger, aber sie sah auch müde aus, und Gabe zuckte zusammen, wohl wissend, dass er dazu beigetragen hatte, weil er so schwierig gewesen war. Als sie jedoch auf die Bar zuging, hielten ihn seine Schuldgefühle nicht davon ab, auf ihren spektakulären Hintern zu starren.

"Wenn man vom Teufel spricht", sagte Murph und grinste, weil sie ihn dabei erwischt hatte, wie er Zoe anstarrte. "Großer Bruder, du steckst tief in der Scheiße."

Zoe sah ihn am Ende der Bar nicht und setzte sich nur einen Platz entfernt von seiner Schwester auf den Barhocker. Sie schien ganz auf ihren Bruder und weniger auf die Umgebung konzentriert zu sein, ein Zeichen dafür, dass sie wahrscheinlich oft hierherkam, um mit ihm zu sprechen.

"Ich brauche sofort einen Tequila und ein Bier, Kumpel", sagte sie zu Pete, als er zu ihr kam und sie auf die Wange küsste. "Du wirst nicht glauben, was für einen eingebildeten Bastard ich heute Nachmittag trainieren musste."

Eingebildeter Bastard? Einen Moment lang war er eifersüchtig, weil sie einen anderen Kerl trainiert hatte, dann war er wütend auf sich selbst, weil er eifersüchtig war, und dann, weil jemand sich ihr gegenüber so widerlich verhalten hatte. Schließlich dämmerte es ihm – sie sprach von *ihm*.

Pete kicherte und neigte seinen Kopf in Richtung Gabe. Murph lehnte sich zurück, damit Gabe und Zoe sich sehen konnten, und Zoe riss die Augen auf, als sie ihn entdeckte.

Gabe nickte ihr zu. "Ich freue mich auch dich zu sehen, Zoe."

itte, Gott, lass das nicht wahr sein.

Oh, aber es war wahr, also gut. Gabe Murphy saß am anderen Ende der Bar und seine Schwester Murph saß neben ihm und ein breites Grinsen zog sich über ihr Gesicht.

"Hey, Zoe! Toll, dich hier zu treffen!"

"Hallo, ihr beiden", würgte diese hervor. "Schön, euch zu sehen. Ich bringe meine Getränke und mein Todesurteil woanders hin." Mit einem unbeholfenen kleinen Winken nahm sie all ihre Sachen und rutschte an der Bar von ihnen weg. Sie war sich nicht sicher, warum sie das tat, außer dass sie vielleicht schon genug Schaden angerichtet hatte und es jetzt am besten war, wenn sie sich mit eingezogenem Schwanz zurückzog. "Prost." Sie hob ihr Glas.

Sie prostete ihnen zu.

Sie setzte sich an einen anderen Platz an der Bar, schaute ihren Bruder an und murmelte: "Ich kann nicht glauben, dass ich das alles gesagt habe. Notiz an mich selbst: Das nächste Mal erst umschauen, bevor ich Beleidigungen ausspucke."

"Oder du sagst deine Meinung und stellst dich den Konsequenzen", sagte Pete.

"Du bist nicht gerade hilfreich", murmelte sie und trank ihren Tequila. Tequila würde ihr dabei helfen, Gabe Murphy am anderen Ende der Bar zu ignorieren, der ihr immer wieder einen Blick zuwarf, während er sie wahrscheinlich für den größten Blödmann der Welt hielt.

"Hey, falls es dich tröstet – bevor du hier reingekommen bist, hat er über dich gesprochen und dabei auch ein paar ziemlich dumme Sachen gesagt, also mach dir keine Sorgen." Pete wischte den Tresen, bevor er eine Schüssel Erdnüsse vor sie stellte.

"Kannst du mir bitte eine Pizza bestellen?"

"Pizza?" Er hob eine Augenbraue.

"Ja, Pizza." Sie verbrachte sechs Tage der Woche damit, hart an ihrem Körper zu arbeiten, und vermied in der Regel Gluten und Zucker, aber ab und zu gönnte sie sich etwas. Nach dem Training, das sie Gabe gegeben hatte, und ihrer Blamage, hatte sie es sich verdient. "Also, was hat er gesagt?"

"Nur wie furchtbar und erbärmlich du bist."

Sie starrte an ihm.

"War ein Witz, Zo. Nichts Schlimmes, aber ich darf den Geheimhaltungscode eines Barkeepers nicht brechen. Das weißt du." Er zwinkerte ihr zu und ging davon, um ihre Pizza zu bestellen.

Zoe blätterte durch ihr Telefon, vor allem, damit sie nicht unbeholfen da saß und so tun musste, als würde Gabe Murphy nicht am anderen Ende der Bar sitzen und sie immer noch anstarren, auch als sein Teller mit Essen kam und er aß, während seine Schwester ihm ein Ohr abkaute. Sie schaffte es, ihm den einen oder anderen Blick zuzuwerfen, ohne dass er es bemerkte.

In seiner Alltagskleidung sah er noch besser aus. Bekleidet mit Jeans und einem schwarzen T-Shirt, die Haare noch halb nass von einer Dusche, seine Füße in braunen Stiefeln, wobei der eine auf der Fußstütze des Hockers und der andere auf dem Boden stand. Gabe sah cool, bequem und vernünftig aus. Er sah aus wie ein Mann, der einen harten Tag hinter sich hatte und sich einfach nur ausruhen wollte, ohne dabei belästigt zu werden. Und hier kam sie und bezeichnete ihn als eingebildeten Bastard – einen zahlenden Kunden.

Klasse gemacht, Idiotin.

Pete mochte nicht bereit sein, ihr zu sagen, was Gabe über sie gesagt hatte, aber es war wahrscheinlich, wie mittelmäßig sie als Trainerin im Vergleich zu anderen war, zu den riesigen Männern mit ihren immensen, fleischigen Armen, harten Bauchmuskeln und ausreichend Testosteron, um die Elektrizität für das gesamte Fitnessstudio bereitzustellen, blah, blah, blah, blah. Sie leerte ihr Bier mit einem großen Schluck.

Das war dumm. Sie sollte einfach mit ihm sprechen. Sie waren beide erwachsen. Ihm aus dem Weg zu gehen war nicht der richtige Weg, um eine berufliche Beziehung zu beginnen.

Sie wartete auf den richtigen Moment, als er sich mehr auf sein Essen konzentrierte als auf sie und seine Schwester aufgestanden war, um zur Toilette zu gehen. Zoe nahm ihr Bier und rutschte die Bar hinunter.

"Hallo", sagte sie und stützte sich auf die Bar.

Er sah mit seinen stahlblauen Augen zu ihr auf. "Oh, hey. Aber sei vorsichtig, ich bin ein eingebildeter Bastard", sagte er und sah sie mit einem neckischen Seitenblick an, bei dem sich ihr Magen überschlug. "Ich beiße, wenn du nicht aufpasst."

Zwei Sekunden lang war das alles, woran Zoe denken konnte – Gabe Murphy, der sie biss. Sanft, in den Hals, wobei er sich in ihre Haare krallte, während er in sie stieß. Nein, nein. *Konzentriere dich, Zoe.*

"Es tut mir wirklich leid, dass ich dich so genannt habe. Ich habe nur etwas Dampf abgelassen. Du bist nicht wirklich ein eingebildeter Bastard. Nun, nicht zu eingebildet. Auch kein Bastard. Nur ein bisschen." Die Worte kamen nicht so glatt oder professionell heraus, wie sie es sich erhofft hatte. Eigentlich versagte sie auf ganzer Linie.

Ein ruppiges Lachen löste sich aus seiner Brust. "Dann muss

ich mich wohl mehr anstrengen", sagte er. "Ich wollte eigentlich als unglaublich eingebildet bezeichnet werden. Das habe ich wohl nicht ganz geschafft."

"Nein, du hast es nur bis in die eingebildet-genug Bandbreite geschafft", neckte sie ihn und entspannte sich, nachdem er die angebotene Entschuldigung angenommen hatte. "Gut zu wissen."

"Aber als Kunde hast du jedes Recht, dich mit deinem Trainer wohlzufühlen, das war unfair von mir. Vor allem, da wir so viel Zeit miteinander verbringen werden."

Er hielt inne, um sie anzuschauen, und sie spürte, wie sein Blick ihre Sachen durchdrang, die sie heute Abend angezogen hatte. Sie war es gewohnt, dass die Männer sie anschauten, vor allem in ihrer engen Trainingskleidung, aber das war mehr. Das war Bloßstellung.

Sie errötete und trank ihr Bier, wandte den Blick ab und tat so, als würde Pete sie gerade mehr interessieren als Gabe. "Ungeachtet dessen, dass wir ein wenig aneinandergeraten sind", sagte sie, "bin ich der Meinung, dass unsere Trainingsstile gut ineinandergreifen. Ich weiß, dass wir ein großartiges Team werden können."

Er lehnte sich auf seinem Hocker zurück. "Ganz deiner Meinung", sagte er. "Und es tut mir auch leid, wie ich mich verhalten habe und dass ich dir gesagt habe, dass du mir reichst. Es war blöd, das zu sagen, vor allem, wenn man bedenkt, wie gut du warst. Glücklicherweise bist du hier aufgetaucht, damit ich mich entschuldigen und *dich* dieses Mal herausfordern kann."

"Eine Herausforderung?"

"Darts." Er stand auf, zog die Dartpfeile aus dem Brett und übergab sie ihr. "Hast du Lust mir zu zeigen, was du draufhast?"

Himmel, und schon ging ihre Fantasie wieder mit ihr durch, zauberte Bilder von Dingen vor ihre Augen, die sie Gabe zeigen konnte, und keines davon hatte etwas mit dem Fitness-Studio oder einer Dartscheibe zu tun. "Klar."

"Zo..." Pete brachte ihre Pizza, stellte sie vor ihr ab und nahm Gabes Teller mit.

"Danke, Kumpel", sagte sie, nahm sich ein Stück und nahm drei schnelle Bissen. Sie stellte sich auf, um die Darts zu werfen, hielt ihr Pizzastück in der anderen Hand, zielte und warf den ersten Pfeil knapp außerhalb des inneren Rings.

"Heilige Scheiße. Ich weiß nicht, was heißer ist, die Tatsache, dass du so gut werfen kannst oder dass du es mit einem vollen Mund gemacht hast."

Sie warf ihm einen amüsierten Blick zu und zielte mit dem zweiten Dartpfeil. "Du steckst jetzt in Schwierigkeiten."

"Oh tue ich das?"

Sie warf den zweiten Dart direkt ins Bullseye. "Und wie."

"Du hast recht. Ich bin erledigt." Er grinste sie an und sie fühlte, wie ihre Knie weich wurden.

Murph kehrte aus dem Badezimmer zurück und verlangsamte ihren Schritt, als sie die beiden sah. "Ich bin gerade einmal fünf Minuten verschwunden und dann komme ich zurück und ihr zwei seid freundlich zueinander. Vielleicht besteht ja doch Hoffnung für diesen Planeten." Sie lächelte Zoe an und dann Gabe auf diese besondere Weise, wie Verwandte es tun, wenn sie glücklich sind, dass man sich amüsiert. "Komm aber nicht zu spät nach Hause."

"Gehst du?" Gabe beugte sich zu seiner Schwester und zog sie in eine Umarmung.

"Ja, ich muss morgen früh raus. Viel Spaß, Kinder." Murph winkte erst den beiden und dann Pete zu, dann verließ sie die Bar.

"Deine Schwester scheint nett zu sein", sagte Zoe, nahm ihren dritten Dart, zielte und warf. Der kam dem Ziel nicht so nahe wie die beiden anderen. Sie ging zum Brett, zog alle drei heraus und gab sie Gabe. "Ich habe mich gern mit ihr unterhalten, als sie bei mir war, um mit mir wegen dir zu reden."

"Ja, sie ist cool. Wir passen aufeinander auf. Seit dem Tod unserer Eltern."

Einen Moment lang sah er ernst, nachdenklich und traurig aus.

"Es tut mir leid, das zu hören."

"Danke, aber es ist lange her. " Er stellte sich in Position und warf seinen ersten Dart. "Ha! Bullseye. Ich werde dich noch schlagen, Pfirsich."

Zoe errötete. Wenn sie den Spitznamen hörte, den er ihr gegeben hatte, dachte sie automatisch an einen großen runden Hintern. Ihr Hintern war nicht so groß, aber er hatte eine ziemlich schöne Form, und sie fragte sich, ob er ihr deswegen den Spitznamen gegeben hatte. Welchen Spitznamen könnte sie ihm verpassen? Aubergine? Sie musste kichern.

"Was ist so lustig?", fragte er.

Auf keinen Fall konnte sie es ihm sagen. "Ich lache nur, weil du darauf pochst, mich Pfirsich zu nennen, als ob ich ein zartes Früchtchen bin, obwohl das eindeutig nicht der Fall ist. Außerdem glaubst du, dass du gut im Dart bist. Obwohl du aus zwei Metern Entfernung wirfst. Die Linie ist hier hinten." Sie zeigte auf die Stelle, an der sie gestanden hatte.

"Was? Du bist verrückt. Sie ist genau hier."

"Nein", lachte sie, packte seinen Arm und zog ihn zurück. "Sie ist weiter hier hinten, Einstein." Okay, das hatte Spaß gemacht. Sie mochte den Gabe, den sie heute Abend kennengelernt hatte, ganz gleich, wie seltsam alles angefangen hatte.

Aber sie hatte seinen Arm gepackt, und er hatte ihrer Berührung zu leicht nachgegeben, und die Getränke stiegen ihr zu Kopf. Sein Duft umgab sie und Hitze ballte sich tief in ihrem Bauch. Sie atmete tiefer und genoss das Gefühl für eine Sekunde, bevor sie sich daran erinnerte, dass sie Gabes Trainerin war, und nicht mehr.

Es war Zeit für sie zu gehen.

Sie beobachtete, wie er seine restlichen Darts warf und mit jedem innerhalb des äußeren Rings traf.

"Wow, ich bin scheinbar wirklich schlecht in Darts. Gut, dass ich meistens fangen muss und nicht werfen", scherzte er.

Sie lachte und sagte: "Ähm, danke für das Spiel, aber ich sollte gehen."

"Fährst du?"

"Ich laufe."

"Dann gehe ich mit dir." Gabe hinterließ einen 50-Dollar-Schein für ihren Bruder auf dem Tresen und sagte ihm, er solle das Wechselgeld behalten.

"Das musst du nicht. Ich wohne gleich um die Ecke und es ist immer noch höllisch heiß", sagte sie, obwohl sie lügen würde, wenn sie behauptete, dass sie nicht gern noch ein paar Minuten länger mit ihm verbringen wollte.

"Also, ich mag ja ein Arschloch sein, aber ich bin nicht die Art von Arschloch, die eine Frau allein im Dunkeln nach Hause gehen lässt."

"Fein. Das weiß ich zu schätzen, danke." Zoe bezahlte ihre eigene Rechnung und gab ihrem Bruder einen Abschiedskuss. Draußen leuchtete der Himmel lila und orange, genau so, wie er es in den meisten Nächten in Savannah tat. Die Luft war unangenehm heiß und schwül, doch es störte sie nicht, denn sie befand sich mit einem wunderschönen Mann an ihrer Seite auf dem Heimweg. Sie war schlecht gelaunt gewesen, als sie die Bar betreten hatte, und war mit einem Lächeln im Gesicht herausgekommen, weil Gabe ihr gezeigt hatte, wer er wirklich war.

Was hatte Gabe gesagt, als sie sich zum ersten Mal gegenübergestanden hatten? Dass es schwierig war.

Topf, darf ich dir dein Deckelchen vorstellen?

Halte deinen Kopf oben, Mädchen. Der hier bedeutet Ärger.

Zoe, die sich nur zu bewusst war, dass Gabe neben ihr stand, steckte ihren Schlüssel in das Schlüsselloch ihres Hauses. "Danke, dass du mich nach Hause gebracht hast", sagte sie und warf Gabe einen zaghaften Blick unter ihren Wimpern hervor zu. "Ich hatte wirklich, ähm ..."

Sie ließ ihren Satz unbeendet, ihre Worte wurden von dem Grillenkonzert verschluckt, das in der Dämmerung zu hören war. Gabe verschränkte seine Arme über seiner Brust und lehnte sich lässig an ihren Türrahmen. Der Tequila ließ ihre Haut kribbeln, als sie sich mit der Hand durch ihre langen Haare fuhr und überlegte, was eine angemessene Art und Weise wäre, gute Nacht zu sagen. Sollte sie die Hand ausstrecken, um ihre Beziehung beruflich zu halten? Sollte sie ihm in einer freundlichen Geste den Arm tätscheln, weil sie heute Abend Spaß gehabt hatten? Oder sollte sie aufhören, so zu tun, als würde sie seinen Blick nicht sehen – der ihr eindeutig sagte, dass er am liebsten ihre Haustür einrennen, sie an die Wand nageln und schmutzige Dinge mit ihr tun wollte?

Die vernünftige Zoe verpasste der geilen Zoe einen ordentlichen Tritt vor das Schienbein.

Nein. Nein. Absolut nicht.

Das durfte sie nicht.

Profi, Zoe. So musst du handeln. Professionell.

Sie streckte ihre Hand aus. "Ich werde mich bald mit dir in Verbindung setzen, damit wir unseren Zeitplan festigen können", sagte sie.

Gabe schaute auf ihre Hand, auf ihr Gesicht, dann wieder auf ihre Hand. Sein Mundwinkel zuckte nach oben, bevor er seine Hand in ihre legte. "Klingt gut, Zoe."

"Es sei denn ..."

Die Worte rutschten ihr aus dem Mund, bevor sie sie stoppen konnte. Sie bereute es sofort, aber es war zu spät, um so zu tun, als hätte er sie nicht gehört; im schwachen Licht der Straßenlaternen hoben sich seine Augenbrauen.

"Es sei denn?", fragte er.

"Ähm, es sei denn, du möchtest ein Glas Wasser?" So, den Bogen hatte sie gekriegt. Es war nur ein höfliches Angebot, da er sie nach Hause gebracht hatte, nicht wahr?

"Ein Glas Wasser?", fragte er mit irritierend ruhiger Stimme.

Zoe war alles andere als ruhig: Ihr Herz raste, ihre Handflächen waren schweißbedeckt und ihre Brustwarzen drückten sich gegen ihren BH.

"Ja", sagte sie und hoffte, dass ihre Stimme nicht zitterte. "Ein Glas Wasser. Ich meine, du bist bei dieser Hitze mit mir den ganzen Weg bis hierher gegangen und ..."

Und nichts mehr, versprach sie sich selbst. Sie wollte ihm nur etwas Wasser geben, noch ein paar Minuten seiner Gegenwart genießen, und das war alles. Aber tief in sich wusste Zoe, dass sie sich selbst etwas vormachte, zumindest darüber, nicht mehr *zu wollen.* Und, vermutete sie, Gabe wusste es auch.

Sie zitterte, als sie Gabes Blick wie einen bevorstehenden Sturm auf sich ruhen fühlte. Seine Brust hob und senkte sich stetig neben ihr und sie fragte sich, wie er das schaffte, wenn sie nicht einmal fähig war, Luft zu holen.

"Ich fühle mich ein bisschen ausgedörrt", antwortete Gabe schließlich.

Sie schluckte hart. "Toll. Ich meine, es ist kein Problem. Das Wasser, meine ich." Schließlich drehte sie den Schlüssel in ihrer Tür und drückte sie auf. Sie machte einen Schritt hinein und wurde sofort von einer Welle schwüler Luft getroffen, die sie wie eine Lavawelle traf. Himmel, es war heißer *in* ihrem Haus als draußen.

Zoe tastete nach dem Lichtschalter, als Gabe ihr folgte und sofort am Kragen seines Hemdes zerrte.

"Hier ist es ein bisschen warm", sagte er und machte einen Schritt über eine Schaumstoffrolle, die sie an diesem Morgen benutzt hatte, als es noch nicht 40 Grad in ihrem Haus gewesen war. "Hast du keine Klimaanlage?", fragte Gabe.

Zoe runzelte die Stirn, als sie auf das Thermostat schaute und mit dem Finger darauf tippte: Der Pfeil zeigte auf 23 Grad. Es waren keine 23 Grad.

"Ich hatte eine Klimaanlage", antwortete Zoe laut, während sie in ihrem Kopf eine Reihe von Schimpfwörtern ausstieß.

Das war das Letzte, was sie brauchte. Zoe konnte es sich einfach nicht leisten, ihre Klimaanlage zu ersetzen.

"Ich bin keineswegs ein Experte, aber soll ich sie mir einmal anschauen?"

Zoe schaute ihn an und malte sich sofort aus, wie verschwitzt er sein würde, wenn er noch länger bliebe, geschweige denn versuchte, irgendetwas zu reparieren – entweder würde ihm sein Hemd in kürzester Zeit an der Brust kleben, oder er würde gezwungen sein, sein Hemd *auszuziehen,* um keinen Hitzschlag zu bekommen. Egal wie, Zoe war sich sicher, dass es ihr Verlangen nach ihm nicht besser machen würde, und eine Frau konnte der Versuchung nur bis zu einem gewissen Punkt widerstehen.

Das war sicher ein Zeichen.

"Ist schon okay. Ich werde morgen jemanden anrufen. Ich habe einen tragbaren Ventilator und werde die Fenster offenlassen. Eine Nacht lang wird das schon gehen." Es würde wahrscheinlich länger als eine Nacht sein, das war ihr klar, aber sie verzichtete darauf, ihm das zu sagen. "Ich kann dir aber immer noch dein Wasser holen?"

Bitte sag nein. Bitte sag nein, dachte sie, während sie beobachtete, wie ihm ein Schweißtropfen vom Haaransatz tropfte. Sie hatte ihn nach dem Training im Fitnessstudio schwitzen gesehen, aber hier, in ihrem Haus, musste sie beim Anblick des Schweißes an anstrengende Workouts denken, die nichts mit dem Fitnessstudio zu tun hatten.

Sein Blick durchbohrte sie für ein paar Sekunden, bevor er schließlich sagte: "Schon gut. Schließt du hinter mir ab?"

Sie stieß einen Seufzer der Erleichterung aus und nickte. "Ja."

Zoe beobachtete, wie Gabe ihr Haus verließ und leise die Tür hinter sich schloss. Als er weg war, legte sie ihr Gesicht in ihre Hände und sackte auf dem Küchenboden zusammen, gleichzeitig erleichtert und enttäuscht, ihn gehen zu sehen.

KAPITEL 5

Zwei Tage nachdem Gabe sie nach Hause gebracht hatte, betrat Zoe die Savannah Oaks Memory Einrichtung. Sie seufzte erleichtert angesichts der funktionierenden Klimaanlage. Sie hatte ein Angebot von einer Firma bekommen, um die Klimaanlage in ihrem Haus zu reparieren, aber genau wie sie vermutet hatte, war es nichts, was sie sich im Moment leisten konnte. Und wahrscheinlich auch nicht in nächster Zeit. Sie hatte in den letzten zwei Nächten unruhig geschlafen, obwohl sie nackt und ohne Decke geschlafen hatte. Es würde ein miserabler Sommer werden, aber da musste sie durch – ihr Geld war besser hier oder im Iron Maiden angelegt. Sie würde damit klarkommen.

Angesichts dessen, was ihr bevorstand, holte Zoe ein paar Mal tief Luft. Das alte renovierte Gebäude roch nach Holzveranda, frischer Farbe und ätherischen Ölen. Das Personal glaubte, dass das Aroma von Pfefferminze das Gedächtnis belebte, aber sie fragte sich, wie effektiv die Aromatherapie wirklich war. Beim Einchecken an der Rezeption unterschrieb Zoe mit ihrem Namen und zeigte ihren Ausweis.

Ein Besuch bei ihrem kranken Vater verursachte bei ihr

immer gemischte Gefühle. Würde er sie wiedererkennen? Würde er nach seiner verstorbenen Frau fragen? Würde er sich aufregen oder wütend werden? Was sollte sie ihm erzählen? Kip Reynolds' Alzheimer war fortgeschritten. An den meisten Tagen musste sich Zoe ihrem eigenen Vater wieder vorstellen.

Sie ging zu Zimmer 19, ganz am Ende des Gebäudes neben der Sonnenterrasse. Sie zahlten zusätzliche 300 Dollar pro Monat nur für diese Aussicht, in der Hoffnung, dass es die Stimmung ihres Vaters verbessern würde. Sie kam immer am Nachmittag, weil ihr Vater zu dieser Tageszeit scheinbar in der besten Verfassung war und weil es sich am besten mit ihren Trainingseinheiten mit Gabe vereinbaren ließ. Morgen war sein erstes Training mit seinem neuen Team, und sie hatte bereits mit Murph darüber gesprochen, dass sie dabei sein wollte, um Gabes Training anpassen und auf seine Bedürfnisse einstellen zu können.

Für einen kurzen Moment drohten die Gedanken an ihren Kunden Gabe sich in Gedanken an einen Gabe zu verwandeln, der ihr mehr bedeutete. Kein Wunder.

Seit er sie nach Hause gebracht hatte, träumte sie von ihm. Und keiner dieser Träume hatte etwas mit Football zu tun, sondern mehr damit, nackt zu sein und übereinander herzufallen.

Entschlossen schob sie diesen Gedanken beiseite. Das war nicht wirklich das, woran sie denken wollte, wenn sie ihren Vater besuchte.

"Klopf, klopf", sagte Zoe, als sie die offene Tür ihres Vaters erreichte.

Er saß mit im Schoß gefalteten Händen im Bett. Bei seinem Anblick schnürte es Zoe die Kehle zu. Seine Haare schienen noch grauer und dünner geworden zu sein, seit sie ihn das letzte Mal gesehen hatte, und seine Wangen waren noch eingesunkener. Ihr ganzes Leben lang war ihr Vater der Inbegriff von Kraft und Ausdauer gewesen – ein Mann, ein großer

Sportler. Ihn so zu sehen, brach Zoes Herz in eine Million Stücke.

"Hallo, Papa", sagte sie, nahm seine Hand und schüttelte sie sanft. "Ich bin Zoe, deine Tochter."

Im Laufe der Zeit hatte sie gelernt, ihr Gespräch auf diese Weise zu eröffnen. Alzheimer-Patienten waren leicht zu verwirren und konnten schnell frustriert werden, wenn ihre Familienmitglieder einfach anfingen zu sprechen, vorausgesetzt, sie waren sich dessen bewusst.

"Ich habe eine Tochter?", fragte Kip Reynolds mit gebrechlicher Stimme und sein Mund öffnete sich überrascht bei diesen Worten.

Zoe zog einen Stuhl an das Bett und holte „Früchte des Zorns" aus ihrer Handtasche. Es war das Lieblingsbuch ihres Vaters. "Ja, das hast du, und sie ist auch ziemlich toll." Zoe zwang sich zu lachen. Es brauchte Zeit und Übung, um Antworten wie diese nicht persönlich zu nehmen, aber sie würde lügen, wenn sie behauptete, dass es sie nicht betroffen machte.

Sie wollte das Wunder, das alle Familienmitglieder von Menschen mit Alzheimer wollten – eines Tages zu kommen und zu entdecken, dass ihr geliebter Mensch sie tatsächlich erkannte. Die meisten Tage war Zoe froh, wenn ihr Vater einfach lächelte. Manchmal erreichte sie das, indem sie ihm vorlas. "Ich werde dir etwas aus deinem Lieblingsbuch vorlesen. Früchte des Zorns."

"Mein Lieblingsbuch ist von Plato", sagte Kip.

Nein, das war es nicht. Soweit sie wusste, hatte er noch nie etwas von Plato gelesen, aber sie lächelte nur und sagte: "Das könnte von Plato sein, wer weiß." Es war sinnlos, mit ihm zu streiten. Wenn sie durch die Türen von Savannah Oaks ging, betrat sie die Realität ihres Vaters, nicht ihre eigene.

Ihr Vater gab ein Geräusch von sich, als wolle er sich räuspern. Als sie das Buch an einer seiner Lieblingspassagen öffnete, sah er aus dem Fenster.

"Schauen wir einfach, ob es dir gefällt." Sie atmete tief durch.

"Und in den Augen der Menschen ist das Versagen; und in den Augen der Hungrigen wächst der Zorn. In den Seelen des Volkes füllen sich die Früchte des Zorns und wachsen schwer ...""

"Schwer für den Jahrgang", sagte er leise.

Sie schaute aus dem Buch auf und starrte ihren Vater an. Das Sonnenlicht, das auf sein Profil fiel, ließ ihn wie einen Engel aussehen, der von innen glühte. Zoe unterdrückte eine Welle der Emotionen in ihrer Brust. "Ja", sagte sie. "Schwer für den Jahrgang."

Es machte sie unglaublich traurig, daran zu denken, was die Leute, die ihren Vater bewunderten, denken würden, wenn sie ihn sehen könnten, Gabe eingeschlossen. Ihre Mutter hatte recht – bevor sie letztes Jahr an einem schlimmen Schlaganfall gestorben war, hatte sie ihren Kindern gesagt, dass es besser sei, den Menschen nichts von der Krankheit ihres Vaters zu erzählen. Es würde ihre Sicht auf ihn völlig verändern und Zoe wollte sein Andenken als einer der größten Athleten aller Zeiten weiterleben lassen. Ja, natürlich lebte niemand für immer, aber es gab keinen Grund, diesen Mann zu demütigen und allen zu zeigen, wie sehr er abgebaut hatte.

Ihr Vater hätte das nicht gewollt.

Und so war dies sein Todesurteil – seine Tage in diesem Pflegeheim zu verbringen und sich jeden Morgen, wenn er aufwachte, zu fragen, wo er war, wer diese Leute um ihn herum waren, warum einige von ihnen vage vertraut schienen.

Alzheimer war eine grausame, heimtückische Krankheit. Aber wie immer hielt sie ihren Kopf oben und las weiter. Immer wieder nickte ihr Vater oder vervollständigte einen Satz.

"Wie fandest du Plato?", fragte sie, als sie mit dem Lesen fertig war.

Ihr Vater wandte sich zu ihr um, haselnussbraune Augen studierten die junge Frau, die neben ihm saß. "Du meinst John Steinbeck."

Tränen stiegen Zoe in die Augen. "Ja, Papa. John Steinbeck."

Nachdem sie ihren Vater besucht hatte, hatte Zoe vor, sich zur Abwechslung selbst ein Training zu gönnen, aber in letzter Minute beschloss sie, nach Hause zu gehen und den Schlaf aufzuholen, den sie die letzten zwei Nächte dank der heißen Luft in ihrem Haus verpasst hatte. Es war noch nicht zu heiß, und mit dem Ventilator, der direkt auf sie zielte, würde sie eventuell in der Lage sein, ein bisschen zu schlafen und vielleicht sogar ihre Probleme für eine Weile zu vergessen.

Bedeutete das, dass sie depressiv war?

Vielleicht, aber dann war es halt so. Außerdem hatte sie gestern mit Gabe per E-Mail kommuniziert und sie hatten einen vorläufigen Zeitplan aufgestellt, wobei sein Training offiziell in vier Tagen begann. Das bedeutete, dass sie mental anwesend, wachsam und kontrolliert sein musste, damit sie nicht noch einmal einen Fehler machte wie den, den sie an dem Abend gemacht hatte, als sie ihn in ihr Haus eingeladen hatte ... auf ein Glas Wasser.

Sie schnaubte.

Richtig, als ob es wirklich das gewesen war, was du ihm geben wolltest, Zoe.

Auf der Heimfahrt verdrängte sie Gabe aus ihren Gedanken. Wieder in ihrem Haus, zog sie ihre Kleidung aus und nur ein dünnes T-Shirt ohne Unterwäsche an.

Doch als sie im Bett lag, an die Decke starrte und dem Surren des Ventilators neben ihr lauschte, musste Zoe es endlich zugeben: Gabe ging ihr nicht aus dem Kopf. Er steckte fest in ihrem Bewusstsein und das tat er seit dem Tag, an dem sie ihn das erste Mal gesehen hatte.

Und warum sollte sie es nicht einfach genießen, an ihn zu denken, wenn sie ihn schon nicht aus ihrem Kopf bekam?

Sie redete sich ein, dass es vollkommen in Ordnung war, zu Bildern von Gabe zu masturbieren – sie hatte es schon getan, bevor sie ihn getroffen hatte, dank jener Seifenwerbung, die sie schon oft gesehen hatte – und schob ihre Hand zwischen ihre Beine. Sie stellte sich vor, wie er sich in der Dusche einseifte. Sie stellte sich ihn vor, wie er im Iron Maiden ausgesehen hatte, so verdammt stark und sexy. Sie dachte daran, wie er in ihrem Haus gewesen war und so heiß ausgesehen hatte, dass sie sich auf ihn stürzen wollte, ihre Beine um ihn schlingen und ihn stundenlang küssen wollte. Als sie sich Gabe zwischen ihren Beinen liegend vorstellte, ihre schwitzenden Körper, die sich zusammen bewegten, bis die Federn in ihrem Bett quietschten, war sie kurz davor zu kommen.

Nur ein bisschen mehr. Sie wimmerte, als ihre Finger ihre Klitoris mit festem Druck massierten.

Ja. Ja, Gabe. Bitte, fick mich. Bitte ...

Ein schrilles Klingeln ließ sie ihre Augen aufreißen.

Ihr Telefon. Stöhnend hielt sie inne, um Luft zu holen, und schleppte sich dann zu ihrem Nachttisch, um den Anruf zu beantworten, falls es einen Notfall mit ihrem Vater gab.

Aber die Nummer auf dem Bildschirm war nicht Savannah Oaks – es war Gabes.

"Scheiße", murmelte sie leise und warf sich die Decke über den Körper. Sie konnte ihre harten Brustwarzen immer noch deutlich sehen und sie legte hastig einen Arm über ihre Brust, obwohl sie völlig allein in ihrem Schlafzimmer war.

Als sie schließlich das Gefühl hatte, sich wieder unter Kontrolle zu haben, hob sie ab und zuckte zusammen, als sie ein vollkommen atemloses "Hallo?" herausbrachte.

"Zoe?"

"Äh, ja, hallo Gabe", sagte sie und versuchte, ihr rasendes Herz zu beruhigen, das aus ihrer schweißbedeckten Brust zu springen drohte. "Hallo, hey, hallo."

"Ähm, ist es gerade nicht günstig?", fragte Gabe besorgt.

Zoe hob ihren Kopf, um ihr feuchtes Haar aus dem Nacken zu wischen. "Nein, nein, es passt wunderbar", versicherte sie ihm.

"Warum? Ich meine, warum interessiert dich das? Äh, warum? Ist alles in Ordnung?"

Zoe schlug sich mit der Hand an die Stirn und schloss ihre Augen.

"Nun, du klingst einfach ein wenig außer Atem", antwortete Gabe. "Habe ich dich mitten im ... Training unterbrochen?"

Wenn er mit dem Training 1) die Finger meinte, die sie mit ihrem Mund befeuchtet hatte, bevor sie sie an ihre Klitoris gelegt und sich vorgestellt hatte, es sei Gabes Zunge; oder 2) die Muskeln ihres Unterbauchs meinte, als sie sich vorstellte, Gabes Zähne und nicht ihre eigenen Finger würden in ihre Brustwarze kneifen; oder 3) von ihrem Rücken sprach, als sie sich vorstellte, Gabes Schwanz, würde tief in sie eindringen, als ihr Orgasmus immer näher kam, dann ja, dann hatte Gabe sie definitiv mitten im Training erwischt. Himmel, ihr Puls hatte sich der roten Zone genähert, die Muskeln ihrer inneren Oberschenkel waren noch angespannt und sie war verschwitzter als wenn sie fünf Minuten lang Burpees machte.

Zoes Wangen brannten, als ob Gabe tatsächlich in das Zimmer gekommen wäre, während sie nackt war und sich stöhnend selbst befriedigte, und ihre Fantasie schlug Purzelbäume, als sie sich vorstellte, wie er reagiert hätte.

Hätte er die Tür zugeschlagen und hastig eine Entschuldigung gemurmelt?

Würde er in der Tür verweilen, seine Augen auf ihren nackten Körper richten, während seine Pupillen sich weiteten und sein Schwanz steif wurde?

Würde er seine Erektion in die Hand nehmen, unfähig, sich selbst zu stoppen, während er ihre Hand beobachtete, die sich gierig in ihre eigene Brust grub, die Nippel hart und bereit für seine Berührung?

Würden seine Augen, Ringe aus tiefem Blau um weite, schwarze Pupillen, zu ihrer nassen Muschi zwischen ihren angespannten Oberschenkeln wandern?

Würde er seine Lippen lecken, wenn er dann langsam die Tür hinter sich schloss –

"Zoe? Zoe, hallo?"

"Huh?" Zoe blinzelte und riss ihre Hand unter der Decke hervor, wo sie über ihren schweißnassen Bauch nach unten zu dem brennenden Verlangen zwischen ihren Beinen gewandert war.

"Bist du noch da?"

"Ja, ja, ich bin, ähm, ich bin immer noch hier", stammelte sie.

"Oh, na dann, in Ordnung." Gabe war offensichtlich verwirrt von ihrem eher seltsamen Verhalten. "Ich dachte die Verbindung wäre abgerissen."

Nein, Zoe war noch hier. Und sie wusste genau, wo sie sich befand: In verdammt tiefer Scheiße.

Und sie musste jetzt auflegen, bevor sie sich selbst noch zum Narren machte.

"Ähm, Gabe, hey, ich, ähm, ich war eigentlich mitten in einem ... " Zoe biss auf ihren Knöchel, bevor sie es schaffte herauszuwürgen, "ähm, Training und ich, ähm, ich sollte weitermachen, bevor meine Herzfrequenz sinkt und so. Du weißt schon."

"Klar, sicher", antwortete Gabe. "Ich habe nur angerufen, weil du vorgeschlagen hast, dass ich zur Akupunktur gehe. Kannst du mir jemanden empfehlen? Ich weiß, dass ich nicht den Eindruck gemacht habe, sehr offen dafür zu sein, als du es erwähnt hast, aber was soll ich sagen? Ich werde alles versuchen, wenn es bedeutet, dass ich wieder hundertprozentig so fit wie früher werde."

Nun, das klang nicht wirklich begeistert und sie fragte sich, warum er sie angerufen hatte, wenn er sie einfach per E-Mail oder SMS hätte fragen können, aber sie rasselte einfach den Namen und die Nummer ihrer eigenen Akupunkturpraxis herunter.

"Danke. Also sehen wir uns in ein paar Tagen."

Er würde sie morgen beim Training sehen, aber sie

verschwendete keine Zeit, ihm das zu sagen. "Bis bald, Gabe." Zoe legte auf und stieß die Luft aus, als sie ihre Arme neben sich auf dem Bett ausstreckte und ihr Handy auf den Boden fallen ließ.

Dann begann sie wieder mit ihrer Übung und hörte nicht auf, bis die Gedanken an Gabe sie zum Wimmern brachten, sie sich auf dem Bett aufbäumte und heftig kam.

KAPITEL 6

"*B*lau, zweiunddreißig! Blau, zweiunddreißig!"

Gabe sprang von der Linie und sprintete nach rechts, lief hochkonzentriert mit Leichtigkeit an seinem Verteidiger vorbei. Er drehte seinen Kopf, um den Ball in der blendenden Morgensonne zu verfolgen. Adrenalin raste durch seine Adern, als er das Leder aus der Luft riss und es in einem kontrollierten Sprint ungehindert in die Endzone brachte.

"Großartig, Murphy", rief der Coach.

Er nickte.

Tag eins des Trainings mit den Bootleggers, und sie waren bereits seit ein paar Stunden dabei, zuerst mit Dehnungen und Aufwärmübungen und jetzt mit einem Trainingsspiel. Er hatte bereits seine Teamkollegen kennengelernt und seine soziale Pflicht erfüllt, indem er halbhöflichen Small Talk gemacht hatte, aber deshalb war er hier. Seine Schulter fühlte sich gut an und Zoe war teilweise dafür verantwortlich, obwohl sie noch nicht einmal angefangen hatten, offiziell zusammenzuarbeiten.

In den letzten Tagen hatte er auf eigene Faust trainiert, aber größtenteils hatte er sich auf die Mobilitäts- und Stabilitätsübungen konzentriert, die Zoe ihm an dem Tag gezeigt hatte, an dem er sie kennengelernt hatte. Er bemerkte bereits einen Unterschied, eine Flexibilität, die er in der Zusammenarbeit mit dem Physiotherapeuten und Trainer in Chicago nicht erreicht hatte.

Er hatte nur einmal mit Zoe trainiert und sie hatte bereits geschafft, dass es ihm besser ging.

Eigentlich viel besser. Sie hatte sich mit ihrer Fähigkeit als Trainerin nicht nur in sein Gedächtnis gebrannt, sondern er hatte sie auch aus anderen Gründen nicht aus dem Kopf bekommen können. Dieses Lächeln an der Bar ... Er hatte recht gehabt – ihre Grübchen waren zum Vorschein gekommen, während sie Darts gespielt hatten, und er hatte sich vorgenommen zu versuchen sie öfter zum Lachen zu bringen. Nachdem er sie nach Hause gebracht hatte und zurück zur Bar gegangen war, um sein Auto abzuholen, musste er die ganze Zeit daran denken, wie gefährlich es gewesen war, ihre Einladung mit zu ihr ins Haus zu kommen, anzunehmen. Schon vorher war es ihm schwergefallen, die Grenze zwischen beruflich und privat nicht verschwimmen zu lassen. Obwohl ihm Zoe leidtat, war er in seinem ganzen Leben noch nie so dankbar für eine kaputte Klimaanlage gewesen. Denn obwohl er sich danach sehnte sie zu berühren, ihr über das Haar zu streicheln, mit seinen Fingern über ihre Arme zu wandern und ihre perfekten Brüste in die Hand zu nehmen – durfte er es nicht.

Er wollte sich von Zoe nicht noch mehr ablenken lassen, als sie das bereits tat.

Er musste Zoe Reynolds aus dem Kopf bekommen. Sie war seine Trainerin und sonst nichts.

Obwohl er sich heute stark fühlte, war er immer noch nicht so belastbar wie vor seiner Verletzung, und er brauchte alle Hilfe, die er von ihr bekommen konnte.

Es schien jedoch egal zu sein, wie sehr er sich darum bemühte, nicht mehr an Zoe zu denken. Denn obwohl der Rest des Morgens gut verlief, blitzten um die Mittagszeit ohne Vorwarnung immer wieder Bilder von ihr vor seinem inneren

Auge auf und hin und wieder ging ihm deshalb der Ball durch die Lappen. Cremige Haut, Augen wie funkelnde Jadesteine ... Er hatte noch nie grüne Augen gesehen, die lebendig, temperamentvoll und spitzbübisch waren. Und so verdammt sexy. Außerdem hatte sie eine Art zu stehen, die gleichzeitig athletisch und feminin war, und gerade wenn man glaubte, sie sei flach wie ein Brett, kamen plötzlich aus einem anderen Blickwinkel ihre Kurven zum Vorschein. Es dauerte nicht lange, bis er in Fantasien über sie gefangen war, genauso, wie es der Fall gewesen war, als sie atemlos von ihrem Training seinen Anruf angenommen hatte. Seine beiden Lieblingsvorstellungen waren, dass er seine Finger in ihren langen, dicken Pferdeschwanz krallte, während er sie von hinten nahm und Pfirsichsaft sein Kinn heruntertropfte, während er sein Gesicht stundenlang zwischen ihren Oberschenkeln vergrub.

"Hey, Murphy, das war gute Arbeit da draußen."

Gabe schaute auf und sah, wie Heath Dawson die Hand hob, um ihm einen High-Five zu geben. Dawson war einer der etablierten Wide Receiver der Bootleggers und jemand, den Gabe schon früher immer bewundert hatte. Er fühlte sich scheinbar von Gabe nicht im geringsten bedroht und hatte einiges getan, um Gabe das Gefühl zu geben, willkommen zu sein.

"Danke." Gabe joggte zwei Schritte zurück, um den Handschlag zu erwidern, lief dann aber schnell weiter. Er war nicht hier, um Freunde zu finden, erinnerte er sich. Je länger es dauerte, bis er die Leute kennenlernte, desto einfacher würde es werden, wenn es an der Zeit war, weiterzuziehen.

Es war traurig, so zu denken, aber es war eine Tatsache. Eine Tatsache der NFL.

Das Mittagessen wurde von einem lokalen BBQ-Restaurant gebracht, das den Ruf hatte, großartig zu sein, aber Gabe ging direkt zum gebratenen Huhn und Gemüse und sonst nichts anderes. Er wollte nicht, dass sein Körper mit der zuckerhaltigen

Sauce und den fetten Pommes kämpfen musste, wenn er versuchte, kaputte Muskeln wiederaufzubauen.

"Vermisst du Chi-town?"

Jemand sprach mit ihm. "Bitte?" Gabe schaute von dem Stahlbehälter auf, der Getränke enthielt, und sah Quarterback Kyle Young, einen großen Kerl, ungefähr so groß wie er selbst mit dunklen Haaren. Letztes Jahr war Young in den Schlagzeilen gewesen, nicht wegen seines Könnens im Football, sondern weil er sich mit einer Prinzessin verlobt hatte. Sie pendelten zwischen den Vereinigten Staaten und ihrem europäischen Königreich hin und her.

Young lachte leise. "Ich sagte, vermisst du Chicago? Ich wette, du bist begeistert, dass es hier wärmer ist als in der Schneestadt, von dieser extremen Hitzewelle mal abgesehen. "

"Nein, nicht wirklich", sagte Gabe und nahm auf einer der langen Bänke im Speisesaal Platz. "Ich habe dort noch Familie." Neben Mimi und Pop hatte er auch gedacht, er hätte Freunde in Chicago, aber obwohl er selbst ein paar Mal versucht hatte Kontakt aufzunehmen, hatten sich die meisten nicht viel Mühe gegeben, dasselbe zu tun.

"Ah. Ich verstehe. Ich komme ursprünglich aus New York. Ich habe eine Weile gebraucht, um mich an die kleine Stadt zu gewöhnen, aber du wirst es hier lieben. Warte nur ab."

"Cool. Danke." Gabe war nicht in der Stimmung zu reden. Er war während des Morgens langsamer geworden, was er in der zweiten Hälfte des Tages ändern musste. Es half nichts, dass er gestern Abend einen besonders heißen Traum von Zoe gehabt hatte. Sein Körper sehnte sich nach Erlösung und er wollte gerade unter die Dusche, um sich darum zu kümmern, aber dann hatte er sich gezwungen, es bleiben zu lassen. Er hatte beim Gedanken an sie schon einmal masturbiert; es zu einer Gewohnheit werden zu lassen, wäre gefährlich. Genauso wie sie anzurufen, nur um ihre Stimme zu hören, etwas, das er getan hatte, als er ihre Empfehlung für die Akupunktur hören wollte, was er ihr genauso gut auch hätte mailen können. Nicht noch einmal. Er musste aufhören, auf diese Weise an Zoe zu denken, und aufpassen, dass es nicht zur Gewohnheit wurde.

Nach dem Mittagessen verlief das Training gut. Er fing die meisten Pässe, wurde aber in der Nähe der Endzone immer wieder langsamer. Er war zwar nicht der einzige Typ, der langsamer wurde, aber das war keine Entschuldigung. Er war nicht wie die anderen – er war Gabe Murphy von The Noise ... Mist ... von den Bootleggers und er musste so gut wie möglich herausstechen.

Gegen vier Uhr hatten sie gerade ein weiteres Trainingsspiel begonnen, als Gabe Murph auf der Tribüne entdeckte, mit ... *oohh, verdammt ...*

Zoe. Warum war sie hier?

Gerade als ihm dieser Gedanke durch den Kopf schoss, prallte der Ball an seinen Helm.

Wow. Ist das wirklich passiert?

Trotz seiner Verlegenheit schüttelte Gabe es ab, klopfte ein paar Mal auf seinen Helm und hielt seinen Daumen hoch.

Sie spielten weiter.

"Es ist okay, Gabe! Komm, du schaffst das!", schrie Murph.

Nein – einfach nein. Er schüttelte den Kopf und warf ihr einen genervten Blick zu, um sie zum Verstummen zu bringen. Er konnte es im Moment nicht gebrauchen, dass seine kleine Schwester ihn anfeuerte.

Konzentriere dich, sagte Gabe zu sich selbst, als er zurück zu den anderen lief, um sich mit ihnen über den nächsten Spielzug zu beraten. Zehntausende von Menschen hatten ihn Sonntag für Sonntag live gesehen, und dabei zählte er nicht einmal die Millionen, die auf der ganzen Welt vor dem Fernseher gesessen hatten. Warum störte es ihn jetzt, dass eine Frau zusah, die er kaum kannte?

Beim nächsten Spiel lief er die falsche Route, was dazu führte, dass der Ball die Defense durchbrach.

"Murphy!" Der Trainer schrie ihn an. "Was zum Teufel machst du da?"

"Sorry, Coach!", war alles, was Gabe sagen konnte, als er wieder neben Young auflief.

"Es ist dein erster Tag und du musst dich noch eingewöhnen", sagte Young und stieß ihn mit dem Ellenbogen an. "Keine Sorge, ja?"

Gabe nickte und versuchte es abzuschütteln. Aber der Rest des Trainings war eine Katastrophe. Er stolperte über den Running Back, der freien Weg gehabt hätte, um zu punkten, wenn er nicht gewesen wäre. Er verpasste einen Block, den er hätte übernehmen sollen, was dazu führte, dass Young überrannt wurde. Er ließ mehr Bälle fallen, als er den ganzen Tag gefangen hatte, und schaffte es sogar bei dem einen Ball, den er gefangen hatte, seit Zoe hier war, über seine eigenen Füße zu stolpern.

Zwanzig Minuten später ertönte der Pfiff und der Coach rief alle an der Seitenlinie zusammen. Gabe fühlte sich scheiße. Er hatte gehofft, seinen neuen Trainer und seine neuen Teamkollegen wirklich zu beeindrucken. Doch statt das ihm das Spiel mit seiner neuen Mannschaft Selbstvertrauen eingeflößt hatte, zweifelte er jetzt an sich selbst. Das letzte, was er brauchte, war ein Coach, der ihn weniger einsetzte, ihn hinten anstellte oder sich in der Liga umhorchte, ob jemand den kaputten und gebrochenen Gabe Murphy wollte.

"Jungs, wir haben eine Menge Arbeit vor uns, wie ihr sicher alle wisst", sagte der Coach und wippte auf den Fußballen. "Es gab einige, die hervorragend waren, und es gab einige, die ... Nun ja, wir werden weiter daran arbeiten, oder? Und jetzt ab mit euch!"

Er klatschte in die Hände und klopfte dann jedem auf den Rücken, während das Team in die Umkleidekabine lief, hielt aber bei Gabe inne.

"Lass mich nicht meine Entscheidung bereuen, ein Risiko für

dich einzugehen, Junge", sagte er leise. "Beweise mir, dass du immer noch der Star bist, der du früher warst."

"Das werde ich, Coach", sagte er. "Ich werde dich nicht im Stich lassen."

Gabe nahm seinen Helm ab, ging zu seiner Schwester und Zoe und blieb kurz vor der Bank stehen, auf der sie saßen. Zoe trug Jeans, ein Tanktop mit einem Knoten vorne, das ein kleines Stück von ihrem sexy Bauch frei ließ, und einen leichten Pullover darüber. Wie immer sah sie gut aus, aber ihre Augen waren leicht gerötet und ihre Haut ein wenig blass und er fragte sich, ob sie genug Schlaf bekam oder ob sie sich etwas eingefangen hatte.

"Keine gute Zeit, um den *Kopf* zu verlieren", sagte Murph kichernd.

"Ja, ja, sehr lustig", sagte Gabe.

"Er wird nie der *Chef* eines großen Konzerns sein", fügte sie hinzu. Sie rezitierte Zeilen aus einem Film von Austin Powers. Mimi hatte ihnen erzählt, dass ihre Eltern diesen Film geliebt hatten, als sie heirateten, also hatten er und seine Schwester ihn als Kinder immer und immer wieder angeschaut, bis sie ihn fast auswendig kannten.

Gabe weigerte sich zu antworten, was Murph ermutigte, weiterzumachen. "Das ist nicht der Weg, um im Leben *voranzukommen.*" Sie prustete jetzt vor Lachen, aber Zoe, die neben ihr saß, fiel nicht mit ein.

Gabe seufzte und wandte sich Zoe zu. "Ich weiß, dass ihre Mission darin besteht, mein Leben so furchtbar wie möglich zu machen, aber warum bist *du* hier?", knurrte er.

Er war wütend darüber, dass er sich hatte ablenken lassen, aber anstatt diese Wut auf sich selbst zu richten, richtete er sie auf Zoe.

Zoe musterte ihn ruhig, bevor sie ihre Arme vor ihrer Brust verschränkte. "Ich bin gekommen, weil ich sehen wollte, was sie beim Training mit dir anstellen, wie wir das von mir geplante

Trainingsprogramm verbessern können und wie du dich da draußen machst."

Gabe stieß einen langen, frustrierten Seufzer aus. Verdammt, das klang vernünftig. Er hasste es, dass sie rational war, wenn er es eindeutig nicht war. Er hatte es vermasselt, aber das war kein Grund, es auf Georgia Pfirsich abzuwälzen, die, wenn er ehrlich war, seiner wunden Seele gut tat.

"Gut", sagte er, immer noch von seinem Spiel peinlich berührt, aber er versuchte, kein verärgerter Arsch zu sein. "Und was denkst du?"

"Wir sollten das Training von fünf auf sechs Tage in der Woche erhöhen. Außerdem solltest du an deinen freien Tagen, an denen du nicht mit dem Team trainierst, versuchen zwei Trainingseinheiten unterzubringen. Als wir hier ankamen, hast du richtig gut gespielt. Scharfe, schnelle, gute Reaktionen. Aber dann ist dir im Verlauf des Trainings die Puste ausgegangen. Du hast eine ausgezeichnete Ausdauer, aber sie kann immer noch verbessert werden. Bist du dabei?"

Sie hatte den Nagel direkt auf den Kopf getroffen. Er brauchte jegliches Training, das er bekommen konnte. Und obwohl es ein Alptraum für seine Libido sein würde, sie sechsmal die Woche zu sehen, durfte ihm sein Schwanz jetzt nicht im Weg sein. Um es kurz zu machen – er brauchte dieses Training. Und er wusste es.

"Ja, in Ordnung. Ich bin dabei", murmelte er und wischte sich mit einem Unterarm über die Stirn, da er wieder zu schwitzen begonnen hatte. *Verdammte Hitze.* "Ich rufe dich später an. Wir können einen neuen Zeitplan ausarbeiten."

"Ich habe eine bessere Idee!", fiel seine Schwester ihm ins Wort. "Du brauchst praktisch ein 24-Stunden-Training", sagte sie zu Gabe. "Mehr als wir ursprünglich geplant haben. Es wäre verrückt, wenn Zoe den ganzen Tag hin und her fährt."

"Oh, das macht mir nichts aus", sagte Zoe schnell.

"Murph ..." Er hob eine Augenbraue.

An Zoe gewandt, sagte Murph: "Was machst du in den nächsten Wochen?"

"Murph ..."

"Wovon redest du?", fragte Zoe. "Ich habe meinen gesamten Zeitplan auf ihn ausgerichtet. Das mache ich. Meinen einzigen Kunden trainieren. Warum?"

"Nun ..." Seine Schwester lächelte verschlagen. "Du hast gesagt, dass die Klimaanlage in deinem Haus plötzlich nicht mehr funktioniert, oder? Und du wirst sowieso die meiste Zeit bei uns zu Hause sein und unser Fitnessstudio benutzen ..."

Gabe sah, wie die Erkenntnis sich auf Zoes Gesicht ausbreitete. Er spürte, wie die Spannung in seiner Brust anstieg wie ein sich unaufhörlich ausdehnender Heliumballon. "Murph, können wir unter vier Augen darüber sprechen?"

"Warum? Zoe, wir haben vier zusätzliche Schlafzimmer, die leer stehen, jedes mit eigenem Badezimmer. Ich denke ... es wäre viel einfacher, wenn ..." Murph redete weiter, aber Gabe konnte sie kaum hören.

Zoe Reynolds, am anderen Ende des Flurs. Jeden. verfluchten. Tag.

Zoe Reynolds, unter der Dusche und nur eine dünne Tür zwischen ihnen.

Zoe Reynolds, die ihn Nacht für Nacht in seinen Träumen verfolgte, in den feuchten und in den trockenen.

Zoe Reynolds lenkte ihn ab, so wie sie es getan hatte, als ihn der verdammte Ball an den Kopf geflogen war.

Seine Schwester war im Begriff, eine offizielle Einladung an Zoe auszusprechen, bei ihnen einzuziehen, und Gabe wurde von einer plötzlichen, überwältigenden Panik ergriffen, als er Zoe ansah.

Ihre Augen huschten zu ihm und ihre kleine rosa Zunge schnellte heraus, um ihre Unterlippe zu befeuchten. Eine Unterlippe, die er kosten wollte. Er war schwach, das genaue Gegenteil von dem, was er sein musste. Alles an ihr lenkte ihn ab: ihr

Körper, ihr Blick, ihr Parfüm, die Art und Weise, wie sich ihre Hüften bewegten, ihr Lachen. Es hielt ihn nachts wach und alles, was er am Tag tun wollte, war schlafen, damit er wieder von ihr träumen konnte.

Es wäre hundertmal schlimmer, wenn sie zusammenleben würden.

"Nein", sagte er unverblümt. "Das wird nicht funktionieren."

"Aber Gabe", begann seine Schwester.

"Ich sagte nein, Murph. Ich werde Zoe so schon oft genug sehen. Du und ich brauchen unsere Privatsphäre, und Zoe auch. Ende der Diskussion."

Er hörte sich wieder wie ein Arschloch an, und er zwang sich, sich zu Zoe umzudrehen, um es ihr zu erklären, sich irgendwie zu entschuldigen, aber anstatt böse oder verletzt auszusehen, verkniff sie sich sichtlich ein Lächeln.

Weil sie es weiß, dachte er.

Sie wusste, wie sehr er sie wollte, und er war sich ziemlich sicher, dass es daran lag, dass sie ihn genauso wollte.

Sie wusste, dass sie ihn abgelenkt hatte, all die Male, die er auf dem Spielfeld versagt hatte. Dass sie der Grund war, warum er in den letzten Nächten nicht geschlafen hatte, weil er zu beschäftigt gewesen war, sie in Gedanken immer wieder aus diesen engen Leggings zu schälen.

Aber wusste sie auch, dass es immer schlimmer wurde, je mehr er versuchte, sie aus seinen Gedanken zu verbannen?

"Nochmals vielen Dank, dass du vorbeigekommen bist, Zoe. Wir sehen uns bald", brachte er heraus, bevor er sich auf den Weg zu den Umkleidekabinen machte. Kurz bevor er hineinging, schlug er seinen Helm gegen die weiß getünchten Ziegelsteine. Er sollte über X und O, Schemata und Defense nachdenken, aber er bekam Zoes kleines, wissendes Lächeln nicht aus dem Kopf.

Und das Schlimmste daran?

Egal, wie sehr er sich bemühte, genau das zu tun, war eines doch unbestreitbar: Er wollte nicht.

KAPITEL 7

In der Nacht dachte Zoe, sie würde wie die böse Hexe des Westens auf der Couch schmelzen. Angesichts der letzten Nächte in schwüler Hitze, zusammen mit unerträglicher Feuchtigkeit, verlor sie nicht nur den Schlaf, sondern auch ihren Appetit und ihren Verstand. Ihr Magen fühlte sich leer an, aber sie konnte den Gedanken, etwas zu essen, nicht ertragen.

Sie versuchte, liegen zu bleiben, aber eine Stunde später war sie so verzweifelt, dass sie erwog, ins Iron Maiden zu fahren, die Klimaanlage hochzukurbeln und zu versuchen, ein paar Stunden Schlaf auf den Trainingsbänken zu bekommen – scheiß auf die Stromrechnung. Das Problem? Sie konnte sich kaum bewegen.

Als ihr Telefon bei einer eingehenden Nachricht brummte, stöhnte sie. Sie brauchte fast eine ganze Minute, um ihr Telefon zu nehmen und herauszufinden, dass der Text von Murph stammte.

Hältst du es da draußen noch aus, Zoe?

Zoe musste ihre feuchten Finger an der Couch abwischen, nur damit sie tippen konnte: *Es ist nicht wirklich so schlimm.*

Sofort vibrierte ihr Telefon. *Blödsinn.*

Zoe war gerade dabei, Murph zu versichern, dass es ihr gut ging, als ein anderer Text hereinkam.

Gabe ist heute Abend ausgegangen. Warum kommst du nicht her und wir springen in den Pool?

Beim Gedanken daran, ins kühle Nass zu springen, wimmerte Zoe. Sie wollte so gern Ja sagen, aber dann erinnerte sie sich daran, wie hartnäckig Gabe auf seine Privatsphäre bestanden hatte, nachdem Murph Zoe vorgeschlagen hatte, bei ihnen einzuziehen. Zoe hätte die Einladung sowieso nie angenommen, aber ein paar Sekunden lang war sie schmerzlich versucht – wegen der Klimaanlage und der geringeren Fahrzeit, aber hauptsächlich wegen der Klimaanlage -, aber sie hatte vollkommen verstanden, warum Gabe so reagiert hatte. Wer wollte mehr Zeit mit seinem Trainer verbringen, als er musste? Und auch wenn sie vermutete, dass Gabe einfach nicht mit der Chemie umgehen konnte, die da war, wenn sie zusammen waren, nun, dann war es trotzdem schlau von ihm. Sie hatten eine Geschäftsbeziehung und so musste das auch bleiben.

Sie war gerade dabei, Murphs Einladung höflich abzulehnen, als eine weitere Nachricht von der anderen Frau ankam.

Mach dir keine Sorgen wegen Gabe. Ich wohne auch hier, weißt du.

Sag nicht nein.

Er wird es nie herausfinden.

Sag ja.

Sag ja.

Sag ja.

Sag ja.

Zoe dachte, dass ihr bereits kochendes Telefon unter der Flut von Nachrichten anfangen würde zu dampfen oder sogar in Brand geraten könnte. Langsam wurde sie schwach und sie biss sich auf die Lippe. Murph hatte recht – es war auch ihr Haus, warum konnte sie nicht jemanden zum Schwimmen einladen, wenn sie wollte? Und wenn Gabe heute Abend nicht da war, spielte es dann wirklich eine Rolle? Ein Bad im Pool würde sich nicht nur gut anfühlen, sondern es könnte ihr dabei helfen, heute Abend einmal zu schlafen.

Bevor sie ihre Meinung ändern konnte, antwortete sie schnell: *Gut! Du hast gewonnen! Du hast gewonnen!*

Als Zoe aufstand, um eine kleine Tasche zu packen, fügte sie noch hinzu: *Hat dir schon jemals jemand gesagt, dass du unglaublich stur bist?*

Zoe musste lachen, als Murph ihre Antwort schickte.

Nein.

Noch nie.

Ich habe keine Ahnung, wovon du redest.

Als Zoe vor Gabes und Murphs Haustür stand, tippte sie den Code ein, den Murph ihr geschickt hatte. Als sich das Schloss öffnete, trat sie ein und versuchte nicht wie ein Einbrecher auszusehen, der in ein Haus einbrach, das ihm nicht gehörte. Sie fühlte sich mit ihren Turnschuhen, der Leggings und dem verschwitzten Tanktop vollkommen fehl am Platz, als sie über Marmorböden und unter einem glitzernden Kronleuchter hindurch ging.

Sobald die kühle und klimatisierte Luft sie umgab, atmete Zoe lächelnd auf. Sie schob ihre Tasche mit ihrem Badeanzug und dem Handtuch höher auf ihre Schulter und sah sich nach dem Gang um, den Murph ihr beschrieben hatte, der vom Foyer in den Hinterhof führte, aber es gab drei verschiedene Gänge. Hatte sie gesagt, sie solle den Linken, den Mittleren oder den Rechten nehmen? Zoe war sich ziemlich sicher, dass sie nur gesagt hatte, dass sie *den* Gang nehmen sollte.

Sie versuchte es zuerst mit dem rechten Gang und kam am Theaterraum, einem Badezimmer und einem Schlafzimmer vorbei, in dem noch unausgepackte Kartons standen. Sie ging zurück und nahm den linken Flur, kam an einer verschlossenen

Tür vorbei und bemerkte dann durch eine halboffene Tür ein riesiges Himmelbett.

Für einen Moment drohte Erschöpfung sie zu übermannen, und sie stellte sich vor, wie sie in diesem himmlisch aussehenden Bett versank und das kühle Bad für einen guten Schlaf eintauschte. Sie stellte sich vor, wie sie auf das Bett zuwanken würde, als würde es sie magisch anziehen -

Zoes Hand schoss nach vorn, und krallte sich um den Türrahmen.

Heiliger Mist. Sie *hatte* tatsächlich gewankt, wahrscheinlich eine Folge ihrer Übermüdung und dem ausgelassenen Abendessen. Sie richtete sich auf, um Murph so schnell wie möglich zu finden. Vielleicht konnte sie sie um ein paar Cracker oder etwas in der Art bitten, als ihr Telefon brummte.

Zoe, bist du schon da? Es tut mir so leid! Ich musste weg, um mich um einen geschäftlichen Notfall zu kümmern. Du kannst gern den Pool benutzen und so lange bleiben, wie du willst. Ich werde versuchen, bald wieder zurück zu sein.

Warte mal.

Murph ist also nicht einmal hier? Sollte sie -

"Zoe?"

Als sie die männliche Stimme hörte, schrie Zoe auf und wirbelte herum. Ihr Mund klappte auf, als ihre müden Augen auf Gabe landeten, der in der nun offenen Tür des Schlafzimmers mit dem Himmelbett stand. Er war fast nackt, hatte nur ein Handtuch um seine Hüften geschlungen.

Wassertropfen glitzerten auf seiner gemeißelten Brust und den Bauchmuskeln und Zoe fragte sich, warum sie nicht zischten und sich sofort in Dampf verwandelten: Gabe war einfach verdammt *heiß*. Sein Handtuch reichte nur knapp um seine Hüften und es würde nicht viel brauchen, um den Stoff wegzuziehen und seine gut trainierten, muskulösen Oberschenkel und seinen ...

Sie wurde puterrot, als die Verlegenheit über sie wusch wie

ein Eimer eiskaltes Wasser, den man über ihr geleert hatte, wandte ihren hungrigen Blick ab und wischte sich über ihre Lippen, weil sie Angst hatte, dass sie sabberte. "Ähm, es tut mir so leid. Murph hat mich zum Schwimmen eingeladen und mir gesagt, ich solle einfach zum Pool kommen, aber ..." Sie hob ihr Telefon in einer verlegenen Geste, als ob er Murphs Nachricht von dort, wo er stand, lesen könnte. "Sie hat geschrieben, dass sie einen Notfall hat und weg musste, aber sie sagte, du seist heute Abend ausgegangen, und ich wäre nie hierhergekommen, wenn ich –"

"Hey, hey, Zoe, es ist in Ordnung. Ich *wollte* heute Abend ausgehen, bin aber zeitig wieder heimgekommen. Murph war schon weg, als ich hier ankam."

Zoe schloss die Augen. "Was für eine katastrophale Folge von Ereignissen. Es tut mir leid."

Als Zoe ihre Augen wieder öffnete, sah sie Gabe plötzlich verschwommen. Schwindel erfasste sie und verwirrte sie noch mehr. Sie musste hier raus, bevor sie umkippte und sich selbst demütigte. "Tut mir leid, dass ich gestört habe. Ich wünsche einen schönen Abend!" Sie lief an ihm vorbei und rannte fast zur Haustür.

"Zoe, warte!"

Cinderella hinterließ einen gläsernen Pantoffel, aber Zoe ließ ihre Turntasche dort, wo sie sie fallen gelassen hatte. Er packte sie, hastete ihr hinterher, hielt ihre Tasche in einer Hand, während er versuchte mit der anderen sein Handtuch um seine Taille zu halten. Fast rutschte er auf seinen vom Duschen noch nassen Füßen aus.

Warum riskiert er eine weitere Verletzung, um seiner Trainerin hinterher zu jagen? War er verrückt?

"Zoe, Zoe, warte", sagte Gabe, als Zoe schon im Foyer mit dem lächerlichen Kronleuchter war, den er übertrieben pompös fand, Murph jedoch elegant. "Warte, warte eine Sekunde." Als sie nicht stehenblieb, erwischte Gabe sie am Handgelenk, als sie gerade in die drückend schwüle Nacht hinausschlüpfen wollte.

"Du hast deine Tasche vergessen", sagte er und hielt sie ihr hin.

Zoe wandte sich ihm zu und Gabes Kiefer spannte sich an. Die roten Augen und die blasse Haut, die er vorher schon beim Training gesehen hatte, hatten sich in Erschöpfung verwandelt. Sie sah unglaublich erschöpft aus. Dunkle Ringe lagen schwer unter ihren Augen und ihre normalerweise entspannte Haltung war angespannt, als ob sie sich kaum aufrecht halten konnte. Ihr langes Haar klebte an ihrer Stirn, die von der drückenden Hitze glänzte, die schon jetzt durch die halboffene Haustür hereinkam. Sie sah aus, als würde sie gleich zusammenbrechen.

Verdammt, er hatte selbst gemerkt, wie heiß ihr Haus ohne Klimaanlage war, als er sie an dem Abend nach Hause gebracht hatte. Und während des Trainings, als Murph die Gründe aufgezählt hatte, warum Zoe bei ihnen einziehen sollte, hatte sie Zoes kaputte Klimaanlage erwähnt, aber Gabe war so darauf fokussiert gewesen, Murphs Einladung abzublocken, dass er nicht wirklich darüber nachgedacht hatte, was das bedeutete. Zoe lebte seit Tagen ohne Klimaanlage. Er wusste nicht, ob es daran lag, dass sie niemanden gefunden hatte, der sie reparierte, oder ob sie es sich einfach nicht leisten konnte, aber so oder so war er das Arschloch, das Zoe um eine kühle Bleibe gebracht hatte, weil er Angst hatte, dass es seinem Schwanz nicht guttun würde, wenn sie in der Nähe war.

Zoe rang sich ein kleines erschöpftes Lächeln ab, als sie Gabe ihre Tasche abnahm und sich umdrehte, um zu gehen.

"Zoe, du bist zum Schwimmen gekommen. Warum gehst du nicht vor und –"

Sie schüttelte sofort den Kopf. "Nein, nein, was ich wirklich brauche, ist nur ein bisschen Schlaf. Ich hätte überhaupt gar nicht erst einwilligen sollen hier -"

"Natürlich hättest du. Murph hat dich eingeladen und ich habe nichts dagegen. Und Zoe, du brauchst mehr als nur *ein biss-chen* Schlaf. Du siehst aus, als würdest du am Steuer einschlafen, bevor du am Tor bist. Warum schläfst du heute Abend nicht hier?"

"Was? Nein. Mir geht es gut", konterte Zoe hartnäckig. "Wie du schon erwähnt hast, wäre es nicht professionell, bei meinem Kunden zu schlafen."

Gabe verschränkte seine Arme über seiner Brust und sofort senkte sich Zoes Blick auf sein Handtuch, bevor sie ihre Augen eilig wieder auf sein Gesicht richtete. Er umklammerte sein Handtuch fester, um sicherzustellen, dass es an Ort und Stelle blieb. "Ich habe mich geirrt", sagte er. "Und falls du immer noch keine funktionierende Klimaanlage hast ..." Er hob fragend eine Augenbraue.

Sie biss sich auf die Lippe und schüttelte dann leicht den Kopf.

"Nun, dann wäre es viel unprofessioneller von dir, jetzt zu gehen."

"Wovon redest du?"

"Wenn du gehst und es irgendwie nach Hause schaffst, obwohl du eindeutig in keiner Verfassung bist, um zu fahren, dann besteht die Chance, dass du 1) nicht gut schlafen wirst oder 2) mit einem Hitzeschlag oder Dehydrierung im Krankenhaus endest. Dann bin ich zu Saisonbeginn plötzlich ohne Trainer. Das hört sich für mich sehr unprofessionell an. Also schau, indem du bleibst, tust du etwas Großartiges für mich, deinen Kunden. Was sagst du?"

Zoe musterte ihn zögerlich. Es war offensichtlich, dass sie immer noch ablehnen würde, und Gabe konnte das nicht ertragen. Zoe musste bleiben und sich ausruhen. Er musste nur einen Weg finden, um dafür zu sorgen, dass sie sich darauf einließ.

"Gabe, wir können nicht–"

"Warte, warte", sagte er und legte eine Hand auf seine Brust. "Schau, ich weiß, dass es schwer für dich sein wird, deine Hände von mir zu halten, wenn man bedenkt ..." Er deutete mit einer Hand auf seinen Körper. "Aber du musst dich nur selbst kontrollieren, Zoe. Das schaffst du, nicht wahr?"

Zoe runzelte die Stirn und trat dann von einem Fuß auf den anderen. Sie hob ihr Kinn. "Natürlich kann ich das."

"Gut. Denn wie gesagt, meine Einladung ist rein egoistisch", sagte Gabe zu ihr. "Das dient nur der Sicherheit meiner Karriere."

Zoe kaute auf ihrer Lippe, während sie darüber nachdachte. "Nur für die Nacht?"

Gabe nickte.

"Nicht mehr." Zoes Finger spielten mit dem Trageriemen ihrer Turntasche. "Und ich schlafe auf der Couch."

Gabe wollte sofort sagen: "Hallo, nein", aber leider hatten sie noch kein Gästebett zusammengebaut und hergerichtet und er konnte an dem sturen Ausdruck auf Zoes Gesicht erkennen, dass dies etwas war, worüber sie nicht diskutieren würde. Ihm war es lieber, sie schlief auf einer Couch in einem klimatisierten Zimmer als gar nicht.

"Das ist in Ordnung", sagte Gabe.

"Und wir frühstücken morgen früh nicht zusammen."

Sein Mund verzog sich zu einem Grinsen. "Auf keinen Fall."

Zoe schloss die Haustür, machte einen Schritt auf Gabe zu, blieb dann aber stehen und deutete mit spitzem Finger auf ihn.

"Wage es nicht, Kaffee für mich zu kochen."

Gabe hielt seine Hände kapitulierend nach oben. "Ich nehme an, du weißt, wie man Starbucks in ein GPS eingibt."

Zoe nickte. "Okay, also dann, danke."

Gabe nickte auch. "Gern." Er deutete mit dem Kopf in Richtung Wohnzimmer. "Ich zeige dir, wo das Sofa ist, und werde dir ein paar Decken und Kissen bringen."

Gabe wälzte sich herum, bis der Wecker auf dem Nachttisch neben seinem Bett 2:04 Uhr anzeigte. Schließlich schleuderte er die Decke von sich, schlüpfte in ein Paar Boxershorts aus seiner Kommode und ging die Treppe hinunter. Soweit er wusste, war Murph nicht zurückgekommen, und er konnte nicht schlafen, weil er die ganze Zeit nur an eines denken konnte: Zoe.

Hatte sie es bequem? Die Couch war kein Designer-Stück, auf dem man gerade sitzen musste und sich nicht traute etwas zu essen, weil es Flecken hinterlassen könnte, aber sie war auch nicht so bequem wie ein Bett. War ihr kalt? Brauchte sie etwas? Er hatte sie mit einem Glas Wasser zurückgelassen und ihr gesagt, sie solle sich aus dem Kühlschrank nehmen, was sie brauchte, aber hatte sie gestern Abend überhaupt gegessen?

Verdammt, er hätte sie fragen sollen, aber er wollte sein Glück nicht auf die Probe stellen, nachdem sie sich endlich bereit erklärt hatte zu bleiben, und deutlich gemacht hatte, dass sie es nicht gut finden würde, wenn er ihr morgens eine verdammte Tasse Kaffee machen würde.

Er ging so leise er konnte den Gang entlang zum Wohnzimmer, wo Zoe vom Mondlicht angestrahlt auf der Couch lag. Sie hatte die Kissen, das Bettlaken und die Decke, die er ihr gegeben hatte, und die Klimaanlage kühlte die Luft, aber ihr Körper war zu einem Ball zusammengerollt.

"Zoe", flüsterte er im Dunkeln. "Hey, Zoe."

Als sie nicht reagierte, rüttelte Gabe leicht an ihrer Schulter, ohne dass sie wach wurde. Unbeholfen stand er neben ihrer schlafenden Gestalt und überlegte, sie einfach dort zu lassen. Aber nach einem kurzen Zaudern schob er seine Arme sanft unter Zoes Knie und ihren Hals und hielt inne, um zu sehen, ob sie sich bewegte. Als er sah, wie sie ruhig und gleichmäßig weiteratmete, hob er sie hoch. Er hielt sie fest an seine Brust gedrückt und wollte sie nach oben tragen, als Zoe etwas murmelte. Gabe erstarrte, traute sich kaum zu atmen, aber Zoe kuschelte sich an ihn und legte ihre Hände unter ihr Kinn. Sie schlief fest in seinen Armen, als er die Tür zu seinem Zimmer öffnete.

Er wollte nicht in einem bequemen Bett schlafen, während sie auf der Couch schlief. Er konnte es einfach nicht.

Gabe legte Zoe so sanft wie möglich auf die Matratze. Er zog die Decke über ihre Schultern. Er redete sich ein, das sei in Ordnung und ausreichend. Er sollte gehen.

Aber er konnte nicht widerstehen, eine lose Haarsträhne aus ihrem Gesicht zu streichen, die bei jedem ihrer Atemzüge flatterte. Er stand da und bewunderte ihre Schönheit im weichen Mondlicht. Und er konnte nicht widerstehen, mit seinem Daumen über ihre Wange zu streichen, bevor er sie in seinem Zimmer zurückließ und sich auf die Couch legte und den süßen Duft von ihr einatmete, den sie zurückgelassen hatte.

KAPITEL 8

Zoe wachte erfrischt, behaglich und eingehüllt in einen angenehmen Duft auf. Weiches Morgensonnenlicht wurde von dünnen Vorhängen gefiltert und mit einem zufriedenen Seufzer schmiegte sie sich zurück in einen Kokon aus kühlen Decken und Daunenkissen, weicher als geschmolzene Marshmallows. Als ihre Augenlider wieder zufielen, fragte sie sich, seit wann ihr Bett so gemütlich, ihr Zimmer so luxuriös und ihre Klimaanlage auf so wundervolle Art und Weise repariert worden war.

Dann flogen ihre Augen auf. Sie war nicht zu Hause; sie war bei Gabe. Und sie war nicht mehr auf der bequemen Couch in seinem Wohnzimmer, sondern in einem Schlafzimmer, und angesichts des männlichen Duftes und der maskulinen Einrichtung um sie herum schien es, als befände sie sich in Gabes Schlafzimmer.

Was zum Teufel?

Zoe setzte sich auf, rieb sich ihre verschlafenen Augen und sah sich in dem Zimmer um, als ihr Blick auf einem Zettel unter einem Glas Wasser mit frischen Zitronenscheiben hängenblieb, die fröhlich darin schwammen. Zoe nahm die Notiz und las sie einmal, las sie zweimal, las sie dreimal.

Bitte zieh ein, wie Murph vorgeschlagen hat. Es ist am sinnvollsten.

– Gabe

PS: Erschieße mich nicht, aber ich habe dir Kaffee und Frühstück gemacht, bevor ich zum Training gegangen bin. Es ist in der Küche. Bitte nimm dir alles, was du brauchst.

PPS: Falls du darüber nachdenkst, stur zu sein und mein Angebot abzulehnen, dann tu es bitte nicht. Wir haben mehr als genug Platz (ich habe das Gästebett zusammengebaut und es wartet auf dich, Murph kann dir zeigen, wo). Du wirst sowieso fast jeden Tag hier sein, und du brauchst eine Klimaanlage, Zoe.

Er hatte dann mehrere Gründe aufgelistet, warum die Vereinbarung für ihn von Vorteil wäre – vor allem, dass sie bei Bedarf zusätzliches Training absolvieren könnten. Im Wesentlichen befände Zoe sich auf Abruf, wofür Gabe und Murph ihr einen Bonus zahlen würden.

Zoe seufzte, wohl wissend, dass es ein Risiko war, aber sie wusste auch, dass sie letzte Nacht kurz davor gestanden hatte zusammenzubrechen. Wenn sie auf unbestimmte Zeit ohne Klimaanlage schlafen müsste, dann wäre sie in schlechter Verfassung und das konnte massiv die Qualität von Gabes Training beeinflussen. Und weil sie sich bereit erklärt hatte, Gabe in seinem Fitnessstudio zu trainieren, würde ein Einzug bei den Murphys ihr jede Menge Fahrzeit sparen, vor allem, wenn sie beschlossen, die Sessions zu verdoppeln. Und auch die Höhe des Bonus, den Gabe genannt hatte, war äußerst verlockend.

Bei all dem, was sie in ihrem Leben schon durchgemacht hatte, wäre es nicht okay, einmal Hilfe anzunehmen?

Kevin konnte sich um alle vorhanden oder neu hinzukommenden Kunden des Iron Maiden kümmern. Außerdem wollte sie Gabe Murphy nicht 24/7 trainieren, auch wenn sie hier lebte. Sie konnte trotzdem in das Fitnesszentrum fahren, um dort bei Bedarf den Betrieb zu beaufsichtigen.

Aber obwohl das alles schon stimmte und ziemlich verlockend war, veranlasste etwas anderes Zoe, Gabes Angebot anzunehmen.

Sie wollte mehr Zeit mit Gabe verbringen. Wollte mehr von dem Mann sehen, wenn er sich nicht nur auf den Football konzentrierte. Und nicht nur den Mann mit dem durchtrainierten Körper, den letzte Nacht sein rutschendes Handtuch kaum verhüllt hatte, sondern auch den Mann, der sie am Ende nicht auf seiner Couch schlafen lassen wollte und ihr sein eigenes Bett überlassen hatte.

Später, nachdem sie sich mit einer sich entschuldigenden Murph getroffen hatte, die ihr das Fitnessstudio und das Gästezimmer zeigte, bevor sie wieder gehen musste, verbrachte Zoe den ganzen Tag im Iron Maiden und holte dann ein paar Dinge aus ihrem Haus, bevor sie zu Gabe und Murphs Haus zurückkehrte. Jetzt schaute sie sich in ihrem neuen, wenn auch temporären Schlafzimmer, um. Walnuss-Hartholzböden breiteten sich um sie herum aus, ein Kronleuchter baumelte von einer gewölbten Decke, dünne weiße Vorhänge ließen viel helles Licht herein und der Rest des Raumes war in Grau- und Weißtönen gehalten. Das Bett war mit vielen leuchtenden Farben bedeckt, und das war das einzige, was Leben in das ansonsten elegante Zimmer brachte.

Es war wunderschön, und das Beste von allem, es hatte eine funktionierende Klimaanlage. Letzte Nacht hatte sie sehr gut geschlafen und sie freute sich auf mehr davon.

Zoe machte ein paar Fotos, um sie Pete zu schicken, als sie Schritte hörte, die den Gang hinunterkamen. Plötzlich erschien Gabe in der Tür in einer ausgewaschenen Jeans und einem T-Shirt, das die Größe seiner Bizeps betonte. Er lehnte sich an die Wand.

"Eingelebt?"

"Ich habe ja nur eine Tasche dabei, also ja." Für jetzt würde es reichen, sie konnte ja jederzeit nach Hause gehen und mehr holen, falls sie etwas brauchte.

"Noch nicht ganz. Ich verstehe." Er lachte und trommelte mit den Fingern an die Wand. "Murph hat gesagt, dass sie dir nur das Fitnessstudio gezeigt hat. Komm, ich gebe dir die offizielle Tour, die du gestern Abend nicht bekommen hast.

Er begann mit dem Meditationsgarten, komplett mit einem fließenden Brunnen, einer Engelsstatue und einem Koi-Teich, und endete bei dem Spielzimmer oder dem "Man Cave", wie er es nannte. "Ich habe nicht mehr viel Zeit für die Xbox, aber hin und wieder mag ich es, meine Schwester bei einem Spiel Smash in den Hintern zu treten." Er hob die Controller auf. "Spielst du?"

Zoe unterdrückte ein Lächeln. "Vielleicht schon ein- oder zweimal." Es war eine Lüge, eine, von der sie dachte, dass sie später nützlich sein würde, falls er sich dazu entschloss, sie herauszufordern. Sie spielte mindestens einmal pro Woche Smash mit ihrem Bruder, wenn sie an seinen freien Tagen bei ihm war. Ihr Favorit war lila Kirby und sie konnte mit ihm ziemlich schwere Schäden anrichten.

Es gab auch alte Spielautomaten in diesem Raum. Pinball und ein Billardtisch, ein paar Old-School-Videospiele wie Donkey Kong und Centipede und etwas, das er "Pachinko" nannte. Mehrere Kisten standen noch herum, aber zum größten Teil hatte er den Raum eingerichtet und alte Filmplakate zierten die Wand.

"Was ist das?" Sie zeigte auf einen eingerahmten Button in einem Setzkasten.

"Das ist der „May the Force Be With You"- Button meines Großvaters. Er hat ihn am Eröffnungstag '77, oder wann immer es war, bekommen."

"Wow, dein Großvater ist ein großer *Star Wars-Fan?* Mein Vater auch." Nun, das *war* er, dachte Zoe traurig. Damals, als sich Papa noch an die ganzen Details erinnern konnte, die das Universum des 42-jährigen Films ausmachten. Es waren einige der glücklichsten Erinnerungen, die Zoe von ihrem Vater hatte. Er war so oft nicht da gewesen, hatte nur selten für Zoe und Pete Zeit gehabt, als sie Kinder waren, aber sie hatten fast alle *Stars Wars* Filme zusammengesehen.

"Ja? Das ist cool. Ich bin ein großer Fan deines Vaters, weißt du. Früher als Kind habe ich ihm zugesehen. Pop hat mir die ganz Großen gezeigt. Kip Reynolds, Dan Marino, Joe Montana. Wie geht es ihm denn eigentlich? Deinem Vater, meine ich."

Zoe zögerte, bevor sie sagte: "Er ist okay. Er lebt jetzt, da meine Mutter nicht mehr da ist, in einem Altersheim. Treibt alle in den Wahnsinn."

"Nein, ich wette, jeder liebt ihn. Dein Vater war ein richtiger Charmeur, immer zum Scherzen aufgelegt."

Das war er gewesen, obwohl er eigentlich nicht viel Zeit gehabt hatte, mit seinen Kindern herumzualbern. Er hatte sie geliebt, er hatte sie unterstützt, aber es war klar, dass sie nicht seine Priorität waren. "Oh, ja. Sie lieben ihn."

"Und deine Mutter? Was ist mit ihr passiert?"

"Sie starb letztes Jahr an einem massiven Schlaganfall. Es war ein Schock und wir, Pete und ich und mein Vater, nun ..." Zoe holte zitternd Luft, wollte nicht mehr über ihren Vater oder ihre Mutter sprechen.

"Es tut mir leid, Zoe."

"Danke. Ich vermisse sie." Ich vermisse sie beide. Sie musste das Thema ändern und sagte: "Wollen wir etwas zu essen holen? Ich bin am Verhungern und kann in den Laden laufen. Ein paar Lebensmittel besorgen."

"Willst du nicht erst das Fitnessstudio sehen?", fragte er.

"Oh, Murph hat es mir gezeigt, bevor sie mir mein Zimmer gezeigt hat, erinnerst du dich?"

"Richtig, ich hatte es ganz vergessen. Muss der Ball sein, der mich gestern am Kopf erwischt hat."

Sie lachte und es gefiel ihr, dass er sich über sich selbst lustig machen konnte.

"Ich habe Lust auf Sushi und ich kenne ein ausgezeichnetes Restaurant, das liefert."

"Solange wir die Rechnung teilen, klingt das gut."

Nachdem sie darüber gesprochen hatten, was sie essen wollten, bestellte Gabe das Sushi, während sie durch das Wohnzimmer ging und die gerahmten Footballbilder an den Wänden sowie alte Fotos eines lächelnden Paares mit zwei kleinen Kindern anschaute. "Sind das deine Eltern?"

"Ja."

"Sie sind ein gutaussehendes Paar." Sie konnte auf jeden Fall sehen, wo er und seine Schwester ihr atemberaubend gutes Aussehen herhatten. Als Kind war er blonder gewesen, obwohl die dunkelblauen Augen unverkennbar Gabe waren.

"Danke. Ich erinnere mich erstaunlicherweise an vieles. An winzige Details, wie die Art und Weise, wie mein Vater sich nach jeder Mahlzeit oft geräuspert hat, oder die Art und Weise, wie meine Mutter ihren Kopf beim Lachen zurückwarf."

"Es muss schwer sein, ohne Eltern aufzuwachsen." Zumindest hatte sie viel Zeit mit ihren Eltern gehabt und sie hatte immer noch ihren Vater, obwohl es eine ganz andere Art war, sich von ihrem Vater aufgrund von Alzheimer zu verabschieden. Langsam und schmerzhaft, obwohl sie immer noch die Hand ihres Vaters halten konnte, wann immer sie wollte.

"Das war es am Anfang auch. Zumindest für mich. Ich glaube nicht, dass sich meine Schwester an vieles erinnert. Für sie ist es, als ob wir schon immer bei unseren Großeltern gewesen waren. Zum Glück waren Mimi und Pop ziemlich aktiv. Sie konnten mit uns mithalten. Ich fühle mich manchmal schuldig, weil sie mehr Kinder großziehen mussten, obwohl sie dachten, sie hätten es bereits hinter sich."

"Aw, das ist eine traurige Art, es zu sehen. Ich bin sicher, dass sie dich und deine Schwester gern großgezogen haben."

"Gott, nein. Ich war eine Katastrophe. Habe ihnen so viel Kummer bereitet." Er lachte und holte eine Flasche Weißwein heraus, entkorkte sie und schenkte sich ein Glas voll ein. "Deshalb haben sie mich zum Football gesteckt, damit ich diese Energie in *etwas* kanalisieren konnte. Möchtest du auch?"

Sie dachte kurz darüber nach. Es war so viel, an das sie sich gewöhnen musste. Ihre Freizeit mit einem Kunden zu verbringen, ihn zu Hause zu sehen, und jetzt wollte er mit ihr eine Flasche Wein trinken.

Ach, zum Teufel. Es war eine stressige Woche gewesen und außerdem genoss sie das Beisammensein mit Gabe.

"Sicher."

Er schenkte ihr ein und brachte ihr das Glas. Als er ihr das Glas überreichte, strichen seine Finger über ihre. Seine Hände waren groß, rau und kräftig, seine Arme schlank und muskulös. Etwas schnürte ihr die Brust zu, auch als er wegging und wieder über seine Familie plauderte.

Offenbar hatte ihm sein Großvater als Teenager ein Ultimatum gestellt, entweder er riss sich am Riemen oder lebte bei einer anderen Familie, und weil Gabe seine Familie nicht wieder verlieren wollte, riss er sich zusammen. Der Football hatte es geschafft – er bewahrte seine Noten vor dem Abrutschen, schärfte seine Sinne und hielt seinen Körper ... in guter Form.

Ja.

Sie nippte an ihrem Wein und versuchte, nicht auf seinen Körper zu starren.

Sie musste zustimmen.

Während sie auf das Essen warteten, nahm sie am Tresen Platz, während er am anderen Ende stand und ihr Fragen über ihre Kindheit stellte. Sie konzentrierte sich hauptsächlich auf ihre enge Beziehung zu Pete, der in der High School und auf dem College Football gespielt hatte, aber nie das Verlangen hatte, es auch professionell auszuüben.

"War dein Vater darüber enttäuscht?", fragte er.

"Ich möchte gern nein sagen, aber ich denke, er war es. Und Pete wusste es auch. Ich denke, das ist der Grund, warum Pete so lange gespielt hat. Football war alles für Papa, also wenn du das mit ihm gemeinsam hattest, dann war es so viel einfacher, eine Beziehung zu ihm aufzubauen."

Gabe runzelte die Stirn. "Du hast also keine tolle Beziehung zu deinem Vater?"

Zoe zögerte und versuchte Vernunft und Emotion zu trennen. Versuchte fair zu sein. "Er ist ein guter Mann. Ein guter Vater. Aber er war die meiste Zeit nicht da."

Er nickte langsam. "Ist das der Grund, warum du ins Training eingestiegen bist? Um eine Verbindung zu ihm aufzubauen?"

"Um ehrlich zu sein, es *war* der Grund, aber nur am Anfang. Als ich mein Studium begann, wurde es zu einer wahren Leidenschaft für mich. Und ich merkte, dass ich auch ziemlich gut darin war, also ..."

Sie zuckte mit den Achseln und Gabe schüttelte den Kopf. "Du bist besser als nur gut, Zoe."

Sie hob eine Augenbraue. "Du hast bisher nur eine Sitzung mit mir gemacht, Gabe."

"Eine war mehr als genug. Und doch nicht annähernd genug."

Bei seinen Worten und seinem warmen Blick spürte Zoe, wie etwas in ihr schmolz. Sie öffnete ihren Mund, nicht sicher, was sie sagen würde, aber Gabes Telefon summte. Als er nach unten blickte, tippte er auf etwas auf den Bildschirm. "Das Essen ist da. Ich bin sofort zurück."

Zoe lehnte sich nach vorn und hörte, wie Gabe die Tür öffnete. Der Lieferant bat um ein Autogramm und Gabe willigte fröhlich ein. Sie lächelte. Sie erinnerte sich, wie ihr Vater das gleiche vor Jahren getan hatte.

"Lass uns essen", sagte er, als er mit den Sushi-Boxen zurückkehrte. Er stellte alles vor einen riesigen Fernseher und schaltete Netflix ein. Sie konnte sich nicht daran erinnern, was sie gesehen hatten, weil es meistens nur als Hintergrundgeräusch diente.

Während sie aßen, sprachen sie weiter über College, Football und ihre Lieblingsrestaurants in der Stadt. Sie erfuhr, wie sehr er Chicago wirklich vermisste, aber er vermied es, über sein altes Team zu sprechen, und sie ahnte, dass sie ihm weh getan hatten. Sie hatte auch gestern beim Training gesehen, wie zurückhaltend er den Jungs in seinem neuen Team gegenüber gewesen war.

Er brauchte etwas Zeit, um sich anzupassen.

Und vielleicht brauchte er auch nur einen Freund.

Könnte sie das für ihn sein?

Als sie ihren Wein getrunken hatte, goss sie sich ein weiteres Glas ein. Sie wollte sich noch ein bisschen länger so wohl fühlen. Es war eine erfrischende Abwechslung zu dem Stress, den sie in letzter Zeit gehabt hatte. Chillen, fernsehen, leckeres Sushi essen und mit Gabe lachen. Nicht mit Gabe Murphy, dem Wide Receiver. Nur mit Gabe.

"Was hat deine Schwester gestern gesagt?"

"Wann?"

"Nachdem du den Ball an den Kopf bekommen hast. "

Er bewarf sie mit Reis. "Du meinst den Tag, an dem ich gut in Form war und den Coach beeindruckt habe?"

"Mmm, das ist fraglich." Zoe lachte und bedeckte ihren Mund mit ihrer Hand.

"Nicht." Er streckte die Hand aus und zog sanft die Hand weg. "Verstecke dein Lächeln nicht. Es ist wunderschön. Und höllisch sexy."

Sie wurde still und versuchte, so sanft wie möglich zu schlucken. Zwischen ihnen lag etwas Elektrisches in der Luft, etwas, das sie fast wie eine warme Decke greifen und um sich wickeln konnte.

"Sie hat ein paar Zeilen von Austin Powers zitiert."

"Der alte 90er-Jahre-Film?"

"Ja. Magst du ihn sehen? Ich kann ihn jetzt einlegen, wenn du willst ..." Er schnappte sich bereits die Fernbedienung und durchsuchte seine Datenbank, um den betreffenden Film zu finden.

Zoe beobachtete ihn. Er war wie ein kleines Kind, das bereit war, seine Plastik-Dinosaurier-Sammlung dem Mädchen von nebenan zu zeigen. So niedlich es auch war, Austin Powers interessierte sie nicht. Sie interessierte der Mann, der neben ihr saß, der rundum glücklich war und sich wohlfühlte.

"Hier ist es – es ist die Szene mit all dem ernsthaften Gerede."

Als er wieder sprach, zuckte sie zusammen. Sie hatte es nicht bemerkt, aber sie hatte sich näher zu ihm gelehnt und sich darauf vorbereitet, es sich gemütlich zu machen und fernzusehen. Als er sich dann zurücklehnte, berührten seine Schultern ihre.

Überrascht starrte er sie mit diesen verdammt sexy Augen an.

Sein Mund war so voll, so perfekt, dass sie nicht mehr klar denken konnte.

Und als er sich leicht zu ihr neigte, küsste sie ihn.

KAPITEL 9

*D*er Kuss überraschte ihn. Alles, was er tun wollte, war ihr ein Video zu zeigen, aber als er sich zurücklehnte, lag Zoe auf dem Sofa, ein Jaguar mit zierlichen Füßen, beide Hände umklammerten ihr Glas Wein. Eine entspannte Frau, wie sie im Buche stand. Eine mit deutlichem Verlangen in den Augen und einer Einladung auf ihren Schmolllippen.

Obwohl sie den Kuss initiierte, schloss er die Augen und versank darin.

Er schmeckte zuerst die süße Würze des Weins, dann spürte er den weichen Druck ihres Körpers, der sich in seinem entgegenbog und mehr wollte. Also gab er ihr mehr, weil er es auch wollte. Er zog sie an sich, legte seine Hand in ihren Nacken und küsste sie tief und fühlte einen Energiestrom, der zwischen ihnen wie eine angeschlagene Saite vibrierte.

Gabe liebte den Geschmack ihrer Lippen. Seine Zunge suchte nach ihrer und der Kuss, mit dem er belohnt wurde, war sogar noch süßer als der erste. Er zog sie näher und hatte das Gefühl in ein Kaninchenloch zu fallen, als sie plötzlich innehielt, als wären die 20 Cent, die man in den Schlitz für die Karussellfahrt gesteckt hatte, abgelaufen.

Zoe löste sich von ihm und starrte ihn mit weiten Augen an.

"Es tut mir so leid. Wir können nicht—"

Sie stellte ihr leeres Weinglas auf den Couchtisch, stand schnell auf, nahm ihre Sandalen und hinterließ eine nach Zoe duftende Wolke, in der sie nur einen Augenblick zuvor noch gesessen hatte. Er machte sich nicht die Mühe, ihr hinterherzurufen oder zu versuchen, darüber zu sprechen. Er ließ sie gehen – es war klar, warum sie sich aufregte: Sie hatten die Grenze von Kunde und Trainer überschritten.

Er lauschte, wie ihre Schritte im Gang leiser wurden, bevor sich ihre Tür schloss. Erst dann lehnte sich Gabe zurück, legte die Füße auf den Tisch und stieß einen Seufzer aus.

Sie waren in dem Moment gefangen gewesen, das war alles. Himmel, sie war nicht nur seine Trainerin, sondern sie wohnte jetzt bei ihm. Das durfte er nicht ausnutzen. Es würde keine Küsse mehr geben.

Aber verdammt, er würde das bereuen. Für eine kurze Zeit, während sie geredet hatten und vor allem, als sie sich geküsst hatten, hatte Zoe es irgendwie geschafft, das Unmögliche zu erreichen. Sie hatte ihn den Football vergessen lassen. Er vergaß, dass er seine zweite Familie, seine Heimatstadt, sein Identitätsgefühl verloren hatte, die immer seine Leistung als Footballer bestimmt hatten.

Zum ersten Mal seit langer Zeit fühlte er sich wieder wie ein ganzer Mensch. Er war glücklich gewesen.

Irgendwie musste er dieses Gefühl auch ohne Zoe zurückbekommen.

Er sperrte das Haus ab, hinterließ seiner Schwester einen Zettel, auf dem er ihr mitteilte, dass sie die Reste des Sushis essen konnte, falls sie mochte, und ging nach oben. Er ging direkt an ihrem Zimmer vorbei, an ihrer geschlossenen Tür, und sah das Licht der Nachttischlampe, das unter der Tür hindurchfiel. Für einen kurzen Moment dachte er darüber nach, ihr leise Gute Nacht zu sagen, entschied sich aber dagegen. Als er vorbeiging, hörte er ihre gedämpfte Stimme. Vielleicht hatte sie eine beste Freundin, mit der sie telefonierte und die ihr sagte, sie solle ausziehen. Das wollte er nicht – er hatte ihre Gesellschaft heute wirklich genossen. Aber was auch immer passierte, er würde es akzeptieren. Himmel, vielleicht *wäre* es für beide besser, wenn Gabe einen anderen Trainer finden würde. Sie müsste sich keine Sorgen machen, berufliche Grenzen zu überschreiten, und er müsste sich keine Sorgen machen, dass Zoe ihn von seiner Priorität ablenken würde – wieder in Topform zu kommen, damit er beim Football sein Bestes geben konnte.

Gabe schloss die Tür zu seinem Zimmer, machte sich bettfertig und merkte, dass sein Körper schmerzte. Er rieb sich die Schulter und wollte den dumpfen Schmerz vertreiben. Er nahm eines seiner verordneten Schmerzmittel, das den pochenden Schmerz linderte, ihn aber auch schnell müde machte.

Das Unterbewusstsein war etwas Schönes, denn plötzlich waren er und Zoe wieder auf der Couch, aber anstatt dass sie sich dieses Mal von ihm löste, wollte sie mehr, genau wie er. Sie stand auf und setzte sich rittlings auf ihn. Sie sah ihn an und senkte ihr erhitztes Zentrum zwischen ihren Beinen auf seinen Schritt und rieb sich an ihm. Brüste strichen über seine Brust, als sie sich vorbeugte und ihn küsste, tief und innig.

Im Traum hatte sie Trainingskleidung getragen, aber einen Moment später hatte sie nichts mehr an. Er verteilte Küsse über ihrem Hals, hielt inne, um ihr Schlüsselbein zu kosten, und spürte ihren Herzschlag an seiner Brust. Er legte seine Hände an ihre Brüste und drückte sie zusammen, brachte ihre steifen rosa Brustwarzen so nah wie möglich zusammen, um abwechselnd daran zu knabbern.

Er drückte seinen Schwanz nach oben in sie, bis zum Anschlag und vergrub sich tief in ihrem schönen Körper. Und dann ritt sie ihn, schmale Hände klammerten sich an seine Schultern, ihre langen dunklen Haare kitzelten seine Brust, während sie seinen Schwanz benutzte, um sich ihrem Orgasmus immer näher zu bringen. Ihre Augen schlossen sich, und er konnte den salzigen Schweiß auf ihrer Brust schmecken, hatte seine Nase zwischen ihren Brüsten vergraben. Zoe ritt seinen Schwanz schneller und brachte sie beide in Richtung Höhepunkt ...

Gabe wachte schweißgebadet auf, setzte sich in der Dunkelheit auf und keuchte.

Was zum Teufel? Er hatte in den letzten Nächten von ihr geträumt, aber keiner der Träume war so lebendig gewesen. Offensichtlich hatte der Kuss seine Fantasie beflügelt. Sein Schwanz war steinhart, so hart, dass es verdammt weh tat.

Und Zoe war direkt am anderen Ende des Gangs.

Nein.

Reiß dich zusammen, Arschloch.

Er stand auf und ging ins Badezimmer, zog seine Kleider aus und schaltete die kalte Dusche ein. Als er hineintrat und seine Erektion nachließ, ließ Gabe das Wasser über sich fließen und realisierte schockiert, dass Zoe ihn bereits bis ins Mark erschüttert hatte. Ob sie ihn nun trainierte oder nicht. Ob sie nun auszog oder nicht.

$\mathcal{A}$m nächsten Morgen absolvierten Zoe und Gabe ihre erste Trainingseinheit in seinem Heimfitnesscenter. Genau wie an dem Tag, als sie das Fitnessstudio das erste Mal gesehen hatte, bekam Zoe fast einen Orgasmus angesichts des tollen Studios, vor allem als sie die ausgeklügelten TechnoGym Cardio-Maschinen und Kinese-Geräte betrachtete, die so konzipiert waren, dass man verschiedene Muskeln gleichzeitig trainieren konnte. Es war genau das, was man von einem NFL-MVP mit einem millionenschweren Gehalt erwarten würde. Es stellte das Iron Maiden komplett in den Schatten und sie wurde noch deprimierter, als sie an ihren Vater dachte. Sie rief sich ins Gedächtnis, dass die Zeit, die sie hier in diesem Fitnessstudio verbringen würde, ihr das Geld für die Sanierung des anderen einbrachte, wenn sie alles richtig machte.

Weder sie noch Gabe erwähnten den Kuss des letzten Abends, und obwohl es zunächst einige unangenehme Pausen in ihrem Gespräch gab (sowie einige Blickkontakte, die länger anhielten als notwendig), schafften sie es normal miteinander umzugehen, sobald sie ihre Sitzung angefangen hatten. Die meiste Zeit hielt Zoe ihn mit Beweglichkeits- und Kraftübungen auf Trab, die jeden anderen außer Puste gebracht hätten. Angesichts seiner enormen Ausdauer war Gabe nie zu sehr außer Puste, um nicht mehr sprechen zu können, aber zum Glück redete er nur über unverfängliche Themen, fragte sie, was sie an Savannah am meisten mochte und daran, im Iron Maiden zu arbeiten. Dennoch fühlte Zoe sich schuldig. Nachdem Gabe anfangs gesagt hatte, dass er sie nicht in seinem Haus haben wollte, hatte er ihr doch vertraut, sie zu sich nach Hause geholte und sich professionell verhalten – und was hatte sie getan? Sie hatte ihn bei der ersten sich bietenden Gelegenheit geküsst und war dann vor ihm weggelaufen, als hätte *er* etwas falsch gemacht. Obwohl es freundlich von ihm war, dass er es nicht erwähnte, musste sie sich dem stellen, was geschehen war.

Gestern Abend hatte sie mit ihrem Bruder gesprochen und hatte ihm erzählt, dass sie einen Fehler mit dem Einzug gemacht hatte und dass sie es Gabe sagen würde, auch wenn es bedeutete, den Bonus zu verlieren, den Murph und Gabe sich bereit erklärt hatten, ihr zu zahlen. Pete hatte ihrer Entscheidung zugestimmt. Warum sollte sie es sich selbst schwer machen? Nur wusste ihr Bruder nicht, wie hoch verschuldet Zoe war. Er half bei der Bezahlung der Pflegestelle ihres Vaters, aber da waren immer noch die Rechnungen vom Iron Maiden und das war Zoes alleinige Verantwortung.

Zu blöd, dass sie sogar jetzt, als sie sich eigentlich auf ihr Geschäft und Gabes Work-out konzentrieren sollte, nur an Gabes starke Hände auf ihren Hüften und seine Lippen denken konnte, die sie so sanft geküsst hatten. Ein Kuss sagte einem alles, und der Kurze gestern Abend hatte ihr viel mehr versprochen.

"Werden wir darüber reden?", fragte Gabe plötzlich.

Zoe schaute auf und sah ihn vor sich stehen, die Hände in die Hüften gestemmt, wobei er offensichtlich mitten in den Burpees innegehalten hatte.

Zoe seufzte und schluckte hart. Sie hatte warten wollen, bis das Training vorbei war, bevor sie etwas sagte, aber scheinbar war der Zeitpunkt jetzt gekommen. "Ich übernehme die volle Verantwortung für das, was gestern Abend passiert ist, Gabe."

"Volle Verantwortung, Zoe? Wirklich? Denn soweit ich mich daran erinnere, war das meine Zunge in deinem Mund."

Sie wurde rot. "Ja, nun, ich habe den Kuss initiiert und dabei habe ich noch nicht einmal 24 Stunden unter deinem Dach gelebt."

"Du hast ihn initiiert und ich habe ihn von ganzem Herzen erwidert. Ich bin verdammt froh, dass du mich geküsst hast, Zoe. Ich wollte dich bereits küssen, seit ich dich zum ersten Mal gesehen habe."

Seine kühnen Worte erfüllten sie mit Freude, aber nur einen kurzen Moment lang. "Nun, Das hast du aber nicht, und zwar aus gutem Grund. Weil wir zusammenarbeiten und so professionell wie möglich bleiben müssen. Das bedeutet, dass, so sehr ich dein Angebot, hier zu wohnen, auch schätze –"

"Warum?"

Ihre Augen weiteten sich. "Entschuldigung?"

"Warum müssen wir die Dinge ganz professionell halten, wenn wir uns offensichtlich zueinander hingezogen fühlen? Es gibt keine offizielle Regel, die besagt, dass zwischen einem Trainer und einem Kunden nichts laufen darf, oder?"

"*Ich* habe eine Regel dagegen. Weil mir meine Karriere wichtig ist, ist mir dieser *Job* wichtig, und wenn die Grenzen verschwimmen, wird es bestenfalls unangenehm werden – denke nur daran, wie wir heute diese Sitzung begonnen haben – oder im schlimmsten Fall streiten wir uns. Ich möchte nicht das Risiko eingehen, dass etwas zwischen uns persönlich schief geht und du dich entschließt, mich rauszuwerfen oder noch schlimmer, mich bei den gesamten Savannah Bootleggers schlecht machst."

"Das würde ich nicht tun", knirschte Gabe.

"Ich glaube nicht, dass du es tun würdest, aber Sex verändert die Dinge, Gabe. Das kannst du nicht abstreiten. Außerdem stehe ich nicht auf Gelegenheitssex. Und da du gerade erst hierher gezogen bist und dein Fokus offensichtlich auf den Football gerichtet ist, gehe ich davon aus, dass du keine feste Beziehung eingehen willst. Oder irre ich mich?"

Gabe starrte sie an und sah aus, als wolle er weiter streiten, aber dann schien ihm die Luft auszugehen. "Du irrst dich nicht. Football ist meine Priorität. Das muss er sein. Doch noch viel wichtiger ist, dass ich nie etwas tun werde, was dir schadet, Zoe. Also bitte, zieh nicht wegen dem, was passiert ist, aus. Du kannst mir vertrauen."

Aber konnte sie sich selbst vertrauen? Sie war sich nicht sicher. "Gabe ...", begann sie mit Unentschlossenheit in ihrer Stimme.

"Wir halten die Dinge professionell zwischen uns. Weiter wird nichts sein", sagte er mit leerer Miene, als würde er sie bereits an ihren richtigen Platz stellen: nur eine Trainerin, keine Küsse, keine Emotionen, nichts. Und obwohl sie ihm gerade gesagt hatte, dass es so sein sollte, merkte sie, dass sie diesen Gedanken hasste.

Zoe biss sich auf die Lippe. "Nun, es muss nicht vollkommen professionell zwischen uns sein. Wir können Freunde sein, nicht wahr?"

Er sah tatsächlich so aus, als ob es das Letzte war, was er wollte, aber er nickte zustimmend. "Natürlich."

"Warum beendest du dann nicht die Burpees und sagst mir, was du von deinen neuen Teamkollegen hältst." Gabe war großartig und gab ihr eine weitere Chance zu beweisen, dass sie die Dinge händeln konnte, ohne sich auf ihn zu stürzen. Also war die Sache gestern Abend etwas aus dem Ruder gelaufen. Na und? Vielleicht würde jetzt, nachdem sie darüber gesprochen hatten, wie die Dinge zwischen ihnen laufen sollten, ja alles in Ordnung sein.

Gabe seufzte und machte mit den Burpees weiter. Er schwieg eine Weile, aber schließlich sagte er: "Die meisten Jungs im Team scheinen anständig zu sein. Kyle Young hat sich mir vorgestellt."

"Oh. Kyle Young, der die Prinzessin Arabella von Salasia geheiratet hat. Der Kyle Young?"

Gabe schnaubte. "Der Mann ist ein GOAT und das ist es, was dich interessiert? Als Tochter von Kip Reynolds solltest du dich schämen."

Zoe schnaubte. "Als Tochter von Kip Reynolds weiß ich, dass Young der Größte aller Zeiten ist, weil er letzte Saison 50 passing Touchdowns und 2 rushing Touchdowns hatte, und er steht an erster Stelle in der Gesamtzahl von Touchdowns aller Spieler. Er hat sich den MVP der Liga in seinem zweiten Jahr verdient *und* seit er als Quarterback die Bootleggers übernommen hat, haben sie die Playoffs der letzten fünf Jahre gewonnen und von denen 2 Mal den Super Bowl. Aber trotz dass ich das alles weiß, finde ich es immer noch ziemlich cool, dass er eine Prinzessin geheiratet hat, vor allem, weil ich gehört habe, dass alle gegen die Verbindung waren, und um sie für sich zu gewinnen, hat er förmlich den Palast gestürmt."

Gabe hielt wieder inne, legte die Hände auf die Hüften und grinste. "Ach, willst du damit behaupten, dass du, Zoe Reynolds, eine Frau, die mich nach unserem ersten Training fast zum Weinen gebracht hätte, tief in dir eine Romantikerin bist?"

"Ich hätte dich fast zum Weinen gebracht?"

Er hielt seinen Zeigefinger und Daumen hoch, um einen kleinen Abstand dazwischen anzuzeigen. "So knapp davor."

Sie lachte. "Nun, das war erst der Anfang, Murphy. Und ja, ich nehme an, ich bin eine Romantikerin, wenn es darum geht, dass ein Mann bereit ist, nicht nur Berge zu erklimmen, sondern sogar um die Frau, die er liebt, kämpfen würde."

"Huh." Gabe neigte den Kopf und starrte sie kritisch an. "Hast du jemals schon so für jemanden empfunden? Dass du bereit bist für denjenigen, den du liebst, zu kämpfen?"

Zoe dachte an die drei ernsten Freunde, die sie gehabt hatte, und obwohl sie sie alle gern gemocht hatte, hatte sie ihnen nie gesagt, dass sie sie liebte. "Ich hoffe, das wird eines Tages so sein.

Nachdem ich mein Leben in Ordnung gebracht habe. Hast du jemals so empfunden?"

Er zuckte mit den Achseln. "Ich hatte bisher nur eine ernsthafte Beziehung und es stellte sich heraus, dass Renee das Geld liebte, das mit einem NFL-Spieler kommt, aber nicht die Opfer, die sie dafür bringen musste. Aber am Ende war es zu meinem Besten."

"Richtig. Denn Football hat Priorität", sagte sie gleichmütig. Jeder hatte seine Prioritäten und sich zu verlieben war nicht immer eine davon. Es war auch nichts für sie. Sie musste ihre finanzielle Situation in den Griff bekommen. So viel Zeit wie möglich mit ihrem Vater verbringen. Das Iron Maiden wieder auf Kurs bringen. Das alles war auch nicht anders als Gabes Karriereziele. "Es wird nicht lange dauern, bis du dich hier etabliert hast."

"Ich hoffe es. So oder so, ich bin mir nicht sicher, ob diese Liebe, von der du sprichst, tatsächlich existiert. Aber ich weiß, dass ich für meine Schwester sterben würde. Dass ich gestorben wäre, wenn ich meine Eltern hätte retten können. Vielleicht ist das dasselbe."

Zoe starrte ihn an und sah erneut, wie sich seine Augen vor Traurigkeit verdunkelten, als er über seine Eltern sprach. Sie spürte dieselbe Trauer über den langsamen Verlust ihres Vaters, eines Mannes, der sie geliebt hatte, der aber seine eigene Familie, Zoe, ihre Mutter und ihren Bruder immer dem Football hintenangestellt hatte. Er hatte es nie gesagt, aber es war offensichtlich bei den Familienfeiern und Schulveranstaltungen, die er verpasst hatte. Als sie als Erwachsene anfingen, sich näher zu kommen, nachdem er in Rente gegangen war, war Zoe zu beschäftigt damit, ihr eigenes Leben aufzubauen, und dann hatte die Krankheit ihres Vaters begonnen.

Ihr Herz schmerzte vor Bedauern, sowohl über Gabes und Murphs Verlust, darüber, was sie nie wieder mit ihrem Vater haben würde, als auch darüber, was sie nie mit Gabe haben würde.

Er verdiente die Art von Liebe, über die sie gesprochen hatten, und vielleicht fand er sie eines Tages wirklich.

Nur eben nicht bei ihr.

Sie räusperte sich. "Nun, warum beenden wir nicht das Training und dann überlasse ich dich dir selbst."

Nach ihrem wackeligen Start fanden Zoe und Gabe in eine Routine. Sie trainierte ihn sechs Tage die Woche, an zwei Tagen zweimal und kam oft zu seinem Training, um ihn spielen zu sehen. Schon in der ersten Woche zeigte er eine sichtbare Verbesserung seiner Bewegungs- und Reaktionszeit, was ihn dazu veranlasste, ihr High-Five zu geben und sie die GOAT der physischen Trainer zu nennen. Im Gegenzug drängte sie ihn dazu, noch mehr zu geben, aber manchmal wollte er es übertreiben und sie musste ihn zügeln.

Zoe bestand darauf, ihre eigenen Lebensmittel zu kaufen, und sogar einiges für Gabe und Murph. Sie hatte Gabe auch gebeten, einen Teil ihrer Trainingsgebühr abzuziehen, um die Kosten für ihren Aufenthalt bei ihnen zu decken, aber Gabe hatte sich entschieden geweigert. ("Welche Kosten? Das Schlafzimmer stand leer und die Klimaanlage würde so oder so laufen, also vergiss es"). Sie war unglaublich gerührt von der Großzügigkeit der Geschwister.

Wenn sie nicht trainierten, waren sie einfach Freunde. Zoe hatte sich noch nie so schnell so wohl bei jemandem gefühlt, es fiel ihr leicht, da Gabe lustig war, man wunderbar mit ihm plaudern konnte, und er, außer es ging um seine Footballkarriere, locker war. Sie waren oft zusammen, aßen gemeinsam, schauten Filme und machten sogar Spaziergänge durch seine schöne

Wohngegend. Manchmal schloss sich Murph ihnen an, aber meistens war sie unterwegs, kümmerte sich um ihren Job und kam nur vorbei, um Kleidung, Schuhe und andere persönliche Gegenstände abzuholen, ihnen zu winken und wieder zu verschwinden.

Natürlich war Gabe intensiv mit seinem Training beschäftigt und Zoe hatte selbst einen engen Zeitplan, musste sich um das Iron Maiden kümmern, ihren Vater und ihren Bruder besuchen, aber sie genoss die gemeinsame Zeit mit Gabe sehr. Manchmal jedoch war es ein Fluch, denn je mehr Zeit sie mit ihm verbrachte, umso mehr fing sie an ihn zu mögen.

Und je mehr sie ihn als Mensch mochte, desto mehr zog er sie als Mann an.

Anfangs hatte sie es so gut es ging vermieden, ihn während ihrer Sitzungen zu berühren, aber als sie merkte, was sie tat, schämte sie sich für sich selbst. Sie musste Gabe berühren, um seine Positionierung zu korrigieren oder Widerstand während der neuromuskulären Dehnung zu bieten, die seine Muskeln flexibler machte. Also hatte sie aufgehört sich zurückzuhalten, und wenn sie sich dann einmal etwas länger in die Augen sahen, dann war es eben so. Sie sprachen nie über die Anziehungskraft, die zwischen ihnen bestand, da niemand die Büchse der Pandora öffnen wollte, und wenn sie in ihrer Freizeit zusammen waren, hielten sie einen leichten Abstand zueinander. Nicht mehr zu eng beieinander auf dem Sofa kuscheln – sie saß immer wenigstens ein Platz entfernt oder noch besser in seinem riesigen Sessel, während er auf der Couch saß.

"Der Eröffnungstag ist in ein paar Wochen und das bedeutet auch, dass der Cut Day kommt", sagte Gabe eines Tages, nachdem sie gerade eine Trainingseinheit beendet hatten.

Sie war überrascht über die Anspannung, die sie in seiner Stimme hörte.

Am Cut Day überprüften der General Manager, der Cheftrainer, die Assistenten und die Scouts jedes Teams den Kader des Teams und reduzierten die Anzahl der Spieler auf dreiundfünfzig. Jeder Mann im Team wartete gespannt auf diesen Tag, um zu sehen, ob er noch einen Job hatte oder ob er auf der Suche nach Arbeit woanders hingehen musste. Aber Gabe war gerade von den Bootleggers ins Team geholt worden und er war einer der besten Spieler in der NFL, auch mit seiner verletzten Schulter. Sicherlich brauchte er sich keine Sorgen zu machen, dass sie ihn rauswarfen, oder?

Bevor sie ihn fragen konnte, fuhr Gabe fort. "Der bevorstehende Cut Day fängt an, meine Leistung zu beeinflussen. Um die Moral zu steigern, hat der Coach an einem Ort namens Patricia's unten am Fluss, eine große Party arrangiert. Hast du davon schon gehört?"

"Es soll großartig sein. Er hat also vor, eine Party zu veranstalten, alle im Team lernen sich dabei etwas besser kennen und werden sich hoffentlich ein bisschen entspannen?"

"Das ist richtig."

"Wann findet sie statt?"

"Freitagabend. Aber ich gehe nicht hin."

"Warum nicht?"

Er zuckte mit den Achseln. "Es ist nicht obligatorisch und Murph hat Pläne. Ich werde einfach hierbleiben."

Zoe wusste, was er tat. Sie hatte es immer wieder beim Training beobachtet. Wie er sich von seinen Teamkollegen distanzierte. Sich weigerte, jemanden zu nah an sich heran zu lassen. Sie brauchte keine Psychologin zu sein, um zu wissen, dass er von der Entscheidung von The Noise, ihn gehen zu lassen, gekränkt worden war, und er jetzt versuchte sich zu schützen. Sie hasste, dass er litt. Dass er sich isolierte. Als nicht nur seine Trainerin, sondern auch die Freundin, die sie für ihn geworden war, wollte sie ihm helfen, sein Leben hier wiederaufzubauen, was einerseits bedeutete, ihn in eine spitzenmäßige körperliche Form zu bringen, aber andererseits auch hieß, dass sie ihm dabei half, sich anderen gegenüber etwas zu entspannen. Er war so ein großartiger Kerl und er verdiente ein gutes Leben. Football mochte seine Priorität sein, aber jeder brauchte Freundschaften. Außer seiner Schwester und ihr selbst schien er niemanden zu haben.

Ihr kam eine Idee, und bevor sie Zeit hatte darüber nachzudenken, brach es aus ihr heraus: "Was wäre, wenn ich mitkomme?"

Gabe ließ seine Wasserflasche, aus der er gerade trinken wollte, sinken. "Ich dachte, du hättest gesagt, wir müssten die Dinge professionell halten. "

"Das tun wir. Aber wir sind Freunde geworden und das wäre ja kein Date. Die anderen Jungs werden jemanden mitbringen, nicht wahr? Manager, Agenten, Mütter ..."

"Ich nehme es an." Er sah sie aus schmalen Augen an und tat so, als würde er sie verdächtigen. "Was würde denn für dich dabei herausspringen?"

"Muss dabei etwas für mich herausspringen?"

"Meiner Erfahrung nach tut niemand etwas umsonst."

Sie war sich sicher, dass er das zynisch meinte, denn es passte so gar nicht zu dem Mann, den sie in den letzten Wochen kennengelernt hatte. "Wie wäre es damit – ich komme ins Patricia's, ein Fünf-Sterne-Restaurant mit einer sechsmonatigen Warteliste? Außerdem kann ich den Abend mit einem Freund verbringen."

Seine Augen funkelten sie an, und sie verfluchte sich für ihre idiotische Idee. "Sag mir die Wahrheit, Zoe. Ist das alles, was wir sind?"

Überrascht starrte sie ihn an und suchte nach etwas, was sie diesbezüglich noch nicht gesagt hatten, aber in ihrem Herzen wusste sie, warum er fragte. Denn so sehr sie versuchten ihre Beziehung als Freundschaft zu sehen - die Anziehungskraft zwischen ihnen war zu jeder Sekunde vorhanden.

Als sie schwieg, schüttelte er den Kopf. "Egal. Vergiss, dass ich das gesagt habe. Ich denke, ich habe beim letzten Training einige Gehirnzellen verloren. Du forderst mich zu sehr. War nur ein

Spaß!", sagte er, als sie anfing zu protestieren. "Du weißt, ich mag es hart, Pfirsich."

Argh. Jetzt waren ihre Gedanken wieder beim Sex.

"Auf jeden Fall vielen Dank für das Angebot", sagte er. "Und du hast recht, wir sind Freunde. Also ja, lass uns zusammen gehen. Aber nur, weil ich so ein Arschloch war, als wir uns das erste Mal getroffen haben und ich es eventuell mit einem guten Essen und vielleicht mit etwas mehr als nur das, wiedergutmachen kann."

Obwohl sie immer noch von seiner Infragestellung ihrer Freundschaft und der Aussage, er mochte es hart, überrumpelt war, sagte sie nichts dazu, sondern lächelte einfach. "Ähm, ich denke, du hast es schon wiedergutgemacht, indem du in den letzten Wochen kein Arschloch warst, mir ein großartiges Gehalt gezahlt hast *und* mich in deinem erstaunlichen Haus leben lässt. Aber was meinst du mit ,gutes Essen und *mehr* als das'?"

"Ich meine damit, dass du eine der besten Mahlzeiten in ganz Savannah haben kannst – wie ich gehört habe -, *und* vielleicht kannst du auch ein paar Beziehungen knüpfen, die etwas Schwung ins Iron Maiden bringen und das Geschäft etwas ankurbeln."

"Gabe, das ist nicht der Grund, weshalb ich vorgeschlagen habe mitzukommen", sagte sie.

"Ich weiß. Aber du bist eine großartige Trainerin, Zoe. Warum solltest du dich nicht mit anderen Footballspielern vernetzen, nachdem du mit mir fertig bist?"

Bei der Vorstellung, mit ihm "fertig zu sein", obwohl sie kaum begonnen hatten, tat Zoe das Herz ein wenig weh. Murph hatte ihr sechs Wochen Arbeit garantiert, aber wollte Gabe danach nicht weitermachen? Denn auch wenn er nicht so oft oder in dem Maße trainieren musste, wie er es jetzt tat, und auch wenn sie nicht mehr in seinem Haus bleiben musste, hoffte sie doch, dass er auf unbestimmte Zeit mit ihr weiterarbeiten wollte.

Und das nicht nur wegen ihres Jobs. Nicht nur, weil sie Geld brauchte.

Weil sie wusste, dass sie Gabe vermissen, seine Freundschaft vermissen würde.

Aber was konnte sie erwidern? *Magst du mich nicht ausreichend, um mit mir weiterzuarbeiten?* Das klang pathetisch. Sie gab ihm das Beste, was sie als Trainerin zu bieten hatte. Wenn das auf Dauer nicht gut genug für ihn war, dann war es so.

"Ich weiß es nicht, Gabe. Ich habe es dir angeboten, damit ich dir helfen kann dich zu amüsieren, nicht –"

"Willst du dich jetzt drücken, Pfirsich?"

Es war schon lustig, wie wütend sie anfangs auf den Spitznamen reagiert hatte, der sie jetzt mit Freude erfüllte, wenn sie ihn hörte.

Mit Gabe zusammen zu sein war ein Vergnügen, Punkt. Und wenn ihre gemeinsame Zeit wirklich begrenzt war, warum sollte sie es nicht genießen, solange es dauerte?

Ein aufregender Schauer überlief sie. Sie würden vielleicht nicht auf ein Date gehen, aber sie würde dennoch den ganzen Abend mit Gabe verbringen. "Du hast recht. Okay, Freitagabend also. Danke, Gabe."

"Danke, Zoe. Für das Angebot, Freitag mitzukommen. Dafür, dass du eine großartige Trainerin bist. Und dafür, dass du mein Freund sein willst."

KAPITEL 11

*A*m Freitagabend, als Gabe das Klick-Klack von Absätzen im Flur hörte, wusste er, dass sich ihm ein himmlischer Anblick bieten würde. Zoe Reynolds war eine wunderschöne Frau, kein Zweifel, aber die Göttin, die auf ihn zukam, war nicht von dieser Welt. Ihr dunkelgrünes Kleid war an ihrer Taille zusammengerafft und betonte ihre schöne Figur und ein hübscher brauner geflochtener Zopf fiel über ihren Nacken. Die baumelnden Ohrringe verliehen ihr einen Hauch von Eleganz.

Ohne Frage würde Gabe Murphy *der* glücklichste Mann bei der Veranstaltung heute Abend sein. Wenn er es schon nicht schaffte, dass die Leute über seine Leistung auf dem Spielfeld sprachen, dann würde er sie über seine Begleitung reden lassen.

"Wow. Verdammt ..."

"Zu viel?" Sie posierte vor ihm. "Ich habe das Gefühl, dass ich zurückgehen und die Latzhose anziehen sollte, die ich in Erwägung gezogen habe."

"Wage es ja nicht. Wage es nicht, etwas an deinem Aussehen zu ändern. Du bist perfekt." Er lächelte, hielt ihr dann seinen Arm hin und sie legte ihre Finger um seinen Bizeps. Ihre Körperlotion oder das Parfüm, das sie trug, ließ sie wie ein Sommerwald riechen.

"Vielleicht perfekt, um das beste Essen in der Stadt zu vertilgen." Sie schenkte ihm ein schüchternes Lächeln und ihre Grübchen traten hervor, um ihm das Herz zu brechen.

"Du kannst essen, was du willst. Ich habe eine strenge Diät zu halten, sonst wird mir mein Trainer in den Hintern treten."

"Wirklich? Klingt nach einer Trainerin, die ich mag."

"Sie? Nein, nein, ich würde nie eine Trainerin nehmen", sagte er mit Pokergesicht. "Frauen können den Job nicht so gut machen wie ein Kerl. Zu zierlich. Nicht genug Kraft. Außerdem sind Frauen nur für eine Sache gut ..."

Die Augenbraue, die ihr die Stirn hochwanderte, sagte ihm, dass sie ihn schlagen wollte. Schnell fügte er hinzu: "Natürlich um die Welt zu regieren. Was hast du denn gedacht, was ich sagen würde?" Er führte sie nach draußen zur Einfahrt und öffnete die Beifahrertür seines vier Monate alten Porsche 911 in Mitternachtsblau.

Sie stieg ein und fuhr mit der Hand über das braune Leder. "Wow. Wo hattest du dieses Ding versteckt?"

"Garage, zusammen mit meiner Harley und Yamaha." Er liebte seine Motorräder und sein Auto, auch wenn er selten die Zeit hatte, mit ihnen aus reinem Vergnügen zu fahren. "Irgendwann nehme ich dich mal mit."

"O Gott. Ich habe Angst vor Motorrädern."

Die Nacht war deutlich kühler als tagsüber, jetzt, da sie sich dem September näherten, aber zum Glück hatten weder er noch Zoe erwähnt, dass sie wieder in ihr eigenes Haus ziehen sollte, als die Hitzewelle nachließ. Er konnte es kaum erwarten, endlich die ersten Anzeichen von Herbst in der Luft zu spüren, so dass er mit offenem Verdeck fahren konnte. Er würde es jetzt nicht tun – auf keinen Fall würde er Georgia Pfirsichs Haare ruinieren.

Im Auto fragte er sie, ob sie jemals mit einem anderen Profisportler zusammengearbeitet habe, und zu seiner Überraschung nannte sie ein paar Profi-Footballer.

"Sie haben dich nicht unter Vertrag behalten?"

Sie schüttelte den Kopf. "Sie waren hauptsächlich zur Reha bei mir, aber dann ging es ihnen wieder gut und ..." Sie zuckte mit den Achseln und schaute aus dem Fenster, bevor sie sich mit einem müden Lächeln wieder zu ihm wandte. "Die meisten Jungs haben es schwer, die Arbeit mit einer Trainerin zu rechtfertigen, da es so außerhalb der Norm ist. Aber das weißt du ja sicher, oder?"

Es sollte ein Scherz sein, aber die Schuldgefühle plagten ihn immer noch. "Nun, du hast mir gezeigt, dass ich falsch lag. Murph hatte recht, als sie sagte, dass du die Beste bist, und wenn andere das nicht sehen sollten, dann wirst du es auch ihnen beweisen."

Sie brummte nur.

"Du hast gesagt, du hast mit dem Training angefangen, um deinem Vater nahe zu sein, aber hast du selbst schon immer trainiert?"

Sie brach in Gelächter aus. "Gott, nein. Ich war bis zu meinem letzten Schuljahr mollig. Meine Eltern haben aber nie etwas gesagt. Sie waren zufrieden, solange Pete und ich aktiv waren und draußen spielten. Trotzdem kann ich Fastfood oder Pizza nicht ansehen, ohne mich damit vollstopfen zu wollen."

"Das ist aber gut", sagte er. "Ab und zu ist ein kleines Fest der Kohlenhydrate nicht verkehrt."

"Ja, aber es lässt mich nicht mehr los", sagte sie. Er schaute zu ihr, sah, wie sie auf die Straße starrte, während er fuhr. "Es ist nicht etwas, über das man jemals hinwegkommt. Ich habe das Gefühl, dass ich immer mit dem Gewicht zu kämpfen habe, wenn ich nicht aufpasse."

"Hey", sagte er und wartete darauf, dass sie ihn ansah. Ihre großen Augen reflektierten das Licht der Straße. "Du bist perfekt, wie du bist. Mit jedem Gewicht. Pizza oder Grünkohl spielen keine Rolle. Okay?"

Sie reagierte nicht, sondern schaute ihn nur neugierig an – wahrscheinlich, weil sein Ton etwas rauer war, als er es geplant hatte. "Sorry", sagte er und umfasste das Lenkrad fester. In der High School hatte Gabes Freundin Alyssa einen perfekten, natürlichen Körper – große Brüste, breite Hüften, schmale Taille und dicke Oberschenkel. Während Zoes Form athletischer war, glich Alyssa mehr einem Pinup-Mädchen, und beide waren auf ihre eigene Weise attraktiv. Alyssas idiotischer Vater hatte jedoch darauf bestanden, dass sie Salate aß und abnahm, sonst würde sie später einmal fett sein und kein Kerl würde sie ficken wollen. Er hatte es ihr auch so gesagt. "Ich habe nur ... Ich kannte einmal jemanden, der dachte, sie sei nicht perfekt, wie sie war, und es war hart."

Alyssa war in jenem Jahr nach Maine gezogen und er hatte seitdem nichts mehr von ihr gehört. Manchmal fragte er sich, ob sie dank ihres Vaters noch immer mit ihrem Selbstwertgefühl zu kämpfen hatte.

"Ein Freund?", fragte sie.

"Eine ehemalige Freundin. Du hast Glück, dass dein Vater ein netter Kerl ist. Freut mich noch mehr, weil er einer meiner Helden ist." Zoe war danach ruhig. Jedes Mal, wenn sie über ihren Vater sprachen, war das so. Lag es daran, dass er sich so sehr dem Football verschrieben hatte, dass er nicht immer für seine Kinder da gewesen war, oder steckte mehr dahinter?

"Ich würde ihn gerne eines Tages kennenlernen, wenn er Zeit hat", fügte er hinzu.

Zoe holte tief Luft. "Sicher. Ich werde sehen, was er sagt. Er ist die meiste Zeit wirklich beschäftigt. Trifft sich nicht mehr oft mit Fans."

Gabe bog auf den Parkplatz vom Patricia's ein, der schon ziemlich voll war, und fuhr zum Parkdiener. Er gab dem Mann einen Zwanzig-Dollar-Schein und kam um das Auto herum, um die Beifahrertür für Zoe zu öffnen. Als sie ausstieg und seinen Arm nahm, fühlte sich Gabe, als würde er mit einer Königin zur Party gehen.

Als sie sich auf den Weg in einen riesigen privaten Raum mit Bar, Tanzfläche und ausgefallenen Bankettischen machten, waren alle Blicke auf sie gerichtet – die Restaurantbesucher, der Maétre-d', seine Trainer und alle Jungs aus dem Team. Selbst diejenigen, die mit ihren Freundinnen und Ehefrauen erschienen waren, warfen Zoe Reynolds kleine Seitenblicke zu. Mit ihrem strahlenden Lächeln und ihrem natürlichen Aussehen erregte sie Aufmerksamkeit.

"Möchtest du Wein oder etwas anderes?", fragte Gabe.

"Klar, ein Glas Rotwein wäre toll."

Als er ging, um das Getränk zu holen, ging Zoe von Person zu Person, schüttelte Hände und plauderte und alle, mit denen sie sprach, lachten und konnten ihre Augen nicht von ihr nehmen. Die Frau war ein kontaktfreudiger Mensch, etwas, was Gabe nicht war.

In der Öffentlichkeit blühte Zoe auf.

Gabe tat sein Bestes, um mit der Wand zu verschmelzen.

Aber immer wieder sah sie sich im Raum um, als ob sie jemanden suchen würde. Als sich ihre Augen trafen und sie sah, dass er noch an der Bar anstand, lächelte sie und plauderte weiter. Er schätzte es, dass sie offenbar an ihn dachte, auch wenn sie von anderen umgeben war.

Als Gabe Zoe ihr Glas Wein brachte, saß sie an einem Tisch und plauderte mit mehreren Footballspielern, darunter Todd Stevenson, den sie scheinbar in der letzten Saison kurz trainiert hatte. Der Kerl schien nett, aber aufgrund seines Gesprächs mit Zoe im Auto, konnte es Gabe sich nicht verkneifen, ihn hin und wieder anzustarren.

"Zoe ist die beste Trainerin, die ich je hatte", verkündete er laut vor Stevenson und allen anderen, die in der Nähe waren. "Nur ein Narr würde sie gehen lassen."

Bei seinen Worten sah Stevenson ihn belustigt an und Zoe errötete und biss sich auf die Lippe.

Für die nächste halbe Stunde stellte Gabe Zoe so vielen Team-kollegen vor, wie er konnte, und lobte ihr Können als Trainerin, wann immer sich die Gelegenheit bot, und hörte auch beim Abendessen nicht auf sie zu loben. Irgendwann lehnte sich Zoe zu ihm und flüsterte: "Du kannst deinen Abend einfach genießen, Gabe. Ich denke, jeder weiß jetzt, dass ich eine gute Trainerin bin."

"Du bist hier bei mir, Zoe. Glaube mir, ich genieße meinen Abend", sagte er augenzwinkernd, bevor er einen Passanten anrief: "Hey LeBrun, kennst du schon meine Trainerin Zoe Reynolds?"

Sie schüttelte den Kopf, aber er bemerkte das Lächeln, das sie nicht ganz verbergen konnte.

Nach dem Abendessen räumten die Kellner den Tisch in Vorbereitung auf das Dessert ab, als Kyle Young an ihrem Tisch vorbeikam, um sie seiner Frau Arabella vorzustellen. Für eine Prinzessin war sie verdammt bodenständig.

Sie lächelte Gabe an, dann Zoe. "Kyle und ich gehen auf die Tanzfläche. Hat irgendjemand sonst Lust zum Tanzen?"

Stevenson, Zoes ehemaliger Kunde, stand sofort auf und schaute sie an, worauf Gabe sich versteifte. Auf keinen Fall ließ er einen anderen Mann mit Zoe tanzen, während er zusah.

"Ich würde gerne tanzen. Zoe?" Die Worte waren aus seinem Mund, bevor er sie aufhalten konnte.

Zoe wandte sich überrascht zu ihm um. "Bist du sicher?", flüsterte sie, so dass nur er es hören konnte, während ihre Augen zu der kleinen Tanzfläche vor der Live-Band glitten.

Er stand auf. "Ja", sagte er und hielt ihr seine Hand hin. Sobald sie sie ergriff, führte er sie auf die Tanzfläche und nahm sie in den Arm. Zoes Wangen glühten und in ihren blauen Augen lag ein Feuer, das eine Flamme in seinem Herzen entfachte.

Gott, sie war schön.

Und er wollte sie.

Es erschreckte ihn, wie sehr.

Denn manchmal, so wie jetzt, fragte er sich, ob er sie mehr wollte als die Anerkennung seines Coachs.

Mehr als Punkte auf dem Spielfeld.

Noch mehr als den Super Bowl Ring oder den MVP Award oder den Ruhm und Erfolg, um den er sein ganzes Leben lang gekämpft hatte.

Angst erfüllte seine Brust, aber in diesem Moment lächelte Zoe ihn an, und er entspannte sich und ergab sich dem Moment.

Ein Kunde konnte mit seinem Trainer tanzen; das war kein Problem. Und sie waren doch befreundet, also was war so falsch daran, dass zwei Freunde zusammen tanzten?

Nichts.

Fakt war aber: Gabe sah Zoe nicht nur als seine Trainerin. Oder seine Freundin.

Sie fing an, ihm alles zu bedeuten.

KAPITEL 12

*A*ls Zoe das Savannah Oaks betrat, war sie nicht so ängstlich wie normalerweise. Vielleicht lag es daran, dass die letzten Besuche bei ihrem Vater besser gewesen waren als sonst, oder vielleicht lag es an ihrem Abend mit Gabe. So oder so war sie dankbar. Sie besuchte ihren Vater und würde später ins Iron Maiden gehen, um einigen Papierkram zu erledigen. Danach würde sie vielleicht bei Gabes Training vorbeischauen. Sie liebte es, ihm beim Spielen zuzusehen, doch eigentlich war sie gespannt, ob das Essen gestern Abend mit seinem Team ihn für seine Teamkollegen offener gemacht hatte.

Leider lief es nicht ganz so, wie Zoe es erwartet hatte.

Das erste, was sie tat, war, ihrem Vater den Zitronenkuchen zu geben, den sie ihm als Überraschung mitgebracht hatte. Es war sein Lieblingskuchen. Und von da an ging es bergab.

Ihr Vater beschwerte sich nicht nur darüber und behauptete, Zitronenkuchen noch nie gemocht zu haben, er erzählte Zoe auch, dass die Krankenschwestern versuchten, ihn zu vergiften, und warf am Ende den Karton mit dem Zitronenkuchen auf den Boden. Auf Händen und Knien half Zoe beim Wegwischen von verspritzter Merengue und gelber Zitronenfüllung, als die Krankenschwester kam und ihr sagte, dass sie vielleicht besser morgen wiederkommen sollte.

"Ich liebe dich, Papa", hatte sie sich trotz ihrer Traurigkeit abgerungen.

"Ich weiß nicht einmal, wer du bist", hatte ihr Vater geantwortet. "Warum sagst du das, wenn ich nicht einmal weiß, wer du bist?", wiederholte er. Sein Hals hatte so faltig ausgesehen, seine Hände unkontrolliert gezittert.

Danach lehnte sich Zoe auf dem Parkplatz im Nieselregen an ihr Auto und ließ den Tränen freien Lauf. Warum musste das ihrem Vater passieren? Alzheimer konnte jedem passieren und Gott sparte sie oder ihre Familie nicht aus, aber manchmal war es schwer, sich nicht dem Selbstmitleid zu ergeben.

Von dem Pflegeheim aus ging Zoe zum Iron Maiden – nicht, um die Arbeit zu erledigen, die sie geplant hatte, sondern um zu trainieren. Nach dem, was geschehen war, musste sie ihren Körper und Geist erschöpfen, also trainierte sie hart. Sie rannte und stemmte Gewichte, spornte sich selbst an, bis sie schwitzte und schnaufte wie eine Lokomotive. Nach einer langen Dusche und nachdem sie ihre Straßenkleidung wieder anhatte, beschloss sie, doch nicht zu Gabes Training zu fahren. Stattdessen tat sie etwas, was sie selten tat – sie machte sich einen schönen Tag. Sie ging ins Kino, gönnte sich eine Maniküre und Pediküre und aß in einem neuen Restaurant, das sie schon lange hatte ausprobieren wollen. Sie versuchte ihre Sorgen zu vergessen, aber es funktionierte nicht wirklich. Trotz aller Bemühungen verspürte sie ein Gefühl der Hoffnungslosigkeit, das sich in ihrer Brust breit machte. Bald wurde sie von dem Drang überwältigt, sich in ihrem Schlafzimmer zu verbarrikadieren, ins Bett zu kriechen und sich einfach zu verstecken. Zum ersten Mal seit ihrem Einzug bei den Murphys wünschte sie sich mehr Privatsphäre, denn das Letzte, was sie wollte, war, dass Gabe oder Murph sie in diesem depressiven Zustand sehen würden und anfingen, Fragen zu stellen.

Denn das war nicht professionell. Und auch nicht das, was sie im Moment ertragen konnte.

Es war nach sechs Uhr, als sie zurück zu Gabes Haus ging.

Sie hätte sich keine Sorgen darüber machen brauchen, dass die Murphys sie in ihrem depressiven Zustand sahen, denn sowohl Murph als auch Gabe schienen nicht zu Hause zu sein.

Zoe kletterte schließlich in ihr Bett und verkroch sich unter der Decke. Aber als sie einschlief, dachte sie an ihren Vater und wie sehr sie sich wünschte, dass die Dinge anders wären. Dann dachte sie an Gabe und wie sehr sie lieber in *sein* Bett geklettert wäre, nicht um Sex zu haben, sondern um gehalten zu werden und ihn zu halten.

Der nächste Morgen war wie ein Déjà-vu, Zoe und Gabe stürzten sich direkt in ihre Trainingseinheit, verhielten sich nicht wirklich anders als sonst, aber definitiv nicht mit der Leichtigkeit, die sie in den letzten Wochen in ihrem Umgang miteinander erreicht hatten. Gabe versuchte, das Gespräch am Laufen zu halten, fragte sie danach, was sie an ihrem freien Tag getan hatte, und erklärte, dass ihn nach dem Training mehrere Jungs gebeten hätten, mit ihnen etwas trinken zu gehen, und er sich spontan entschlossen hatte, es zu tun.

"Neben Kyle Young habe ich einige Zeit mit Heath Dawson und Alec LeBrun verbracht. Am Ende des Abends hat Heath seine Frau angerufen. Ihr Name ist Camille, aber er nennt sie Waterboy. Als er mir die Geschichte hinter dem Spitznamen erzählt hat, musste ich laut lachen."

Zoe lächelte schwach und nickte. "Ich bin froh, dass du mit ihnen aus warst."

Das wars. Sie bat ihn nicht, die Geschichte hinter dem Spitznamen zu wiederholen. Stattdessen ging sie zum Trainings-Rack. "Gib mir vierzig einhändige Klimmzüge und wechsele dabei die Arme. Ich werde die schlechte Schulter im Auge behalten."

Gabes Grinsen verschwand, aber ausnahmsweise protestierte er nicht gegen ihre Wortwahl. Sie wusste, wie sehr es ihn ärgerte, dass sie es immer wieder seine schlechte Schulter nannte, aber es war so und es hatte keinen Sinn, die Wahrheit zu leugnen.

"Zoe, alles in Ordnung?"

Sie presste ihre Lippen zusammen, wohl wissend, dass es einen offensichtlichen Grund gab, warum er die Frage stellte. Sie war nicht in Ordnung, und sie gab sich auch nicht viel Mühe, es zu verbergen. Ihr Besuch bei ihrem Vater hatte sie hart getroffen. Es war verständlich, aber sie hasste es. Sie sollte nicht zulassen, dass ihr persönliches Leben ihr Training mit Gabe beeinflusste. Es war ihr Problem, nicht seins. "Ja, es geht mir gut. Warum?"

"Du scheinst verärgert zu sein. Ist gestern etwas passiert?"

Er sah wirklich besorgt aus. Gott, er war schön. Nicht nur wunderschön körperlich, sondern, wie sie immer mehr feststellte, ein wirklich guter Mann.

Sie wollte ihm plötzlich alles erzählen. Von ihrem Vater. Ihren finanziellen Problemen. Sie öffnete sogar schon ihren Mund, aber dann begann ihr Telefon auf der Bank neben ihr zu klingeln. Ihr Bruder Pete. Normalerweise ignorierte sie den Anruf, da sie mitten in einer Sitzung war, aber so wie sie sich fühlte, zusammen mit Gabes Verwirrung und Sorge, war es zu viel für sie. Sie brauchte nur eine Minute für sich, um ihre Gelassenheit wiederzuerlangen.

"Ich muss da ran gehen. Ich komme gleich wieder", sagte sie zu Gabe.

Sie nahm den Anruf draußen im Garten entgegen. Der heiße Sonnenschein und die Schmetterlinge halfen dabei, ihren Kopf etwas freier zu bekommen. "Hey."

"Was ist los?", fragte ihr Bruder. Hatte er einen sechsten Sinn?

"Was meinst du?"

"Zoe, ich weiß, dass du Papa gestern besucht hast, und ich kann an dem Klang deiner Stimme erkennen, dass es dich mitgenommen hat. Oder ist etwas anderes passiert, von dem ich wissen sollte?"

Sie ließ sich auf einer Steinbank nieder und behielt die Tür im Auge, falls Gabe ihr nach draußen folgen sollte. "Nichts ist passiert. Wie du schon sagtest, war es nur ein schwerer Besuch."

"Es ging ihm schlecht?"

"Ja. Er wurde wütend. Warf den Kuchen, den ich ihm mitgebracht habe, auf den Boden. Und er hat sich nicht an mich erinnert."

Sie hörte den Seufzer ihres Bruders und wusste, dass er es verstand. "Das war auch so, als ich ihn vor drei Tagen besucht habe. Aber statt Kuchen hat er ein gerahmtes Familienbild geworfen, das ich ihm gebracht hatte. Es ist schwer, Zoe. Aber du bist nicht allein. Ich bin hier für Papa und für dich."

"Ich weiß, Pete. Vielen Dank."

"Was ist los mit Gabe?"

"Was meinst du?"

"Komm, Zoe. Du hast mich vor Wochen angerufen und mir gesagt, du hättest deinen Kunden geküsst und warst dir nicht sicher, ob du noch mit ihm im selben Haus bleiben solltest, weil du über ihn herfallen wolltest, nicht wahr?"

Zoe zuckte zusammen. "Ja, naja ... keine Sorge." Sie erzählte ihm, wie sie in den letzten Wochen miteinander geredet und sich nähergekommen waren. "Genau wie Freunde. Ich habe sogar am Freitagabend mit ihm an einer Bootleggers-Party teilgenommen, aber zwischen uns ist nichts passiert." Auch wenn es sich auf jeden Fall wie etwas *angefühlt* hatte, als sie auf der Tanzfläche waren. "Wir halten die Dinge professionell. Freundlich, aber professionell."

"Ja. Nun, vielleicht solltest du darüber noch einmal nachdenken."

"Wirklich? Das ist nicht das, was du am Anfang gesagt hast."

"Nun, selbst von dem bisschen, das du mir erzählt hast, ist es offensichtlich, dass ihm etwas an dir liegt und dir an ihm. Und du hast einen schlechten Tag gehabt und du hast viele schlechte Tage wegen Papa, Zoe, und wegen der Kosten für seine Pflege. Das haben wir beide ... Aber du arbeitest zu hart, bürdest dir zu viel auf. Du solltest etwas Spaß haben. Dir etwas gönnen. Wenn Gabe dir das geben kann, bin ich dafür."

Gerade da erschien Gabe auf der anderen Seite der französischen Türen und schirmte seine Augen vor der Sonne ab, als er nach ihr suchte. Er öffnete eine Tür und trat nach draußen, zögerte aber, als er sah, dass sie noch am Telefon war.

Sie schluckte hart und wandte ihren Blick ab, so dass er nicht sehen konnte, dass sie geweint hatte. "Hey, ich muss gehen", sagte sie zu ihrem Bruder. "Ich rufe dich später an."

"Okay, wir reden später", sagte Pete. "Und Zoe? Sei nicht so hart zu dir selbst, Babe."

Sie bedankte sich bei ihm, legte auf und zwang sich ein Lächeln ins Gesicht, bevor sie zur Tür ging, wo sich Gabe mit einer Hand durch seine verschwitzten Haare fuhr. "Hey, hör zu", sagte sie. "Es tut mir leid, wenn ich da drin etwas daneben war. Die Wahrheit ist, du hast recht. Ich war heute ein wenig traurig, aber mir geht es jetzt wieder besser."

Gabe studierte sie aufmerksam, bevor er ihr eine lose Haarsträhne hinter ihr Ohr steckte. "Du musst dich nicht entschuldigen. Ich wollte nur sehen, ob du okay bist. Du bedeutest mir etwas, Pfirsich. Ich meine, Zoe."

Wow, er musste sich wirklich Sorgen um sie machen, wenn er sich selbst ertappte, sie Pfirsich zu nennen, etwas, das ihn nie gestört hatte. "Mir geht es gut."

"Sicher?"

"Ja."

Aber er sah immer noch nicht überzeugt aus, also hielt sie plötzlich ihr Telefon hoch. "Und nur damit du es weißt, ich habe mich an den Spitznamen 'Pfirsich' gewöhnt. Ich habe sogar meinen Telefoncode in PFIRSICH geändert. Also tu dir keinen Zwang an ihn zu verwenden. Den Spitznamen meine ich. Nicht meinen Telefoncode." Sie lachte unbeholfen. Vielleicht hätte sie nicht verraten sollen, wie sehr sie seinen Spitznamen mochte, aber jetzt war es zu spät.

Er schaute auf ihr Telefon und nickte dann, seine Schultern entspannten sich etwas. "Okay, ich werde daran denken. Und nur damit du es weißt, wenn du jemals darüber sprechen willst, was dich traurig macht, oder über irgendetwas, Zoe, ich bin hier. Du warst eine gute Freundin für mich und ich kann dir auch einer sein."

Sie nickte und presste ihre Lippen zusammen. Dann, nach nur einem kurzen Zögern, ging sie ein weiteres Risiko ein. Denn Gabe *war* ihr Freund geworden. "Danke, Gabe. Aber wenn du jetzt Zeit hast, dann hätte ich wirklich gern eine feste Umarmung. Meinst du, du kannst das für mich tun?"

Er nahm sie sofort in seine Arme. "Nichts, was ich lieber tun würde, Pfirsich."

KAPITEL 13

*G*abe trainierte weiter mit Zoe, bis er fast vergaß, wie sein Leben ohne sie gewesen war. Als der Cut Day kam und ging und Gabe nicht hinausgeworfen worden war, stärkte es sein Selbstvertrauen, vor allem, weil er spürte, dass er besser spielte als jemals zuvor. Er würde diese Saison glänzen, würde The Noise beweisen, dass sie einen großen Fehler gemacht hatten, als sie ihn hatten gehen lassen, und würde seine neuen Trainer und Teamkollegen beeindrucken, denen er sich ständig mehr öffnete.

Und für all das hatte er Zoe zu danken.

Sie war seine athletische Muse und gleichzeitig seine Flucht aus dem Stress des Footballs. Es war Zoe, an die er nicht aufhören konnte zu denken, Zoe, deren Bild ständig vor seinem geistigen Auge stand, wenn er in die Endzone lief, Zoe, die er versuchte zu beeindrucken, ob sie nun da war, um ihm beim Spielen zuzusehen, oder nicht. Zoe, der Mittelpunkt all seiner Gedanken.

Als Murph fragte, wie es mit Zoe weiterginge, sagte er ihr, dass die Dinge großartig liefen, und erwähnte dabei nie, dass er sie in den Armen gehalten hatte, als er mit ihr getanzt hatte, und dann nur zwei Tage später, nachdem sie diesen Anruf im Garten angenommen hatte. Einige Dinge behielt man besser für sich, Dinge, die niemand wissen musste, wie die Entdeckung einer großartigen Band, bevor der Rest der Welt herausfand, wie erstaunlich sie sind.

Obwohl sie dem treu blieben, worauf sie sich geeinigt hatten, und die Dinge zwischen ihnen absolut professionell hielten, sogar beim Proteinfrühstück, beim Erzählen von Geschichten über die High School, musste er sie sich in der Umkleidekabine der Schule vorstellen. Wie sagte man so schön - alle Straßen führten nach Rom. Jede verdammte Sache, die sie tat, war sexy, von der Art, wie sie sprach, wie sie stand, die eine Hand auf ihrer Hüfte, während er sein Training absolvierte, bis hin zu der Art und Weise, wie ihre Finger seinen Körper während der Übungen leicht berührten. Sie war die heißeste Frau, die er je getroffen hatte.

Aber sie hatte auch ein Geheimnis.

Was war es, das sie so traurig gemacht hatte, dass sie ihn gebeten hatte, sie in den Arm zu nehmen? Es schien immer präsent zu sein, und obwohl Gabe sanft versuchte, sie dazu zu bringen, mit ihm darüber zu sprechen, tat sie es nie. Es machte ihm klar, dass Zoe ihn jetzt zwar als ihren Freund betrachtete, aber es war nur eine begrenzte Freundschaft, und daran musste er immer denken.

Sie verbrachten Zeit miteinander, sie als seine Trainerin, als lockere Freundin, aber das war alles. Er kam nicht durch die Mauer, die sie errichtet hatte, und schon gar nicht in ihr Herz, also musste er das nehmen, was sie bereit war, ihm zu geben, und solange sie bereit war, es zu geben.

Tatsache war jedoch, dass er sie vermisste, wenn sie nicht zusammen waren. Heute war ein seltener Tag – sie hatten heute beide frei und das Training heute Morgen ausgelassen. Gabe hatte den Tag damit verbracht, Spielfilme anzuschauen, Murph war wieder irgendwo unterwegs – Himmel, er sah sie nur selten und er würde bald mit seiner Schwester sprechen und herausfinden müssen, wo sie sich herumtrieb, oder besser gesagt mit *wem* – und Zoe war immer wieder kurz aufgetaucht und hatte schließlich vor einer Stunde bei ihm vorbeigeschaut, um ihm zu sagen, dass sie ins Iron Maiden fahren würde, um Papierkram zu erledigen.

Im Moment sollte er sich ausruhen – er könnte ein Buch lesen, schwimmen gehen, einen Film ansehen. Doch anstatt sich zu entspannen, fehlte ihm Zoe. Er fühlte sich regelrecht liebeskrank. Und unruhig.

Vielleicht würde er ins Iron Maiden gehen und ein bisschen trainieren. Es würde ihm die Chance geben, sie zu sehen, und so erbärmlich das auch war, Zoe zu sehen, begann für ihn so lebensnotwendig zu werden wie die Luft zum Atmen.

Als Zoe das Iron Maiden betrat, um endlich den Papierkram zu erledigen, den sie aufgeschoben hatte, war das Fitnessstudio bis auf den einen Trainer, der Dienst hatte, leer. Sie sprach jeden Tag mit Kevin und vertraute ihm, wenn er sagte, dass die Dinge reibungslos liefen, aber die Wahrheit war, dass die meisten der täglichen Kunden bereits das Schiff verlassen hatten und zu ihrer Konkurrenz gegangen waren. Sie konnte ihnen keinen Vorwurf machen, aber hoffentlich würden einige zurückkehren, sobald sie das Studio renoviert hatte. Im Moment war das jedoch nicht ihre Priorität.

Mit dem Geld, das sie bereits im letzten Monat mit der Arbeit mit Gabe verdient hatte, bezahlte sie die Rechnung ihres Vaters, und in ein paar Wochen konnte sie die überfällige Miete des Iron Maiden bezahlen. Sie hatte ihren Vermieter angerufen und um eine weitere Verlängerung gebeten, hatte aber noch nichts von ihm gehört. Wenn Gabe auch nach den vereinbarten sechs Wochen weitermachen würde, dann könnte sie vielleicht drei neue Maschinen kaufen. Mit einem neuen Anstrich und neuen Teppichen könnte sie das Studio bis März oder April fast wie neu aussehen lassen.

Zoe war auf dem Weg zu ihrem Büro, als Shannon, die Trainerin, zu ihr eilte.

"Zoe, ich bin so froh, dass du hier bist. Ich weiß, dass wir noch eine Stunde geöffnet haben, aber ich habe gerade einen Anruf von meinem Babysitter bekommen, die mir mitgeteilt hat, dass Angie sich nicht wohl fühlt und sich aufregt und nach mir fragt. Besteht die Chance ..."

Angie war Shannons vierjährige Tochter und Shannon bat selten um eine Auszeit, so dass Zoe kein Problem damit hatte zu sagen: "Geh, Shannon. Niemand ist hier, und ich kann mich um die kümmern, die kommen."

Erleichterung flog über Shannons Gesicht. "Danke, Zoe. Du bist die Beste."

Zoe ging ins Büro und nahm an ihrem Schreibtisch Platz, wo sie sehen konnte, falls jemand kam. Der Raum fühlte sich fremd an, nachdem sie so viel Zeit in Gabes Haus verbracht hatte. Der Raum war muffig und alt, mit einem Wasserfleck an der Decke und Kratzern und Dellen an den Wänden. Nachdem sie so viel Zeit in einem Luxushaus mit brandneuen Böden, Designerbeleuchtung und hochmoderner Küche verbracht hatte, fühlte sich das Iron Maiden mehr denn je wie eine Müllkippe an.

Pünktlich zum Betriebsende traf die Reinigungsmannschaft ein. Zoe winkte ihnen zu und winkte dann wieder, als sie eine Stunde später gingen.

Sie war fast fertig mit den Papieren, an denen sie gearbeitet hatte, als die Glocke an der Eingangstür ertönte und sie aufblickte und Tony Spratford, ihren Vermieter, ins Fitnessstudio kommen sah, als ob sie ihn mit ihren Gedanken heraufbeschworen hätte. Er entdeckte sie, machte sich auf den Weg zu ihrem Büro und trat dann unaufgefordert ein. Er war nicht der höflichste Mensch der Welt; in der Tat war er geradezu schroff.

"Du musst deine Miete bezahlen, Reynolds", war auch das erste, was er sagte.

Zoe stand auf und streckte ihre Hand aus, die Tony widerwillig und ein bisschen zu fest für einen freundlichen Handschlag schüttelte. "Ich habe dir eine Nachricht hinterlassen, Tony. Es tut mir so leid, dass ich mich mit der Miete verspäte, aber ich habe sie in zwei Wochen auf jeden Fall –"

Spratford räusperte sich. "Zwei Wochen sind nicht gut genug. Ich brauche die Miete jetzt. Du hast meine Gutmütigkeit lange genug ausgenutzt."

Zoe presste ihre Lippen zusammen und versuchte, ruhig zu bleiben. Sie hasste es, dass sie sich mit ihrer Mietzahlung verspätete, aber sie nutzte ihn sicher nicht aus. Sie hatte ihm gesagt, dass sie Zinsen zahlen würde und dass sie alles in ihrer Macht Stehende tat. Doch sie hatte zugegebenermaßen niemals einen Grund erwähnt, warum sie sich mit der Zahlung verspätete. Ihr Herz raste in ihrer Brust und sie überlegte sich, dass es wohl an der Zeit war, ihm von ihrem Vater zu erzählen. "Tony, ich habe dir nicht gesagt, was mit meinem Vater los ist ..."

Als Tony eine Entschuldigung kommen spürte, rollte er die Augen und verschränkte seine Arme. "Was auch immer es ist, du musst immer noch Miete zahlen, Zoe."

"Ja, ich weiß, aber versteh doch bitte, dass mein Vater ..." Sie zögerte und holte tief Luft, um ihren Satz beenden zu können. "Nun, es geht ihm nicht so gut."

"Was ist los mit ihm?" Er beäugte sie misstrauisch.

"Er ist krank. Es wurde Alzheimer diagnostiziert, und ... mein Bruder und ich hatten deutlich höhere Ausgaben. Schau, wir haben ihn in ein Pflegeheim gebracht und ..."

"Zoe, das tut mir furchtbar leid, versteh mich nicht falsch, aber ich habe meiner Frau eine Reise nach Europa versprochen und ich kann sie nicht enttäuschen, verstehst du?"

Das tat sie – sie wusste, was er meinte. Und sie verstand. Ihre Probleme waren nicht seine. Aber sie konnte kein Geld aus der

Luft zaubern. "Ich verstehe und wie gesagt, ich werde es in zwei Wochen haben. Wenn du mir nur noch ein bisschen Zeit geben könntest—"

"Hey, du hast jetzt einen ausgefallenen neuen Freund ... neuer Kerl aus dem Chicago-Team ... wie heißt er wieder?"

Zoe machte instinktiv mehrere Schritte zurück. "Ich weiß nicht, wovon Du redest."

"Doch, das tust du. Murphy, der Wide Receiver. Dein Bruder Pete hat versucht mir zu versichern, dass du die Miete bald haben würdest. Hat mir gesagt, du trainierst ihn und ich habe euch alle vor ein paar Wochen zusammen ins Patricia's gehen sehen, alle herausgeputzt. Er verdient gutes Geld. Warum bringst du ihn nicht dazu, deine Miete zu bezahlen? Ich bin sicher, dass es keine große Sache für einen Typen wie ihn ist."

Zoe sog die Luft durch ihre Nasenlöcher und tat ihr Bestes, um sich von Tonys Kommentar nicht verärgern zu lassen. "Ich habe keinen Freund, Tony. Ich weiß nicht, was dich zu dieser Annahme bringt."

"Wirklich? Ich hätte schwören können, dass ihr zwei zusammen seid. Ich habe gehört, dass du bei ihm wohnst."

Hatte Pete ihm das auch gesagt? Zugegeben, es war nicht gerade ein Geheimnis, aber sie musste mit ihrem Bruder darüber sprechen, private Informationen für sich zu behalten. "Ich wurde als seine Trainerin eingestellt, aber ich bin genauso wenig seine Freundin, wie ein persönlicher Koch das wäre." Das stimmte nicht gerade – zumindest waren sie und Gabe Freunde – aber das ging Tony nichts an. "Ich wünsche dir einen guten Abend, Tony."

Er öffnete seinen Mund, um noch etwas zu sagen, aber sie ging zur Tür und hielt sie auf, ihren Blick auf ihn fixiert. Schließlich ging er, und sie schloss die Tür hinter ihm und lehnte sich in einer Mischung aus Erleichterung und Angst dagegen.

Fast im selben Moment klopfte Tony an die Tür und sie

stöhnte. Sie richtete sich auf und drehte sich um. "Schau, Tony, ich—"

Ihre Worte brachen ab, als sie Gabes breite Schultern, breite Brust und starke Waden sah, dessen Hände das Visier seiner Baseballkappe hoben. Sie öffnete die Tür.

"Hey", sagte Gabe. "Da du gesagt hast, du würdest hier sein, und da dachte ich, ich sollte noch etwas trainieren, Schatten-boxen oder Sparring mit einem Trainer, und vielleicht könnten wir danach gemeinsam zu Abend essen."

Er wollte an seinem einen freien Tag trainieren? Hatte er überhaupt nicht zugehört, als sie ihm sagte, dass er seinem Körper etwas Zeit geben müsse, um sich auszuruhen? Oder war das nur eine Ausrede, sie zu sehen? Denn er konnte genauso gut zu Hause trainieren.

Der Gedanke, dass er sie vermisst hatte, obwohl er sie erst gestern gesehen hatte, erfüllte sie mit Freude. "Ähm ... wir haben bereits geschlossen und ich war gerade dabei, meine Papiere fertigzustellen ..."

"Oh Himmel, ich habe nicht einmal darüber nachgedacht, auf die Uhr zu schauen." Er schüttelte den Kopf und hielt eine Hand hoch. "Keine Sorge. Ich bin schon wieder verschwunden–"

"Nein, warte!" Sie warf einen Blick auf die Papiere, die sich auf ihrem Schreibtisch stapelten, alles Rechnungen, die sie nicht bezahlen konnte, und richtete ihre Augen dann wieder auf Gabe. "Weißt du was, lass mich einfach absperren und dann werde ich mich dir anschließen." Sie würde da rausgehen und mit Gabe trainieren. Sich von allem etwas ablenken.

"Wirklich? Ich möchte nur ungern deine Pläne durchkreuzen. Du arbeitest unter der Woche hart genug mit mir. Du verdienst etwas Zeit für dich selbst."

"Das ist kein Problem, Gabe. Versprochen."

"Okay", sagte er, aber er sah nicht überzeugt aus.

"Was ist los?"

"Es ist nur ... Ich habe den Kerl gesehen, der aus deinem Büro gekommen ist. Er sah ein wenig angespannt aus. Und um ehrlich zu sein, siehst du aus, als hätte ein Auto deine Katze überfahren. Zweimal."

Sag es ihm einfach. Erzähl ihm von deinen finanziellen Problemen. Erzähl ihm von Papa, drängte ihr Hirn.

Das alles wäre viel einfacher, wenn du einfach deine Geheimnisse lüften und mit jemandem über deine Kämpfe sprechen würdest. Sie war sich sicher, dass sie sich viel besser fühlen würde, aber es fühlte sich wie ein Verrat am Vermächtnis ihres Vaters an. Außerdem hatte sie das Bedürfnis, den Anschein zu wahren. Sie konnte nicht die Rolle der erfolgreichen Geschäftsinhaberin und Trainerin spielen, wenn er ihre wirklichen Nöte kannte.

"Ich würde lieber nicht darüber reden", sagte sie stattdessen und spürte im selben Moment eine tiefe Enttäuschung über sich selbst. Sie war nicht bereit. Und wenn sie es war, musste sie ein Glas Wein und etliche Taschentücher zur Stelle haben, da sie wusste, dass sie weinen würde. "Lass uns einfach das tun, weshalb du hierhergekommen bist."

Sie schloss ab, dann zogen sie sich um und betraten die Matten. Als er bereit war, nahm sie ihre Position ein und umarmte den Sandsack, als er darauf einschlug und seine Schläge hauptsächlich mit seinem linken Arm ausführte. "Übertreib es nicht mit der Linken. Gib mir auch ein paar rechte Schläge", sagte sie zu ihm.

Er wechselte sofort zu seiner Rechten. Sie liebte es, dass er auf sie hörte, ohne zu argumentieren, nahm es als Zeichen, dass sie seinen Respekt verdient hatte.

Gabe wippte und trippelte und schlug, wippte und trippelte und schlug. Zoe beobachtete ihn, fasziniert von seinen arbeitenden Muskeln und dem Gewicht und dem Schwanken des Sandsacks, der an ihren Körper gepresst war. Nach und nach verblasste der Vorfall mit ihrem Vermieter, verschwand nicht ganz aus ihren Gedanken, sondern ließ den Bildern von Gabe Raum, der *sie* genauso hart rannahm wie den Sandsack. Jeder

Schlag gegen den Sack hallte durch sie und verstärkte das hohle Gefühl zwischen ihren Oberschenkeln. Und als Gabe in Schweiß gebadet war, war Zoe vor Verlangen nach ihm nass.

Nach dreißig Minuten ununterbrochenen Sparrings ließ er sich gegen den Sack fallen und umarmte ihn fest, starke Arme ruhten auf ihr. Zoes Herzschlag beschleunigte sich beim Kontakt seiner verschwitzten, heißen Haut auf ihr und sie fragte sich automatisch, wie salzig er schmecken würde, wenn sie der Versuchung nachgeben und ihn küssen würde.

"Danke, das war gut." Er drückte sich vom Sack weg, griff um sie herum, um ein Handtuch von der Wand zu nehmen, und hielt Zentimeter von ihrem Körper entfernt inne. Ihre Augen waren auf gleicher Höhe mit seiner Brust, die von Schweiß bedeckt war. Er roch säuerlich nach Schweiß, aber sie nahm auch Seife und Deodorant wahr.

Er blieb so stehen, drückte sich das saubere Handtuch ins Gesicht und blickte auf sie herab.

"Zoe?"

Als er sie ansah, wusste sie, dass er sehen konnte, wie sehr sie ihn wollte. Und er war ihr so nah, sie konnte fühlen, wie sehr er sie wollte. Alles, was sie tun musste, war, dem Schicksal seinen Lauf zu lassen und sie würde die Antwort auf all ihre Fragen über seine sexuellen Vorlieben finden, über die sie im letzten Monat nachgedacht hatte. Ob er sie gut und hart nehmen würde, oder ob er langsam und ausdauernd bevorzugte. Ob er die Führung übernehmen oder sie tun lassen würde, was sie wollte. Wie er klingen würde, wenn er kam.

Sie könnte die Antworten haben, wenn sie sie wollte.

Gabe war offensichtlich willig und bereit. Sein Blick bohrte sich in ihre Augen und schickte stille Botschaften, die sie nicht hören musste, weil sie es bereits wusste. Er wollte sie genauso, wie sie ihn wollte. Alles, was sie tun musste, war, ihn hereinzulassen.

"Ich glaube, du musst duschen gehen", flüsterte sie.

Er nickte wortlos, sichtlich enttäuscht, dass sie ihn und sich selbst wieder einmal verleugnet hatte. "Ich werde mich beeilen."

Sie sah ihm nach, wie er in Richtung der Umkleidekabinen ging und ihr einen letzten Blick über seine Schulter zuwarf, bevor er sein verschwitztes Hemd auszog und sich auf den Weg zu den Duschen machte. Er war der heißeste Kunde, den sie je gehabt hatte, und obwohl sie ihr Bestes getan hatte, um die unglaubliche Anziehungskraft zwischen ihnen zu leugnen, musste Zoe sich jetzt der Macht, die stärker war als sie, ergeben.

Nach allem, worüber sie in den letzten Wochen gesprochen hatten, war Gabe nicht auf der Suche nach einer ernsthaften Beziehung. Er wollte sich nur auf sein Training und seinen Football konzentrieren. Sie konnte ihm bei seinen Zielen helfen, ob sie miteinander schliefen oder nicht. Aber noch mehr als das erinnerte sie sich an ihr Telefonat mit Pete und wie er sie gedrängt hatte, einmal an sich selbst zu denken. Musste alles immer nur Arbeit, Arbeit, Arbeit sein? Sei für Papa da, sei für Pete da, sei für Gabe da. Was war mit ihr? Was war mit Zoe? Wann hatte Zoe Spaß gehabt? Nein, die Situation war nicht perfekt.

Aber unterm Strich brauchte sie Gabe.

Er war das Risiko wert.

Mit einem tiefen Atemzug legte sie ihre Handtasche beiseite, verriegelte die Türen und machte sich auf den Weg zu den dampfenden Duschen, wobei sie stückchenweise ihre Kleidung von ihrem Körper schälte.

KAPITEL 14

*Z*oe war bereits in den Umkleidekabinen der Männer gewesen, um bei Feierabend nach vergessenen Taschen, Schuhen oder Handtüchern zu suchen, aber heute Abend war sie auf einer anderen Mission. Zum Glück hatten die Reinigungskräfte die Duschen bereits gereinigt, aber selbst, wenn sie es nicht getan hätten, war sie sich nicht sicher, ob sie widerstehen konnte, das zu tun, was sie vorhatte.

Sie folgte dem Geräusch des fließenden Wassers und betrat die Duschen völlig nackt.

Gabe stand vor der blau gefliesten Wand, eine einzige Lampe strahlte von der Decke und setzte die vollkommenste Kreatur, die sie je gesehen hatte, ins Rampenlicht. Von Kopf bis Fuß war Gabe ein Meisterwerk, das mit Seifenwasser bedeckt war. Schaum lief seinen Rücken hinunter, zwischen seinen Pobacken und seinen perfekten Beinen entlang. Er hatte sie noch nicht bemerkt, also nahm sie sich einen Moment Zeit, um seinen Körper zu bewundern. Nach ein paar Sekunden hielt er inne, hatte ihre Anwesenheit scheinbar gespürt.

Er drehte sich um, die Seife in der Hand.

Ihre Blicke verfingen sich ineinander.

Seine Augen wurden schmal und er blickte sie durch den Dampf an, als würde er versuchen herauszufinden, ob sie echt war oder nicht. Die Vorderseite seines exquisiten Körpers war noch gemeißelter und definierter als der Rücken, aber sie hatte seine Brust und das Tribal-Tattoo schon eine Million Mal gesehen. Was sie nicht gesehen hatte, und von dem sie nachts lediglich fantasiert hatte, war sein Schwanz, der jetzt langsam anschwoll und sich aufrichtete, so sehr wie ein schwerer, dicker Schwanz sich bei ihrem Anblick aufrichten konnte.

Es ist eher wie ein Baumstamm, dachte sie und ein Lächeln zupfte an ihren Lippen.

Sie schritt wortlos auf ihn zu, betrat den nebligen Raum und schlang ihm die Arme um den Hals. Er erwiderte ihre Umarmung, legte seine massiven Arme um ihren Rücken und ihre Taille und öffnete sofort seinen vollen, köstlichen Mund, um sie einzulassen. Es war, als würde man nach Hause kommen, an einen Ort, an dem sie noch nie zuvor gewesen war. Voller Verlangen packte er sie an den Schultern und drückte sie gegen die gefliese Wand, während er Zoes Arme über ihren Kopf hielt.

Er küsste sie hart, leckte und knabberte an ihren Armen, drückte seine Handflächen auf ihre Unterarme und glitt daran entlang, um deren Glätte zu spüren. Hatte sie sich vorher stark und unabhängig gefühlt, wurde sie neben Gabe plötzlich zu einer zarten Blume. Er überragte sie und presste seine sorgfältig trainierten Muskeln an sie, alle zweihundertsechzig Pfund schiere Kraft, die sich gegen ihre kleine Gestalt pressten und sein unstillbares Verlangen zum Ausdruck brachten. Eines ihrer Beine schlang sich um seine Taille, während sie sich küssten, erkundeten und sich ohne Vernunft oder Verstand verschlangen.

Einfache, ungezügelte Lust zeigte ihnen den Weg. Obwohl sie sich schon einmal geküsst hatten, war es etwas vollkommen anderes gewesen. Das hier war roher, ohne Hemmungen. Sie war aus einem einzigen Grund in die Dusche gegangen, und er war augenscheinlich bereit das Angebot anzunehmen – oder die Herausforderung.

"Was brauchst du?", atmete sie ihm in den Mund.

"Dich. Seit dem ersten Tag."

Seine Küsse waren rau, seine Zähne gruben sich in ihre Lippen und ab und zu in ihre Zunge. Sie hätte bluten können und es wäre ihr egal gewesen. Sie wollte, dass er sie vollständig verschlang, wollte, dass er sie etwas anderes fühlen ließ als ihr Elend. Sie von den ganzen traurigen Dingen ablenkte – von ihrem Vater, dem gescheiterten Fitnessstudio, ihrer Ungewissheit über die Zukunft. Sie fühlte sich, als würde sie in ein Kaninchenloch fallen, als ob alle möglichen Warnschilder an ihr vorüber rauschten, ohne dass sie sie beachtete.

Arme, auf denen die Adern zu sehen waren und an denen das Wasser wie Perlenschnüre herablief, hielten sie gefangen. Ihre Münder schnappten zwischen den Küssen, gierigem Saugen an Ohrläppchen, Schlüsselbeinen und der Tinte, die unter seiner Haut war, nach Luft. Wenn sie sich nur ausreichend anstrengte, dann konnte sie seinen Herzschlag verschlingen, sie war so bereit für ihn. Bauchmuskeln, wie aus Marmor gemeißelt, verjüngten sich zu einer Taille, die so zerklüftet war, dass sie allein bei dem Anblick fast kam.

Sie liebte das Gefühl seiner großen Hände, die ihren Hintern umfassten, sie hochzogen, so dass sie auf ihren Zehenspitzen stehen musste. Er hob sie fast hoch, postierte den Kopf seines dicken Schwanzes auf dem Hügel ihrer Muschi und rieb sich dort an ihr. Ihr Saft tropfte ihr von ihren Falten auf ihre Oberschenkel. Sie wollte nicht, dass das Wasser sie wegspülte, damit er sehen konnte, wie sehr sie ihn wollte. Sie wollte eins mit ihm werden, mit ihm verschmelzen – ihr Körper schmerzte, so sehr brauchte sie Gabe, so sehr brauchte sie *ihn* schon seit einiger Zeit.

Sie war stolz darauf, wie lange sie ihm widerstanden hatte, aber es war auch töricht gewesen. Menschen brauchten Berührung, Leidenschaft, und es gab niemanden, mit dem sie das lieber erleben würde als mit Gabe.

Sie verteilte Küsse auf seiner Brust, folgte der Linie über seinen Bauch nach unten, während seine Hände ihr Haar streichelten, es hoben und zu einem Pferdeschwanz zusammennahmen. Zoe ging in die Hocke, öffnete ihre Beine und betrachtete den Teil von ihm, von dem sie seit Wochen fantasiert hatte, und nahm seinen vollständig aufgerichteten Schwanz in beide Hände. Selbst mit zehn Fingern, die sie um ihn schlang, konnte sie nicht jeden Zentimeter abdecken. Sie nahm sich einen Moment Zeit, um darüber nachzudenken, wie sie ihn überhaupt in den Mund bekommen sollte. Sie konnte es kaum erwarten, seine samtige Glätte zwischen ihren Lippen zu spüren.

Sie bewunderte seine Form, nahm seine Hoden, die schwer in der Hand lagen, und streichelte seinen Schaft, auf dem sich noch etwas Seife befand. Sein Schwanz war so verdammt groß, es kam ihr vor, als würde sie eine Geländerstange streicheln. Sie streichelte und streichelte und hielt ihre Lippen nur wenige Zentimeter entfernt, wobei ihre Zunge ihn neckte. Sie öffnete ihre Beine breiter und warf einen neckischen Blick zu ihm hinauf.

Für einen Moment, als sie sein Gesicht sah und ihr klar wurde, was sie taten, nagte der Gedanke an ihr, wie es ihre Beziehung verändern könnte, aber sie schob ihn beiseite. Hör auf dir Sorgen zu machen. Sie wollte sich einmal lebendig fühlen. Sie wollte sich selbst die Erlaubnis geben. Und wenn das bedeutete, Gabes Schwanz in ihren Mund zu schieben, so weit es ging, so sei es drum. Sie lehnte sich ein wenig mehr nach vorn, neigte ihren Kopf zur Seite und nahm seine Hoden in ihren Mund, einen nach dem anderen, leckte daran und schmeckte seine warme Haut auf ihrer Zunge. Sie leckte immer und immer wieder darüber, weil sie wusste, dass er es liebte, aber auch für sich selbst.

Schließlich schob sie ihn in ihren Mund und ihre Lippen dehnten sich, um sich ihm anzupassen, und sie sah hinauf in sein schönes Gesicht. Er stöhnte und warf den Kopf zurück, als sie ihn aufnahm.

Zoe Reynolds, seine unvergleichliche Trainerin, begann seinen Schwanz zu blasen.

Sie tat es scheinbar, ohne darüber nachzudenken, ohne zu merken, dass ihr nach einer Minute der Speichel an ihrem Kinn hinablief. Es war einer der schönsten Anblicke, den er je in seinem Leben gesehen hatte, dieses Engelsgesicht mit einem Teufelsmund, der speichelte, während er seinen Schwanz gierig verschlang. Ihre festen Titten hüpften, während sie saugte, und ihr Körper schwang hin und her. Gabe versuchte alles, um an sie heranzukommen, kniff in ihre Brustwarzen und griff dann wieder in ihre Haare, um ihren Kopf zu führen.

Es war verdammt lang her.

Ja, er hatte für sie durchgehalten und es war ihm egal, ob jemand es herausfand und ihn deswegen auslachte. Jeder andere Mann hätte dasselbe getan, um diese smaragdgrünen Augen und das Babygesicht vor sich zu sehen. Sie saugte eifrig, zwang seinen Schwanz weit in sich, wobei seine Spitze an ihre Kehle stieß, und würgte dramatisch, bevor sie ihn mit feuchten Augen und lautem Keuchen wieder herauszog.

Verdammt schön.

Jetzt ließ sie ihre Finger nach unten gleiten und fing an, sich selbst zu berühren. Denn das alles war ja nicht schon heiß genug. Zuerst war sie hier völlig nackt reingewandert und hatte ausgesehen wie eine jüngere, brünette Version der nackten Frau aus der Badezimmerszene in The Shining, einem überraschend sexy Teil des Films in einem ansonsten gruseligen Rahmen. Dann war Zoe auf die Knie gesunken, um ihm nach einer langen Durststrecke den Schwanz zu blasen und jetzt verwöhnte sie sich selbst.

Zur Hölle nochmal – diese Frau war eine Göttin.

Er wollte sie. Wollte sie jeden Tag und jede Nacht, wenn es immer so sein würde.

Warum waren sie so lange voreinander weggelaufen?

Richtig, weil er ihr Kunde war und sie die Dinge professionell halten wollte. Aber noch mehr, weil sie beide zukünftige Schmerzen verhindern wollten. Leid. Das, was passierte, wenn die Leute beschlossen, dass sie mit dir fertig waren. Gabe kannte das Gefühl nur zu gut, also sagte er sich, dass er seine Hoffnungen nach dieser Nacht nicht zu hochschrauben sollte. Sie wollte vielleicht nicht mehr als das, obwohl er hoffte, dass es nicht so war.

"Komm her, steh auf", sagte er zu ihr und zog sie an den Ellenbogen auf ihre Füße.

Er musste sie von hinten sehen. Dieser perfekte Pfirsichhintern hatte ihn in seinen Träumen verfolgt. Er drehte sie um, schlug leicht auf ihre Pobacken und wartete, bis ihre Haut rosa wurde, bevor er noch einmal zuschlug. Sie quiekte vor Lust. Er hatte noch nie in seinem Leben einen Arsch so hüpfen gesehen. Sie drückte ihren Hintern gegen ihn, wollte mehr, also gab er ihr mehr.

Gabe nutzte die Position und fuhr mit seinem Schwanz durch ihren nassen Spalt, drückte seine Spitze nur leicht in sie, bevor er sie wieder herauszog. Er fasste um sie herum, drückte ihre Titten fest, hörte ihr Stöhnen und tat es noch einmal. Er zwirbelte ihre Brustwarzen und schlug sie dann leicht auf die Seite. Das Fleisch an ihrem perfekten, festen Körper, das nur ein bisschen wabbelte und sofort wieder an seinen Platz sprang, war eines der reizvollsten Dinge, die er je gesehen hatte. Er konnte sie sich nicht als das mollige kleine Mädchen vorstellen, von dem sie ihm erzählt hatte, aber es wäre ihm egal gewesen. Solange es Zoe war.

Mit ihrem Arsch hoch in der Luft, nahm sie seinen Schwanz und platzierte die Spitze direkt am Eingang zu ihrer pulsierenden Muschi, drückte sich gegen ihn und glitt auf seinen schmerzenden massiven Schaft. Gabes Augen drehten sich in ihren Höhlen fast nach hinten. Sie fühlte sich so gut und eng an, so surreal süß und er fragte sich, ob er den Himmel passiert hatte und direkt in ein neu entdecktes Paradies gekommen war. Mit ihrem glatten Kanal, der ihn umhüllte, spießte sie sich auf ihn und bewegte ihren Arsch, um so viel wie möglich von ihm in sich aufzunehmen.

Moment mal, *in sie*. Sie schob ihn schutzlos in sich.

Auch wenn es ihn nahezu umbrachte, stemmte er sich gegen ihre Hüfte. "Verdammt, Zoe, es tut mir leid. Ich trage keinen Schutz."

Zoe blickte ihn über ihre Schulter an. "Ich bin sauber und nehme die Pille", sagte sie. "Du?"

"Ich bin sauber", sagte er.

Sie leckte ihre Lippen und drückte ihre Hüften zurück. "Dann fick mich, Gabe. Bitte. Ich brauche dich so sehr."

Zoe betteln zu hören und zu hören wie sie zugab, wie sehr sie ihn brauchte, ließ ihn sein letztes bisschen Selbstkontrolle vergessen. Er krallte sich in ihre Hüften und tat das, worauf er schon lange gewartet hatte, und stieß zum ersten Mal in sie hinein. Endlich. Heilige Scheiße. Er war tief in dieser süßen Muschi begraben und fickte sie mit jedem Stoß härter und steigerte den Druck zwischen seinen Beinen immer weiter. Sie streichelte sich selbst, während er sie fickte und warmes Wasser ihren Rücken hinunterlief, zwischen ihren Arschbacken, direkt auf seinen Schwanz und seine Hoden. Er streckte die Hand aus, um ihr zu helfen, ihren eigenen Druck aufzubauen, grub seine Finger in ihre.

Er fickte sie für all die Male, in denen sie ihm während des Trainings zu nah gekommen war, für all die Male, in denen er an ihr vorbeigehen musste, ohne sie zu berühren.

Mit der einen Hand auf der Taille und der anderen abwechselnd an ihren Titten und ihrer Klitoris, begann er seine Kontrolle zu verlieren, als er diese letzte Stufe erreichte, bei der

Aussehen und Rhythmus keine Rolle mehr spielten. Alles, was zählte, war, diesen weltbewegenden Zustand zu erreichen, in dem sich mehrere Farben zu einem blendenden weißen Licht zusammenschlossen und er sie als seine bezeichnen konnte, wenn auch nur für einen kurzen Moment.

Aber er würde diesen Moment genießen.

"Du gehörst mir, Pfirsich", raunte er ihr ins Ohr.

Natürlich gehörte sie nicht zu ihm, und doch tat sie es, weil sie nicht in der realen Welt waren. Sie waren in einer zeitlosen Welt als ein vereintes Wesen gefangen. Er stellte sich vor, dass sie ihm gehörte, und als sie schrie, ihre Beine streckte und gegen die Fliesen schrie, stieß Gabe noch ein paar Mal zu und ließ sich dann auch gehen.

"So ist es gut. Komm für mich", sagte er zu ihr. "Das gefällt dir, nicht wahr?"

Sie nickte und ihre kleinen Hände griffen nach ihm.

Mit einem letzten Stoß versenkte er sich und jedes Stück seiner Seele ein letztes Mal in ihr. Er gab ihr alles. Sie stöhnten, gefangen in einer erstarrten Pose, wobei jeder versuchte, den Höhepunkt des anderen etwas länger hinauszuzögern. Schließlich sanken sie auf den warmen Fliesenboden und lehnten sich an die Wand. Er hielt sie zwischen seinen Beinen, seinen Kopf auf ihrer Schulter und ihr Kinn erhoben.

"Was zur Hölle ...", murmelte er.

"Deine Schuld."

"Wieso ist es meine Schuld?", fragte er und küsste ihre Wange. "Du bist die Verführerin, die hier reingekommen ist, als ich es am wenigsten erwartet hatte."

"Weil du zu verdammt sexy bist", antwortete sie.

Er lächelte in ihre nassen Haare und hielt sie fest. Dann nahm er ihr Kinn und drehte sanft ihren Kopf, bis sie ihn ansah.

"Zoe, du hast gesagt, du magst keinen Gelegenheitssex, und ich möchte, dass du weißt, dass es das auch nicht war. Ich möchte nicht, dass dies unser einziges Mal war, Zoe. Ich möchte nicht, dass du aufhörst, mich zu trainieren. Ich möchte nicht nur dein Kunde sein. Ich möchte, dass wir wirklich zusammen sind. Ich weiß nicht, was das genau bedeutet, weil ich keine Versprechungen bezüglich der Zukunft machen kann, aber —"

Zoes Augen hatten sich überrascht geweitet, aber sie lächelte und legte ihre Fingerspitzen auf seinen Mund. "Wir müssen uns keine Sorgen um Etiketten machen. Trainer. Kunde. Freund. Freundin. Wir sind nur ein Mann und eine Frau, und ich möchte auch mit dir zusammen sein, Gabe. Wie lange es auch dauert, wir werden es herausfinden."

Gabe runzelte die Stirn, immer noch zögerlich, immer noch ängstlich, dass er unfair war und sie unbeabsichtigt verletzen könnte. Doch auf der anderen Seite, vielleicht wäre *er* derjenige, der verletzt werden würde, denn das, was sie gesagt hatte – *so lange es auch dauern mag* – bedeutete, dass sich Zoe, genau wie er, nicht sicher war, ob sie auch langfristig zusammen sein würden. Sollten sie wirklich so eine Beziehung anfangen?

Vielleicht nicht, aber er war einfach nicht bereit, die Zeit aufzugeben, die er mit Zoe haben konnte. Was im Grunde bedeutete, dass er sich darauf einlassen würde, egal was die Zukunft brachte. Sie war das Risiko wert.

Gabe drehte Zoe, bis sie ihn ansah und auf seinem Schoss saß.

"Du meinst das wirklich? Es ist okay für dich, einfach zu schauen, wohin uns das führt?"

"Absolut", sagte Zoe. "Lass es uns doch ganz einfach mit einem Handschlag besiegeln."

Sie streckte ihre Hand aus und Gabe beäugte sie mit einem wachsenden Grinsen. "Kann ich stattdessen deinen Busen schütteln?"

"Hä?"

Zoe schnappte nach Luft, als Gabe sich nach vorne lehnte und ihre Brust in den Mund saugte. Sie kicherte, als er sie sanft auf den Boden senkte.

"Bedeutet das, dass wir einen Deal haben?", fragte Zoe und

unterdrückte ein Stöhnen, als ihre Finger durch Gabes noch nasses Haar glitten.

Gabe murmelte ein 'hm-hmmm' an ihrer nackten Brust und fuhr damit fort, ihr zu zeigen, warum er der beste Deal sein würde, den sie je abgeschlossen hatte.

KAPITEL 15

*E*inen Monat, nachdem Zoe Gabe unter der Dusche überrascht hatte, saßen sie wieder in Petes Bar. Ihr sechswöchiges Engagement war vorbei und nun arbeiteten Gabe und Zoe auf unbestimmte Zeit zusammen. Es hatte nicht lange gedauert, bis seine Unentschlossenheit darüber, wohin ihre Beziehung sie führen könnte, offiziell der Vergangenheit angehörte. Weit davon entfernt, ein Hindernis für seine Footballkarriere zu sein, half Zoe ihm weiterhin dabei, der Beste zu sein. Soweit es ihn anging, konnte er sich nicht vorstellen, dass das enden würde, und das gleiche galt auch für ihre persönliche Beziehung.

Sie gingen oft zu Pete, nur um zu essen, ein paar Bier zu trinken und sich mit ihrem Bruder und Murph zu treffen. Es stellte sich heraus, dass Murph den ganzen Sommer verschwunden gewesen war, weil sie einen heißen Kerl kennengelernt und viel Zeit mit ihm verbracht hatte.

"Es war großartig", sagte sie zu Gabe und Zoe. Gabe hörte mit einem guten Maß an Vorsicht zu, da er wusste, dass sie umso mehr erzählen würde, je mehr Bier sie getrunken hatte, und Gabe war sich nicht sicher, ob er die ganzen Details hören wollte. "Wir ficken meistens zweimal am Tag und er steht total auf Hintern, das ist cool, wisst ihr, wenn man bedenkt, dass die meisten Männer es nicht tun. Ich spreche übrigens von ihm, nicht von mir."

"Gott, warum höre ich mir das an?" Gabe bedeckte seine Augen, versuchte das Bild von Murph zu verdrängen, die irgendwas mit dem Hintern ihres neuen Liebhabers tat, den er GOTT SEI DANK noch nicht getroffen hatte, oder er würde ihn nie wieder mit denselben Augen sehen.

"Warte", unterbrach Zoe, "du meinst also, dass er derjenige ist, der auf ... du weißt schon ..." Sie riss ihre Augen auf und Gabe musste lachen. Zoe war kein Engel. Die Frau mochte es hart und rau, was ihr unschuldiges Aussehen Lügen strafte und sie zu einem tollen Gegenstück für ihn machte.

Murph zuckte mit den Schultern. "Ja, es ist keine große Sache. Viele Jungs lassen sich gerne fesseln–"

"Was für ein Mist ist das? Ich höre nicht mehr zu", sagte Gabe und legte seine Stirn auf Zoes Schulter.

Zoe lachte und klopfte ihm auf den Rücken. "Was ist daran falsch? Viele Jungs mögen es, dominiert zu werden. Von der richtigen Frau."

"Ist Zoe die richtige Frau, Gabe?", spottete Murph.

"Jesus, das wird ja immer schlimmer." Er schüttelte den Kopf.

Zoes kurzer Blickwechsel mit seiner Schwester blieb nicht unbemerkt. Sie machten sich über ihn lustig und Gabe war insgeheim froh, dass sie sich so gut verstanden. Es war eine Erleichterung für ihn, dass er seine Gefühle für sie nicht verborgen halten musste. Obwohl sie noch nicht offiziell als Paar aufgetreten waren, schreckten sie nicht davor zurück, an Orten wie Petes Bar ihre Zuneigung füreinander zu zeigen. Sobald die Medien von ihnen erfuhren, würden sie wahrscheinlich eine größere Sache daraus machen, dass sie die Tochter von Kip Reynolds war, als darüber, dass der neue Wide Receiver der Bootleggers eine Beziehung hatte.

"Auf jeden Fall ist es eine sehr gesunde sexuelle Beziehung, aber ich bin mir nicht sicher, ob es mehr als das ist", sagte Murph ein bisschen traurig. Gabe beobachtete, wie seine Schwester schweigend einen Schluck von ihrem Bier trank. Obwohl Murph immer offen über ihre Beziehungen redete, mehrere Partner hatte und nie jemandem erlaubte, sie deshalb zu verurteilen, fragte er sich, ob sie vielleicht nicht bereit für mehr war. Für etwas mit mehr Bedeutung.

Als Zoe und Murph über andere Dinge sprachen, beobachtete Gabe Zoe, tat so, als würde er dem Gespräch folgen, und dachte darüber nach, wie weit er und Zoe in ihrer Beziehung gekommen waren. Sie verbrachten die meiste Zeit zusammen, hatten aber auch nichts dagegen, sich gegenseitig Raum zu geben. Sie hatten Spaß zusammen, genossen es zu reden, und der Sex war nicht von dieser Welt. Es gab jedoch immer wieder Momente, in denen Zoe traurig war, sie sich ihm nicht öffnete, und sie hatte ihn auch noch nicht ihrem Vater vorgestellt, und Gabe hatte vor Wochen bereits herausgefunden, dass die beiden Dinge wahrscheinlich miteinander zu tun hatten.

Er hatte sich oft bemüht, sie zum Reden zu bringen, aber wenn er es tat, zog sie sich zurück, und das Letzte, was er wollte, war, dass Zoe sich einigelte. Er hatte auch versucht, mit Pete zu sprechen, aber Zoes Bruder hatte geschwiegen. Schließlich hatte Gabe versucht, Kip Reynolds zu googlen, aber nichts im Internet gefunden, was seine Aufmerksamkeit erregt hatte und einen Hinweis darauf gab, warum ihr Vater für Zoes periodische Anfälle von Traurigkeit verantwortlich sein könnte.

Gabe gefiel das nicht. Manchmal war er so verzweifelt, dass er ein Loch in die Wand schlagen wollte, wenn Zoe wieder traurig war und ihm die Hände gebunden waren und er nichts tun konnte, weil sie diejenige war, die sich weigerte, sich ihm zu öffnen. Aber er sagte sich, dass ihre Beziehung noch frisch war. Sie kannten sich erst seit zwei Monaten.

Er musste geduldig sein. Im Moment leben.

127

Und hoffen, dass Zoe ihm bald genug vertraute, um sich ihm zu öffnen.

Gabe wusste nicht, welcher Film lief, und es war ihm egal. Alles, was ihm wichtig war, war, dass Zoes sexy Körper von den Farben auf dem Bildschirm angestrahlt wurde, als sie auf der Couch neben ihm lag. Dies war eine normale Sache zwischen ihnen geworden, einen Drink bei Pete zu trinken, dann nach Hause zu kommen, einen Film auszusuchen und diesen etwa zehn Minuten lang anzusehen, bevor sie übereinander herfielen.

Ihre Atemzüge waren abgehackt, wenn sie seinen Schwanz ritt und ihre nasse Muschi sich auf ihm rieb. Wenn sie ihre Titten in sein Gesicht drückte und ihre kleinen steifen Brustwarzen über seine Wangen strichen, verlor er fast den Verstand und kam nach nur wenigen Minuten in ihr. Ein Wunder, wenn man bedachte, dass Alkohol in der Regel seine Leistung minderte, aber Zoe war einfach unglaublich sexy. Seine Hände umfassten ihren perfekten Hintern und ermunterten sie, weiter auf ihm zu hüpfen.

Wenn es etwas länger dauerte, bis sie kam, legte er sie nach hinten. "Dreh dich für mich um", sagte er. Sie leckte ihre Lippen, drehte sich um und setzte sich dann mit dem Rücken zu ihm wieder auf ihn.

"Ich wollte dich sehen, nicht den Film", lachte sie.

"Und ich möchte diesen saftigen Pfirsich sehen." Er schlug ihr ein paar Mal auf den Arsch und wurde damit belohnt, dass sie sich ein wenig schneller bewegte, ein süßes Stöhnen hören ließ und sie sich nach vorn beugte, um sich am Couchtisch festzuhalten. Er bewunderte ihren Hintern, der direkt vor ihm war, und vielleicht war es das Gespräch, das sie mit Murph zuvor über "Hintern" hatten, aber er fuhr leicht mit dem Daumen über ihren Anus und beobachtete genau ihre Reaktion.

Sie stöhnte leise, dann fickte sie ihn härter und schneller, murmelte Dinge, die er nicht verstehen konnte, aber seit dem Monat, in dem sie zum ersten Mal Sex gehabt hatten, hatte er eine Menge davon auswendig gelernt: *Verdammt ja, fick mich härter, das ist gut so, füll mich, füll mich mit deinem großen Schwanz* und – das hatte ihn am meisten überrascht – *fick meinen Arsch härter.*

Tja ... er hatte ihren Arsch *überhaupt* nicht gefickt, wenn sie Sex hatten. Ja, er hatte es ein paar Dutzend Mal in seinen Fantasien mit ihrer Kehrseite, mit der sie gesegnet worden war (und sich mit vielen Kniebeugen darum kümmerte) getan, aber etwas daran, sie von hinten zu nehmen, hatte ihn auf die *Idee gebracht,* seinen Schwanz in ihren Hintern zu stoßen. Er sah dies als ein gutes Zeichen für Analspiele in der Zukunft, falls sie offen dafür war und nicht nur sexy Dinge murmelte, wenn sie kam.

Doch sie schien auf jeden Fall offen dafür zu sein, denn als er seine Fingerspitze in ihren Arsch schob, kam sie, ihre Muschi zitterte und umklammerte ihn hart. Ihre spitzen Schreie hallten von der gewölbten Decke wider und er sah, wie sich ihre Knöchel hell verfärbten, während sie sich an den Couchtisch klammerte. In diesem Moment stellte er sich vor, er würde sie tatsächlich in den Arsch ficken, und er kam und spritzte sein Sperma mit unglaublicher Heftigkeit in sie.

Etwas an diesem Orgasmus erschütterte ihn bis ins Mark. Es war die Perfektion des Abends – mit Zoe auszugehen, Spaß zu haben (wenn auch unmögliche Gespräche mit seiner Schwester, jemand, an dem ihm etwas lag), Sex mit einer erstaunlichen Frau zu haben, die ihn mochte, und die Tatsache, dass er The Noise oder seinen Übergang zu den Savannah Bootleggers nicht mehr für ein tragisches Ereignis hielt.

Denn wenn er nicht von den Bootleggers geholt worden wäre, hätte er Zoe nie getroffen. Und Zoe war so verdammt gut für ihn.

Alles lief gut, und einen Moment lang machte ihm das höllische Angst.

Für einen Augenblick stellte er sich vor, dass jemand ihm den Teppich unter den Füßen wegzog.

Nicht so sehr auf dem Spielfeld, sondern mit Zoe. Er stellte sich vor, in diesem brandneuen Haus ohne sie zu sein, und dachte darüber nach, wie einsam eine solche Existenz sein würde. Er dachte daran, wie es ein würde, nicht mehr gemeinsam mit ihr zu trainieren, stellte sich vor, ohne sie in einen anderen Staat ziehen zu müssen, von einem anderen Team gekauft zu werden, weil das das Leben eines NFL-Spielers war. Würde sie mit ihm gehen?

Er hatte noch die Augen geschlossen und versuchte zu Atem zu kommen, als sie spürte, wie er sich an sie drückte, die Haut feucht, warm und angenehm. "Bist du okay?", fragte sie.

"Ja", sagte er. Dann, weil er wirklich wollte, dass sie ihm erzählte, was ihr Sorgen machte, ergriff er seine Chance und sagte: "Ich denke nur daran, wie gut die Dinge sind und ... und dass gute Dinge tendenziell immer dann zu Bruch gehen, wenn man es am wenigsten erwartet."

Sie setzte sich auf, um ihn besser anschauen zu können, während er sprach. "Du meinst wie mit deiner Karriere in Chicago, nicht wahr? Denn das ist völlig normal, da du in ein paar Wochen gegen The Noise spielen wirst."

Er nickte.

Seine alten Teamkollegen würden da sein. Sein alter Trainer. Freunde und Familie von Chicago-Spielern, mit denen er befreundet gewesen war. *Aber weißt du, wer außerdem auch da ist?* Er konnte fast hören, wie seine Schwester und Zoes Stimmen ihm ins Gewissen redeten – *deine neuen Freunde, deine neue Familie, deine neuen Teamkollegen und Trainer, Leute,* die gut zu ihm gewesen waren, seit er angekommen war.

Menschen, denen er sich endlich geöffnet hatte und mit denen er sich angefreundet hatte, etwas, das erst geschehen war, nachdem Zoe seine Schutzbarrieren eingerissen und ihn daran erinnert hatte, wie verdammt gut es sich anfühlte, sich wirklich mit anderen zu befreunden und ihnen zu vertrauen.

"Ich weiß, dass es normal ist, und ich weiß, dass es mir gut gehen wird. Ich bin einfach nur glücklich und ich denke, ich bin das lange Zeit nicht gewesen. Ich will nicht, dass das ein Ende hat."

"Gabe, im Leben dreht sich alles um Veränderung. Einige sind gut, andere sind nicht so gut. Aber wenn du jetzt glücklich bist, dann konzentriere dich darauf. Sich zu sorgen ist, als würde man für die Dinge beten, die man nicht will. Vergeude nicht deine Energie."

Er mochte das – es entsprach dem, was er selbst über universelle Energie und das Anziehungsgesetz glaubte. Er würde es als Zeichen nehmen. Er drückte sie liebevoll. "Verdammt, du bist schlau."

Sie kicherte. "Ich bin schlau. Ich bin sexy. Und weißt du, was ich sonst noch bin?"

"Was denn, Pfirsich?"

"Ich bin auch glücklich. *Du* machst mich glücklich, Gabe."

Er knurrte tief in der Kehle und zog sie in einen innigen Kuss, der nicht enden wollte.

KAPITEL 16

*E*s war ein paar Tage vor seinem Spiel gegen Chicago, fast drei Monate, nachdem er Zoe getroffen hatte, als es wieder passierte.

Es war Zoes freier Tag und sie hatte gesagt, sie würde Zeit im Iron Maiden verbringen, dann Freundinnen zum Mittagessen treffen, bevor sie einige Besorgungen erledigte. Sie hatten sich verabredet, sich zum Abendessen in einem ihrer Lieblingsrestaurants zu treffen, aber gerade als Gabe in sein Auto stieg, um dorthin zu fahren, bekam er eine Nachricht von Zoe, in der sie ihm mitteilte, dass es ihr nicht gut ginge und ob es okay wäre, wenn sie einfach zu Hause blieben.

Gabe hatte nichts dagegen. Er liebte es, Zeit allein mit Zoe zu verbringen. Aber ein Teil von ihm wusste, dass Zoe traurig sein würde, wenn sie nach Hause kam. Traurig. Und nicht bereit, darüber zu reden. Er war sich einfach nicht sicher, was er dagegen tun sollte.

Sollte er dieses Mal darauf drängen, dass sie redete? Weil er es verdammt noch mal leid war, dass sie ihn aussperrte, obwohl er sich ihr ganz geöffnet hatte und ihr vor ein paar Wochen sogar erzählt hatte, wie viel Angst er hatte, dass etwas sein Glück stehlen würde. Sie hatte damals mit ihm geredet und er wollte ihr auch bei dem helfen können, was sie traurig machte.

Aber als Zoe nach Hause kam, sah sie verloren aus. Erschöpft. Und das Letzte, was er wollte, war, noch mehr Druck auf sie auszuüben. Also kochte er einfach ihr Abendessen und vermied wieder einmal die Konfrontation mit ihr. Sie hatten Zeit und er würde geduldig sein, aber nicht mehr lange. Was war es, das an Zoe nagte wie ein langsames Gift? Er wollte es aus ihr herausholen, und zwar bald.

Nach dem Abendessen sagte Gabe Zoe, dass er ihr ein Bad einlassen würde. Er war im Badezimmer und bereitete sich darauf vor, genau das zu tun, als er spürte, wie sie eine Hand auf seine Schulter legte. Er drehte sich um, aber bevor er etwas sagen konnte, küsste Zoe ihn.

In ihrem Kuss lag eine solche Verzweiflung, dass er sich von ihr löste, nicht weil er sie nicht wollte, nicht deshalb, sondern weil Zoe ihm mehr bedeutete als nur Sex. Er wollte mit ihr darüber sprechen, was in ihr vor ging. Was sie brauchte. Sie musste nicht die ganze Zeit stark sein. Nicht bei ihm, und er wollte, dass sie das wusste. Er liebte es, dass sie stark war, dass sie härter trainieren konnte als die meisten Profisportler, die er kannte, dass sie es rau und heftig im Bett mochte. Aber gerade jetzt, als er ihre Emotionen und ihre Verletzlichkeit spürte, wollte er sie einmal wie eine zarte Blume behandeln, wie gepresste Blütenblätter zwischen Buchseiten, die mit Sorgfalt behandelt werden mussten.

Zoe wollte das jedoch nicht. Sie klammerte sich an ihn, ihr Mund plünderte seinen, ihre Hände erkundeten seinen Körper in einer unbändigen Sehnsucht. "Ich brauche dich", sagte sie zwischen ihren Küssen. "Bitte, Gabe. Bitte. Fick mich."

Wie immer, wenn Zoe um etwas bat, schwand Gabes Entschlossenheit. Er konnte ihr nichts verwehren. Der Versuch, sich ihr zu verweigern, wenn sie ihn brauchte, wäre wie der Versuch, Moleküle zu trennen: Unmöglich.

Er brachte sie in sein Schlafzimmer und stieß sie gegen die Wand. Seine Hände lagen um ihr herzförmiges Gesicht, während er ihre Lippen und Zunge schmeckte. Ihre Sorgen und sein Frust darüber, dass sie nicht darüber redete, waren vorübergehend vergessen.

Er zog sie in seine Arme und trug sie zu seinem Bett, wo sie sich hinsetzte und anfing, ihre Hose aufzuknöpfen. "Lass mich das machen", grinste Gabe.

"Warum?", stöhnte sie.

"Weil du ein gottverdammtes Geschenk bist und ich dich auspacken möchte."

Schnell zog er sie nackt aus und nahm sich einen Moment Zeit, um sie zu bewundern.

Ihr Körper was so verdammt fest und gut geformt. Ihre Brustwarzen waren leicht rosig und Gabe nahm eine Brust, drückte sie sanft und tat es dann auch mit der anderen. Zoe legte ihre kleine Hand über seine große und drückte noch fester zu, lehnte den Kopf zurück und stöhnte. Er drückte ihre andere Brust auch fester und entlockte ihr ein weiteres Stöhnen.

"Du magst es, wenn ich das tue?", fragte er, obwohl er die Antwort kannte. Zoe liebte es ein bisschen rauer. Er wollte sie nur nicken sehen, wollte sehen, wie sie ihn mit verhangenem Blick ansah. "Was ist damit?" Vorsichtig kniff er in beide Brustwarzen und rollte sie, während er ihre Reaktion beobachtete. Wieder biss sie auf ihre Lippe und er beobachtete, wie sich ihre Brust auf und ab bewegte.

Er zog sie enger an sich, nahm eine ihrer Titten in den Mund und leckte an ihrer Brustwarze. Als ihr Herz gegen seine Wange schlug, saugte er daran und fuhr mit der Hand über ihre Wirbelsäule, die Kurve ihres unteren Rückens und ihren runden Hintern.

Er drehte sie auf ihren Bauch, um sie von hinten zu bewundern. "Sieh dir nur diesen Arsch an. Verdammt perfekt", sagte er, drückte beide Arschbacken zusammen und beobachtete, wie sie wieder an ihren Platz sprangen.

"Ist das der Grund, warum du mich Georgia Pfirsich genannt hast?" Sie warf ihm einen lauernden Blick über ihre Schulter zu.

"Genau", sagte er und bohrte seine Zähne in ihr Fleisch, als ob er einen Brocken herausreißen wollte, knabberte aber stattdessen sanft an ihr. "Du schmeckst sogar wie einer."

Sie wimmerte und drehte sich um, bot ihm einen Blick auf ihre Hand, die zwischen ihren Beinen nach unten rutschte, instinktiv versuchte, den Druck zu lindern, und spreizte ihre Beine für ihn. Die Wärme, die einladende Hitze, der Moschusduft ihrer Muschi ... Das alles war mehr als er verdient hatte, und Gabe fühlte sich gezwungen, jemandem zu danken – Gott, dem Universum, wer auch immer da draußen dafür verantwortlich war, dass er diese Frau hier hatte. So wie ihre manikürten Finger ihre Falten spreizten und ihm ihre glatte, feuchte Muschi darboten, wusste er, was sie wollte. Und so tat er, was jeder Mensch in der gleichen Situation tun würde und *sollte,* wenn er mit den Geheimnissen einer Göttin konfrontiert wurde – er vergrub sein Gesicht zwischen ihren Oberschenkeln und machte sich an die Arbeit.

Zoe wimmerte, als die rauen Bartstoppeln an Gabes sexy Kinn über ihre Haut strichen. Sie fühlte seine warme glatte Zunge sanft gegen ihre Klitoris drücken und es machte sie wahnsinnig. Sie schloss ihre Augen in der Hoffnung, dass sie, wenn sie nicht sah, wie Gabe seine Nase in ihre Muschi drückte, ihren Orgasmus um mindestens ein paar Minuten verzögern könnte.

Sie brauchte diese Zeit mit Gabe. Musste in der Lage sein, die reale Welt zu blockieren – einschließlich des schrecklichen Besuchs bei ihrem Vater.

Gabe begann sie langsam zu lecken. Sie stöhnte, als sich elektrische Impulse von ihren Beinen zu ihrem Bauch ausbreiteten. Sie schaute nach unten, sah ihn auch mit geschlossenen Augen und atmete seinen Duft ein. Er spreizte mit einer Hand ihre Schamlippen, so dass er besseren Zugang zu ihrer Klitoris hatte, und leckte sie schneller. Die gleiche Hand glitt durch ihre Falten nach unten und verteilte die Nässe, die ihren inneren Oberschenkel herunter zu tropfen begann.

"So verdammt nass", stöhnte er.

Zoe konnte nicht anders, als ihre Beine noch weiter zu spreizen.

"Ja", murmelte er. "Gib mir diese Süße. Ertränke mich. Komm, Pfirsich."

Seine Worte schickten sie irgendwo hin, irgendwo hin, wo es keine Regeln gab und die Leute ohne Konsequenzen alles sagen konnten, ein Ort, an dem sexy Footballer sich vor ihr verbeugten, ohne zu zucken, und sie die Kontrolle hatte – sie.

Zoe biss sich wieder auf ihre Lippe und drückte sich seinem Gesicht entgegen, schob ihre Hand in sein dickes Haar und führte seine Zunge entlang ihrer Klitoris hin und her. Rieb ihre ganze Muschi an seinem Gesicht.

"Du leckst gern?", wagte sie sich zu fragen.

"Diese Muschi", antwortete er, ohne auszusetzen. "Süß und lecker."

O Gott.

Ihre Muskeln zogen sich zusammen und sie näherte sich dem Höhepunkt.

"Öffne deinen Mund", befahl sie. "Zeig mir deine Zunge."

Er tat dies sofort, als gäbe es nichts Demütigenderes, was sie ihm antun könnte, das er nicht bedingungslos lieben würde. Mit gebeugten Knien rieb sie ihre Muschi an seinem Gesicht und verteilte ihre Feuchtigkeit darauf. Gabe drehte sein Gesicht von Seite zu Seite, wurde dabei nass und ihre Säfte bedeckten ihn vollständig. Er setzte das Spiel seiner Zunge an ihrer Klitoris fort.

Der Orgasmus kam plötzlich und heftig und sie schrie, krallte sich in seine Haare, seine Hand lag auf ihrem Hintern, die Finger seiner anderen Hand glitten in sie, um die Wellen ihres Orgasmus von innen zu fühlen. Seine Zunge leckte noch ein paar Mal sanft über sie, um ihren Orgasmus so weit wie es ging hinauszuzögern, aber sie zog sich zurück und brach auf dem Bett zusammen, versuchte, wieder zu Atem zu kommen, als die Letzte der Wellen nachließ.

Gabe brach auf dem Bett neben ihr zusammen und sein Schwanz presste sich an seine Hose. Als sie ihre Hand über die Wölbung legte, um ihm zu helfen, sich darum zu kümmern, nahm er sanft ihre Hand und hielt sie fest. ·

„Gib mir eine Sekunde und ich werde -", fing sie an, aber er schüttelte den Kopf und hob ihre Hand, um sie zu küssen.

"Nein. Das war nur für dich, Zoe. Jetzt werde ich das Bad einlassen und du wirst mich mich um dich kümmern lassen."

Sie starrte ihn an und blinzelte die Tränen zurück. "Aber—"

"Lass mich mich um dich kümmern, verdammt", sagte er plötzlich heftig. "Du willst nicht mit mir darüber sprechen, warum du manchmal traurig wirst, und ich versuche dir Raum zu geben, Zoe, das tue ich wirklich. Aber ich weiß nicht, wie lange ich das noch durchhalte. Also musst du dir darüber klar werden – wie du dich mir öffnest. Denn ich habe das schon und ich will, dass auch du es tust."

Sie holte zitternd Luft und drückte dann ihre bebenden Lippen zusammen, um nicht zu weinen. Es sollte so einfach sein, die Worte zu sagen, um seine Hilfe zu bitten, auch wenn das bedeutete, dass sie ihm alles erzählen musste, von ihrem Vater und ihrer Angst, das Iron Maiden zu verlieren, aber etwas hielt sie zurück. Als sie nichts sagte, seufzte er und die Enttäuschung flackerte in seinen Augen. Er beugte sich vor und küsste sie sanft, damit sie sich auf seinen Lippen schmecken konnte. Er starrte sie an und sagte: "Ruhe dich aus und ich komme später wieder, Pfirsich. Ruhe dich aus und sei dir gewiss, dass ich immer wieder kommen werde."

KAPITEL 17

*D*ie Ballübergabe.
"Geh runter!"

Er bekam seine Anweisungen. Runter gehen war, wofür Gabe bezahlt wurde. Er war ein Speed-Receiver, bekannt dafür, dass er nach der Ballübergabe so schnell wie möglich loslief und Raum zwischen sich und die Verteidiger brachte. Er schraubte sich in einer fast geraden Linie heraus und rauschte an den Spielern in Schwarz und Rot vorbei, Farben, die früher seine gewesen waren.

Nicht mehr, Murphy. Bleib bei deinen Farben.

Gabe fing den Ball mühelos und holte für die Bootleggers den ersten Down im dritten Viertel, während Dawson an der Seitenlinie nach einem Treffer behandelt wurde, der ihn zu Fall gebracht hatte. Die Menge jubelte. Der Coach feuerte ihn über den Rasen hinweg an. Sie führten mit 10-3, aber er hätte gerne einen größeren Vorsprung. Nur um sicher zu sein. Nur um zu beweisen, dass er Dawson ersetzen konnte und dass sich niemand wegen seiner Schulter Sorgen machen musste.

Er hatte sich nie stärker gefühlt. Gemeinsam hatten er und Zoe es geschafft.

Das Spiel verlief sehr gut und einige Leute, die er hier in

Georgia kennengelernt hatte, waren da und nahmen sich die Zeit, Gabe anzufeuern. Alec LeBruns Frau Ruby und ihre Tochter Elliot, die zum ersten Mal bei einem Spiel dabei war. Aidens Mutter, die das Team auch nach einer schwierigen Chemo-Behandlung am frühen Morgen unterstützen wollte. Bruce, einer der Assistenztrainer der Bootleggers, dessen Teenager-Sohn einen Unfall gehabt hatte und mit kleinen Kratzern davonge-kommen war. Allein zu wissen, dass sie alle da waren, spornte Gabe an.

Das Leben war gut.

Ja, The Noise war auch hier. Ja, er hatte gemischte Gefühle deswegen, aber im Großen und Ganzen fand er, dass er gut damit umging. Der einzige Moment, in dem er sich komisch gefühlt hatte, war, als sein enger Kumpel von The Noise an ihm vorbei-ging und anstatt ihm wie seine anderen ehemaligen Teamkol-legen einen freundlichen High-Five zu geben, lediglich höhnte. "Es ist vorbei, Murphy. Gib schon auf", hatte er gesagt.

Gabe hatte ihm ins Gesicht gelacht.

Es war ein psychologischer Trick, der ihn verunsichern sollte, aber er würde es nicht zulassen. Er war nicht so weit gekommen, um sich von einem dummen Kommentar aus dem Gleichgewicht bringen zu lassen. Trotzdem müsste er lügen, wenn er gesagt hätte, dass es nicht zwei Sekunden lang weh getan hatte. Zoe, Murph, Alecs Baby, Coach, Mimi und Pop sahen zu ... das waren die Menschen, die wichtig waren.

"Konzentrier dich, Murphy", sagte Heath Dawson während des Huddles. "Du bist etwas unkonzentriert, aber du schaffst das."

"Es ist schwer für ihn", sagte Bender und starrte Gabe durch die Gesichtsmaske an. "Ist nicht einfach, wenn du gegen deine ehemaligen Teamkollegen spielst."

Gabe nickte Bender dankbar zu. Er hätte nie gedacht, dass er diese Art von voller Unterstützung von seinen neuen Teamkol-legen bekommen würde, aber er hatte die Bootleggers unter-schätzt. Er würde es schaffen.

Sie stellten sich in Formation und der Countdown begann. Aber Dawson lag nicht ganz falsch. Gabe war heute Abend ein wenig unkonzentriert, fast so, als wäre er nicht wirklich da. Als wäre er außerhalb seines Körpers und würde sich selbst beim Spielen beobachten. War es ein Déjà-vu? *Es wird nicht besser als das hier,* ein Gedanke, der ihm zufällig kam. Das Stadion leuchtete, der Jubel der Fans, die Stimme des Ansagers, die surreale Erkenntnis, dass er für die blaue Mannschaft spielte, nicht für die in Schwarz-Rot.

Wie schnell sich das Leben in wenigen Monaten verändert hatte.

Bootleggers, Savannah, Zoe, eine neue Bruderschaft … So viele Aspekte, die er sich nie hatte vorstellen können, stürmten auf ihn ein.

Der Huddle hatte sich diesmal für die Slant Route entschieden. Als Wide Receiver hatte Gabe die Slant Route schon immer geliebt, aber sie hatte einen großen Nachteil – es erinnerte ihn daran, wie es zu seiner Verletzung in der letzten Saison gekommen war. Er hatte sein Auge auf den Ball gerichtet, war diagonal über das Feld gelaufen, wo ihn seine Cornerbacks sicherten, als zwei Linebacker sie angegriffen hatten, die aus Gabes Peripherie aufgetaucht waren und das kurze Spiel mit gleichzeitigen Tackles gestoppt hatten, die Gabe Schmerzen gebracht und Strafflaggen fliegen lassen hatten. Danach konnte er sich nicht mehr an viel erinnern, denn die Schmerzen verschmolzen mit den Stadionlichtern und die Stadionlichter wurden zu Krankenwagenlichtern.

Aber das war damals und jetzt war jetzt.

Konzentration.

Slant Route.

Ballübergabe.

Gabe hob ab, lief gerade die Seite hinunter, dann nach rechts, kreuzte über das Feld, seine Cornerbacks in Position, so wie sie es tausendmal geübt hatten. Die Wahrscheinlichkeit, dass die gleiche Verletzung wieder passierte, war unglaublich gering. Blitze schlugen nie zweimal an derselben Stelle ein. Aber für einen Moment galten seine Impulse Rot und Schwarz – sein Gedächtnis spielte ihm für eine Bruchsekunde einen Streich. Er stolperte, als er mit der Verwirrung zu kämpfen hatte.

Blau und weiß, du Idiot. Bootleggers, nicht Noise.

Obwohl er sich abfing und weiterlief, brachte ihn die kurze Verwirrung aus dem Konzept. Er lief in Richtung der Endzone, entschlossen, den Bootleggers diesen größeren Vorsprung zu verschaffen, aber ein Noise Safety und ein Linebacker ergriffen seinen Oberkörper auf beiden Seiten. *Nein – verdammt nein.* Gabe pflügte nach vorne. Er ließ sich nicht aufhalten. Er weigerte sich. Aber defensive Spieler waren größer als Wide Receiver und schließlich zogen sie ihn zu Boden, als sich mehr Spieler als nötig auf ihn warfen.

Sein Körper wurde sofort von fast zwölfhundert Pfund Gewicht zerquetscht und die Stadionlichter wurden zu Sternen vor seinen Augen.

enn Zoes Herz einfach aus Angst hätte aufhören können zu schlagen, dann hätte es das getan, aber sie sagte sich immer wieder: *Es ist okay ... Er ist okay ... Alles ist in Ordnung ...* Auch wenn Gabe ganz unten lag oder auf einer Trage weggetragen wurde, was ganz stark auf etwas anderes hindeutete.

Sie konnte sich nicht daran erinnern, wie sie mit seiner Schwester ins Sanitätszimmer gelaufen war, wie lange es gedauert hatte, dorthin zu gelangen, oder welche Treppe sie genommen hatten. Die Details waren alle verschwommen. Alles, was sie wusste, war, dass sie es vollkommen außer Atem bis an die Tür geschafft hatten, wo ein stämmiger Mann in einem weißen Anzug sie aufhielt.

"Sorry, meine Damen. Kein Zugang hier", sagte er.

Vielleicht dachte er, sie wären Journalisten oder Gabe Murphy-Fans. Der Mann musste wissen, wer sie waren, damit er sie hereinlassen konnte. "Nein, bitte ... Sie verstehen nicht", schimpfte Zoe. "Ich bin seine ..."

Was?

Was war sie genau? Seine Freundin? Bessere Hälfte?

Eher seine Trainerin, die sich in ihn verliebt hatte.

Na also. Endlich gab sie es zu.

Wenn jeden Morgen aufzuwachen und den wunderschönen Mann neben sich anzulächeln, nicht erwarten zu können, bis man wieder in dem Haus war, in dem sie zusammen wohnten, um ihm in die Arme zu springen, oder wenn man jedes Mal, wenn sie sich liebten, vor Freude explodieren wollte, wenn das LIEBE war, dann ja, dann liebte sie Gabe Murphy.

War das nicht der beste Grund, sie hereinzulassen?

Hilflos wandte sie sich Murph zu, als sie nicht die richtigen Worte fand.

"Ich bin Michelle Murphy, seine Schwester und Agentin, und das ist Gabes Freundin und seine Trainerin. Lassen Sie uns herein, oder sie wird Sie umrennen. Vertrauen Sie mir, Sie wollen sich nicht mit ihr anlegen." Murph deutete mit dem Daumen auf Zoe. Sie hätte gelacht, wenn sie nicht so viel Angst hätte, dass Gabe etwas Schreckliches zugestoßen war.

Der Mann verschränkte seine Arme, als ob ihn das bedrohlicher erscheinen lassen würde. "Ich lasse ihn, sobald er fertig ist, wissen, dass Sie hier sind. Hören Sie, meine Damen, es ist besser, wenn Sie warten, so dass die Ärzte ihre Arbeit tun können."

Ja, okay, das stimmte. Absolut.

Zoe nickte und ließ sich auf eine der Bänke vor der medizinischen Einrichtung fallen, während sich immer mehr Menschen um sie versammelten, darunter ein paar Reporter und Kameraleute. Zehn Minuten vergingen. Dann zwanzig. Dann dreißig.

Das durfte alles nicht wahr sein. Was war, wenn er sich wieder verletzt hatte? Was wäre, wenn es dieses Mal noch schlimmer war? Vor zwei Wochen hatte er über seine Angst gesprochen, dass etwas Schlimmes passieren und sein Glück ruinieren könnte, und sie hatte ihn mit Plattitüden abgefertigt.

"Warum hast du das zu dem Mann gesagt?", fragte Zoe Murph plötzlich.

"Was? Dass du ihn umrennen würdest?" Murph riss ihre

Augen auf. "Weil du durchtrainiert bist und ich Angst vor dir habe."

"Nein, der andere Teil. Über mich als Gabes Freundin."

"Nun, stimmt es nicht?" Murphs schöne klare blaue Augen, die Gabes ähnlich waren, aber perfekt getrimmte Augenbrauen hatten, starrten sie funkelnd an. "Sah zumindest so aus, als wir das letzte Mal bei Pete waren."

"Wir haben noch nicht festgelegt, was wir sind." Sie versuchte die Tränen, die in ihren Augen brannten, zu unterdrücken. Weil es egal war, dass sie es noch nicht ausgesprochen hatten. In ihrem Herzen war sie Gabes Freundin. Und sie wollte eines Tages noch mehr für ihn sein.

"Dann sage ich es dir." Murph schaltete ihr Handy aus, drehte sich zu ihr um und steckte ein Bein unter ihr Knie. "Du bist in meinen Bruder verliebt."

"Was? Wir kennen uns erst seit drei Monaten."

Murph starrte sie einfach nur an.

"Ist das so offensichtlich?", fragte Zoe schließlich.

"Zumindest für mich und ich bin nicht unglücklich darüber. Ich habe Gabe noch nie so erlebt. Als wir in Savannah ankamen, war er an einem dunklen Ort. Ich meine einen richtig üblen Ort. Er dachte, die Welt hätte sich gegen ihn verschworen. Er dachte, er hätte alles verloren und hat nur weitergemacht, weil er Football liebt, aber Gabe dachte, die Welt habe ihn verlassen. Du hast ihn verändert, Zoe. Es ist, als ob du die Verbitterung aus ihm herausgeholt hast bei euren Workouts, oder eurem Sex."

Zoe errötete, lachte aber gleichzeitig. Dann lehnte sie sich nach vorne und nahm Murphs Hand. "Vor zwei Wochen sagte er mir, er sei glücklich, Murph."

Murphs Augen weiteten sich vor Freude. "Siehst du!"

"Er war auch besorgt darüber, dass etwas passiert, was das ändern könnte. Und jetzt ... Was wäre, wenn es stimmt?"

Murph schüttelte den Kopf. "Wir wollen nicht darüber nachdenken, was wäre, wenn. Nur Fakten zählen. Und wir kennen die

Fakten noch nicht, Zoe. Wir wissen noch gar nicht, ob er schwer verletzt ist. Konzentrieren wir uns also auf die Fakten, die wir haben. Gabe ist glücklich, weil du ihm geholfen hast, und dafür kann ich dir nicht genug danken."

Mit einem Schrei streckte Zoe die Arme aus und umarmte Murph fest.

"Ich bin auch dankbar", sagte sie, als sie sich wieder von ihr löste. "Schließlich hast du mich angeheuert, um ihn zu trainieren."

"Ja, nun, ich muss dir etwas gestehen. Ich—"

Was auch immer sie sagen wollte, blieb ungesagt, als sich die Tür öffnete und ein anderer Mann heraustrat und über die wartende Menge hinweg auf sie deutete.

"Miss Murphy? Reynolds? Nur ihr zwei." Er winkte sie hinein, als der Rest der Menge stöhnte oder laut fragte, ob Gabe Murphy in Ordnung sei. Der Mann gab keine Antwort.

Zoe und Murph standen auf, drängelten sich durch die Menge, bis sie die blaue Tür erreichten und dann in den Raum traten. Der Mann führte sie einen anderen Flur entlang und Zoe fand es viel zu still.

"Ist er okay?", fragte Murph.

"Ich überlasse es den Ärzten, die Antwort darauf zu geben", sagte der Mann, was Zoes Herz hart in ihrer Brust hämmern ließ. Das klang nicht gut und der Ton, in dem er es gesagt hatte, verhieß nichts Gutes.

Sie folgten dem Mann zu einem gut beleuchteten, hellgrauen Raum mit Backsteinwänden, sterilen Untersuchungstischen und Plakaten berühmter Bootleggers. Zoe erkannte sofort die meisten von ihnen, große Männer, mit denen sie aufgewachsen war, einschließlich ihres Vaters Kip Reynolds, dessen Bild an der einen Wand hing. Als sie sein jugendliches, hoffnungsvolles Gesicht und seine sonnengebräunten Wangen sah, während er einen Football fing, schlug ihr Herz laut mit bedingungsloser Liebe und Trauer, dass er nicht mehr dieser Mann war.

Sie kamen um eine Ecke, wo ein Arzt in Bootlegger-Farben und einem weißen Mantel auf sie zukam. Zoe versuchte, etwas hinter ihm zu erkennen, und erhaschte einen Blick auf ein paar weiße Kniestrümpfe auf dem Tisch, ein Bein aufgestellt. Das eine Bein, das aufgestellt war, gab ihr Hoffnung. Angenommen, das war Gabes Bein, dann sah es so aus, als ob er sich nur ausruhte und nichts Schlimmeres geschehen war.

"Du bist seine Schwester?", fragte der Arzt und legte seine Hand in Murphs. "Ich bin Dr. Uriel. Dein Bruder wird in Ordnung sein. Seine Schulter sieht großartig aus. Nichts passiert. Er wird beim Spiel nächste Woche dabei sein können."

"Oh, Gott sei Dank." Zoe wischte sich Tränen der Erleichterung weg, wandte sich Murph zu und legte ihren Kopf auf die Schulter der Frau. Murph tätschelte tröstend Zoes Hand. Sie war so unglaublich dankbar, mit Gabes Schwester hier zu sein, jemanden zu haben, bei dem sie sich anlehnen konnte.

"Also können wir da reingehen und ihn verprügeln, ja?" Murph lächelte den Arzt an und schüttelte den Kopf, als würde sie sich über den dummen großen Bruder beklagen, den sie hatte. "Das freut mich zu hören, Doktor. Vielen Dank. Können wir ihn sehen?"

"Nur für ein paar Minuten", sagte Dr. Uriel. "Er ruht sich aus. Ich möchte, dass er sich den Rest des Abends und auch morgen früh ausruht."

Zoe war sich nicht sicher, warum der Arzt sie bei diesen Worten anschaute, aber sie errötete. Also wussten es alle? Vielleicht *war* sie ja seine Freundin. Der Gedanke daran machte Zoe unermesslich stolz und ihr Verdacht bestätigte sich, als sich alle Jungs, die um den Tisch standen, wie das Meer vor Moses teilten, um sie durchzulassen.

Im Zentrum des Auflaufs war Gabe.

"Hey, schau mal, wer da ist." Er hatte eine Eispackung auf dem Kopf und zwei Umschläge an den Beinen. Er war von der Taille nach oben nackt und sah ein wenig durch den Wind aus, aber nichtsdestotrotz höllisch sexy. "Habt ihr mir Donuts mitgebracht? Ich habe einen Heißhunger auf Donuts und weiß nicht, warum." Gabe lächelte und streckte eine Hand nach seiner Schwester und Zoe aus.

Zoe und Murph lächelten einander an.

"Donuts? Sicher, dass du in Ordnung bist, Kumpel?", fragte Zoe.

"Mir ging es nie besser." Sein Lächeln war so umwerfend, dass Zoe sich auf ihn stürzen wollte, um seinen sexy Mund direkt vor allen zu küssen.

"Ja, also ... Mein Bruder wird seltsam, wenn er glücklich ist. Das solltet ihr wahrscheinlich wissen." Murph schenkte Zoe ein verständnisvolles Lächeln, bevor sie sich wieder Gabe zuwandte. Stimmte das? War Gabe wirklich in bester Laune wegen ihr? Zoe gefiel der Gedanke, dass sie einen solchen Einfluss auf ihn hatte. Vor allem aber war sie erleichtert, ihn lächeln zu sehen.

Murph legte eine Hand an seine Stirn, wie es eine Mutter tun würde, wenn sie ihr Kind auf Fieber überprüfte. "Du Blödmann, du sollst den Ball in die Endzone bringen und ihn nicht im Boden vergraben."

"Danke, Murph. Ich werde daran denken." Gabe schüttelte den Kopf und schaute Zoe an. Die Art und Weise, wie sein heißer Blick sie durchbohrte, brachte ihren Magen dazu, sich zu überschlagen, besonders als er sagte: "Jungs, können Zoe und ich eine Minute allein haben?"

Murph klopfte ihm auf die Schulter. "Ich werde dir ein paar Donuts besorgen."

Der Raum leerte sich und bald war Gabe allein mit Zoe. Sie drängte die Tränen zurück, rollte ihre Augen zur Decke, um Kraft zu finden. "Du hast mich erschreckt."

"Nein, Unkraut vergeht nicht, Pfirsich."

"Du bist kein Unkraut, Gabe. Du bist der erstaunlichste Mann, den ich je getroffen habe." Sie beugte sich zu ihm, schlang ihren Arm um seine Schulter und drückte ihre Wange an sein verschwitztes, muffig feuchtes Haar. "Warum musstest du das tun? Du hast uns zu Tode erschreckt."

Er sah Zoe mit dieser sexy hochgezogenen Augenbraue an. "Hattest du Angst um mich?"

"Natürlich hatte ich das!", sagte sie und blinzelte die Tränen zurück. "Ich dachte, du bist ..."

"Tot?" Er schüttelte den Kopf.

"Nein."

"Verletzt?"

"Vielleicht."

Er warf ihr einen amüsierten Blick zu. "Ich bin ein großer Junge. Ich komme mit allem klar."

Guter Gott, dieser Mann und sein Glaube, dass er unbesiegbar war. "Gabe ..." Sie wollte ihm erzählen, dass selbst Legenden irgendwann fielen, dass selbst die größten, mächtigsten, athletischsten und unbesiegbarsten Männer scheitern konnten und diejenigen, die sie lieben, mit Schmerz und Trauer und Verzweiflung zu kämpfen hatten. Sie wollte ihm von ihrem Vater erzählen – seinem Idol.

"Was ist los, Pfirsich?"

Jetzt war nicht die Zeit für ein umfassendes Geständnis, nicht nach dem, was er gerade durchgemacht hatte. Aber bald. Sie wollte Gabe bald alles erzählen. "Ich erinnere mich, wie ich meinem Vater beim Spielen zusah und wie beängstigend es war, wenn er fiel. Ich dachte für eine Sekunde, dass du nicht mehr aufstehen würdest. Warum hast du nicht einfach nachgegeben, Gabe? Es ist besser, nachzugeben, als zu kämpfen."

"Ich gehe nicht kampflos unter, das weißt du."

"Aber du hättest dich noch mehr verletzen können. Ich dachte, du hättest dieses Bedürfnis nach Rache besiegt? Du hast sowas noch nie getan, erst heute Abend, als du rein zufällig gegen dein altes Team gespielt hast. Gabe, du musst da drüber hinwegkommen."

Er hörte zu, aber ein Schatten hatte sich über seinen Blick gelegt. "Ich bin da drüber hinweg."

"Bist du das?"

"Vielleicht nicht ganz, aber du hast keine Ahnung, wie weit ich schon gekommen bin", sagte er. Sie erinnerte sich an die Worte seiner Schwester, dass er glücklicher war, als sie ihn seit langem erlebt hatte. "Ich habe nicht gegen sie gekämpft, Pfirsich. Es war keine Rache. Das ist das Seltsame daran. Ich habe es für mein Team getan. Die Bootleggers verdienen 200%, nachdem sie mich aufgenommen haben."

Sie hörte zu und ihr wurde etwas leichter ums Herz.

"Ich habe es für Alecs Baby im Publikum gemacht. Hast du sie gesehen, wie niedlich sie mit ihrem Blau lackierten Gesicht ausgesehen hat? Ich habe es für Dough getan, der nur noch diese eine Saison hat, um es zum Super Bowl zu schaffen, und dann ist seine Karriere vorbei. Ich muss alles geben, Pfirsich. Das ist der einzige Weg, es in dieser Welt zu schaffen. Gib niemals auf."

Als Zoe ihm in die Augen schaute, wusste sie, dass sie auf eine andere Legende starrte, einen zukünftigen Champion der Hall of Fame, genau wie ihr Vater. Gabe Murphy war nicht so weit gekommen, weil er sich von den Leuten runterziehen ließ. Er war ein Kämpfer.

"Ich habe versucht, mich nicht an diese Leute zu gewöhnen. Ich habe viel verloren, Zoe, und glaube mir, es ist schwer, neue Leute an sich heranzulassen. Aber hier bin ich, gehöre dazu und bin glücklicher als je zuvor." Er streckte die Hand aus und zog sie an sich, um sie zu küssen. Auch verschwitzt und stinkend mit Grasflecken am ganzen Körper war der Mann unwiderstehlich.

"Ich spüre das, Gabe. Ich war einfach nur besorgt, das ist alles." Sie küsste seine Wange, sein Kinn, seine andere Wange, diese erstaunlich vollen Lippen und diesen rauen Kiefer.

"Was spürst du noch?", grinste er und seine Augen funkelten, als er ihre Hand nahm und sie auf seinen Schritt legte. Selbst durch die ganze Schutzausrüstung konnte Zoe spüren, was sie dort erwartete.

"Du bist unmöglich ..."

"Nein, ich bin glücklich. Immer noch", antwortete er. "Und du hattest recht. Genau darauf muss ich mich konzentrieren. Also gehen wir nach Hause, Pfirsich. Und ziehen uns aus. Ich sehe dich dort."

KAPITEL 19

*G*abe bog in die Einfahrt ein und stellte den rumpelnden Porsche-Motor ab. Eine Weile saß er in der Dunkelheit und starrte auf das ruhige Haus, in dem ein paar Lichter sanft leuchteten. Seine Augen fielen auf Zoes Auto und er lächelte, da er wusste, dass sie irgendwo im Haus auf ihn wartete.

Er wollte morgen wieder zu ihr nach Hause kommen. Und nächste Woche. Und nächstes Jahr. Himmel, er wollte für den Rest seines Lebens nach Hause zu Zoe kommen. Es war verrückt, wenn man bedachte, wie kurz sie sich kannten, aber es war auch wahr. Außerdem war die Zeit, die sie zusammen verbracht hatten, intensiv gewesen. Sie hatten sich praktisch jeden Tag gesehen. Er brauchte nicht mehr Zeit, um zu wissen, dass Zoe die Richtige für ihn war. Sie war alles, was er wollte – schön, intelligent, höllisch sexy, süß und das Beste? Sie war die verdammt beste Trainerin, die er je gehabt hatte. Zoe würde ihm sein ganzes Leben lang beiseite stehen, im Fitnessstudio und außerhalb.

Deshalb hatte er etwas getan, was ein bisschen verrückt war.

Er öffnete das Handschuhfach und holte den kleinen Kasten

mit dem Ring heraus, den er am Tag nach dem Gespräch mit Zoe über das Glück gekauft hatte.

Sie war sein Glück und er wollte, dass die ganze Welt es wusste.

Er öffnete das Kästchen und starrte auf den Ring, der im Dunkeln funkelte. Er wollte ihr einen Antrag machen. Ja, es bestand die Möglichkeit, dass sie nein sagen würde, weil sie sich nur drei Monate kannten, aber das war okay. Er würde ihr mehr Zeit geben, wenn sie es brauchte.

Er hatte nie erwartet, hier in Savannah die Liebe zu finden, aber das war Teil des Lebens – zu sehen, wohin der Weg einen führte. Und weil er vor langer Zeit gelernt hatte, das Leben zu leben, solange er konnte, wusste er, dass sie die richtige Wahl für ihn war.

Als er die Autotür öffnete, steckte er das Kästchen in die Hosentasche, nahm seine Tasche vom Rücksitz und schloss die Tür, wobei das Auto einen kurzen Alarmton von sich gab. Er betrat das leere Foyer.

"Liebes, ich bin zu Hause!", rief er mit einem kurzen Lachen. Seine Rippen schmerzten. In den Papieren stand, er solle es ruhig angehen lassen und sich entspannen, aber er musste seine Frau heute Abend mindestens einmal haben. Außerdem *war* es entspannend, bei ihr zu sein.

"Hier oben." Ihre Stimme kam aus ihrem Schlafzimmer.

Er stellte seine Tasche an der Tür ab und folgte dem Klang ihrer Stimme. Entlang der Wände schalteten sich die Lichter ein, warfen tanzende und flackernde Formen und Schatten an die Wände. Obwohl er das Gefühl hatte, von einem LKW überfahren worden zu sein – naja, war er ja auch fast –, freute er sich auf das, was Zoe vorbereitet hatte.

Als er ihre perfekte Silhouette in ihrem Schlafzimmer wie eine Marmorstatue in einem Pariser Museum sah, hielt er inne, um sie zu bewundern, wie er es bei jedem Kunstwerk tun würde. Glück flackerte auf und wärmte seine Brust – sie ist mein.

"Willkommen zu Hause, Gabe." Sie hielt etwas in ihren Händen, das er in dem Schatten, den ihr Körper warf, nicht erkennen konnte. Überall auf dem Boden flackerten kleine Kerzen und erhellten den Raum.

Langsam ging er auf sie zu und zuckte ein paar Mal vor Schmerzen zusammen, doch er wusste, dass seine Schmerzen in dem Moment verschwinden würden, wenn er in ihren Armen war. Als er sie fast erreicht hatte, bewegte sie sich unmerklich, und da bemerkte er, dass sie nicht nur völlig nackt war, wie er es sich gewünscht hatte, sondern sie hatte auch einen kleinen Karton für ihn. Sie schlug den Deckel der weißen Bäckerei-Box auf und zeigte eine perfekte Auswahl an Gourmet-Donuts – einen mit Schokoladenstreifen, einen mit Keks-Krümeln, einen samtig roten, und ein paar andere, bei denen er nicht sagen konnte, was sie waren. Es war ihm auch egal, weil eine nackte Frau die Donuts hielt.

"Du musst mich wirklich mögen", sagte er.

Sie lächelte im Schein des Kerzenlichts. "Du hast ja keine Ahnung." Ihre Augenbraue wackelte. Sie ging rückwärts in Richtung Bett, wobei sie ihn mit den Donuts lockte, während sie das süßeste, spitzbübischste Lächeln aller Zeiten trug, und sonst nichts.

"Hmm, es ist schon gut, dass du mich mit Essen verführst, denn der Himmel weiß, dass ich dir niemals ohne sie ins Bett folgen würde", scherzte er und holte sie ein. Plötzlich drehte sie sich um und sprang mit einem Quietschen auf die andere Seite des Bettes und hielt die Donuts vor sich, während sie versuchte, seinem Griff zu entkommen.

Aber er war ein Spieler der NFL, wurde gut bezahlt, um einen glatten, ovalen Ball zu fangen. Wenn er einen Football fangen konnte, konnte er auch Zoe fangen. Er zog sie aus der Ecke an sich, als sie ihm einen zuckerigen Donut in den Mund schob.

"Habt ihr mir Donuts mitgebracht?", fragte sie und ahmte

dabei seine tiefe Stimme nach. Sie lachte so sehr, dass ihr die Tränen kamen.

Gott, er liebte diese Frau. Das war der Grund, warum sich in diesem Moment ein Ring in seiner Tasche befand. Er kaute und schluckte, bevor er antwortete: "Das klingt überhaupt nicht nach mir, tut mir leid. Komm her." Er tat so, als wolle er sie küssen, schnappte sich stattdessen jedoch ein anderes Stück eines Donuts aus der Box, die sie noch hielt, und schob es in ihren weit geöffneten Mund. Angesichts ihres verblüfften Blicks brüllte er vor Lachen.

"Ups, jetzt bist du sprachlos, hmm? Weißt du, was dich sonst noch zum Schweigen bringt?" Er nahm die Kiste und stellte sie auf seine Kommode, zog Zoe an sich, um ihre Wange und ihren Hals zu küssen, bevor er sie auf den Mund küsste, während sie versuchte, den Donut zu kauen. Er war hart geworden, bevor er sie gesehen hatte, und jetzt drückte sein Schwanz schmerzhaft gegen seine Jeans.

Er setzte sie auf den Rand des Bettes und begann sich auszuziehen, während sie dort kichernd saß. Es würde eine Zeit geben, in der sie dies auch in Zukunft tun würden, hoffte er, nur wäre es dreißig Jahren später und sie wären älter und grauer.

"Du bist so verdammt sexy, Pfirsich. Das weißt du, oder?"

"Du sagst es mir jeden Tag." Sie lächelte und spreizte ihre Beine, was ihm einen Blick auf die wirklich süßen Leckereien in diesem Raum gab.

Gabe hatte noch nie einen schöneren Körper gesehen als Zoes – muskulös, ohne männlich zu wirken, runde, feste Brüste und diese Brustwarzen – mein Gott –, er wollte sie einfach in den Mund nehmen und daran saugen. Aber diese süße Muschi glitzerte im Kerzenschein und er konnte sich nicht entscheiden, was süßer war. Der Vanille-Donut oder der rote Samt? Ein Teil ihres Körpers war so himmlisch wie der andere.

Er trat aus seiner Jeans und den Boxershorts und zog sein Hemd aus.

"Bring das leckere Zeug hier rüber." Sie beäugte ihn und das Wasser lief ihr im Mund zusammen beim Anblick seines Schwanzes. "Und ich spreche nicht von den Donuts." Sie leckte sich mit ihrer kleinen rosa Zunge über ihre Lippen und warf ihm einen teuflischen Blick zu mit diesem Baby-Engel-Gesicht. Mit ihren Fingern spreizte sie ihre Muschi, weil sie wusste, wie sehr er es liebte, wenn sie das tat. "Ich will dich hier haben."

Er ging zu ihr und beugte sich nach unten, um sie zu küssen, aber sie drückte ihn leicht zurück. "Nein. Hier gehörst du hin." Sie zeigte auf ihre Schamlippen. So wollte sie also spielen – kein Vorspiel, kein Küssen, gar nichts. Sie beäugte seinen Schwanz, den er wie ein Angebot in seiner Handfläche hielt.

Vor ihr stehend, ihre perfekt geformten Beine spreizend, schob er seinen pochenden Schwanz an ihre samtige glatte Öffnung und schwelgte in ihrer Wärme, die ihn zu verschlingen drohte. Sie hatte noch Puderzucker auf den Lippen und auf ihrer Wange, was ihn an die Zeiten erinnerte, in denen er auf ihrem hübschen Puppengesicht gekommen war. Er wurde ruhig, denn obwohl es kein perfekter Tag gewesen war, war dies eine perfekte Nacht.

Und es würde noch besser werden, wenn Zoe sich bereit erklärte, seine Frau zu werden.

Sie rieb sich an ihm, drückte sich an ihn, brauchte und wollte ihn. Er beugte sich hinab, um sie zu küssen, murmelte unverständliche Dinge an ihrem Mund, erkundete sie mit seiner Zunge und saugte an ihrer. Als er sie am Bettrand fickte, umfasste er ihren Hintern und genoss sein Verlangen.

Zoe bewunderte seine Gestalt – groß und muskulös, die Beine leicht gespreizt für einen festen Stand, seine Hände unter ihr, die Tribal-Tätowierung, die den oberen linken Teil von ihm bedeckte, graublaue Augen voller Begierde und noch etwas anderem – Anbetung. Heute Abend war etwas anders an ihm. Vielleicht hatte es ihm auf dem Feld die Augen geöffnet, weil er sie intensiver ansah, als er es je getan hatte, als würde er alles an ihr bewundern.

Gabe schob seine Hüften gegen sie, stieß härter zu, legte eine Hand um ihren Hals und schaute tief in ihre Augen, als ob er sagen wollte: *Schau mich an. Ich bin derjenige, der dich liebt. Ich bin derjenige, der dich ausfüllt.* Ihr Hintern hob sich in die Luft, als er tief in ihre Muschi stieß und sie in dieser an Yoga erinnernde Position nahm. Sein Daumen streichelte ihre Klitoris, spielte damit und streichelte sie so liebevoll, dass sie nicht das Bedürfnis verspürte, ihre eigenen Finger hinzuzunehmen. Gabe wusste es – er kannte ihren Körper, wusste, was sie wollte, berührte sie an den richtigen Stellen.

Sie konnte loslassen. Ihn die vollständige Kontrolle übernehmen lassen.

Er füllte sie aus. Füllte sie mit seinem Schwanz und später mit seinem Sperma, während er stöhnte und sich in ihr entleerte, als sie ihren eigenen Höhepunkt erreichte. Sie fanden diese völlige Einheit, sowohl mit ihren Körpern als auch geistig, die sie bei anderen niemals verspürt hatte. Kein anderer Mann hatte sie jemals so vollkommen ausgefüllt. Bei keinem anderen Mann hatte sie sich jemals so sexy gefühlt. Kein anderer Mann hatte ihre Welt jemals so aufgewühlt. Kein anderer Mann. "Ich liebe dich, Gabe." Die Worte kamen ihr leicht über die Lippen. Sie gehörten ins Freie, wo er sie hören konnte, und sie erlaubte sich, sie auch zu fühlen.

Er antwortete, indem er sie auf ihre Seite legte und sich an sie kuschelte, ihr Gesicht mit seinen großen Händen umfasste und sie innig küsste. Dann lächelte er und legte seine Stirn an ihre. Er sonnte sich in ihren Worten. Es tat gut, ihm zu sagen, was sie empfand. Er wusste es jetzt. Er konnte mit dieser Information tun und lassen, was er wollte, aber sie hatte es ihm gesagt.

Für einen Mann, der heute Abend verletzt worden war, hatte

er einiges getan, um sie zu befriedigen. Sie streichelte seine Wangen und küsste ihn sanft. Als sie in das Traumland hinüberglitt, hörte sie seine Antwort als raues Flüstern an ihrem Ohr. "Ich liebe dich auch, Pfirsich."

KAPITEL 20

*A*m frühen Morgen öffnete Gabe die Augen und blinzelte in die Dunkelheit.

Heilige Scheiße, hatte ein kleines Flugzeug seinen Rücken als Landebahn benutzt? Er hatte früher schon ähnliche Treffer abbekommen, aber nichts dergleichen. Er bewegte seine Beine, dann seine Arme, dann seinen Hals, und überprüfte langsam, ob jeder Teil seines Körpers noch bereit war aufzuwachen. Sicher, er war letzte Nacht in Ordnung gewesen, aber das war, bevor er seine Freundin gefickt hatte und seinem Körper danach eine Chance gegeben hatte, sich auszuruhen. Er griff nach einer Flasche auf seinem Nachttisch und nahm drei Ibuprofen für die Muskelschmerzen. Er spülte sie mit einer Tasse Wasser herunter, lehnte sich zurück und beobachtete, wie die Dämmerung langsam die Schatten durchdrang.

Neben ihm schlief Zoe wie ein Engel, lag zusammengerollt auf ihrer Seite und umarmte ihr Kissen. Ihre Füße berührten seine und er zog seine Zehen langsam weg, um sie nicht zu wecken. Er wollte nicht noch einen Tag auf seinen großen Plan warten. Er wollte nach unten gehen und Frühstück für sie machen, belgische Waffeln, denn belgische Waffeln aß sie am liebsten, und sie gestattete sich nur selten, sie zu essen, obwohl sie super fit war.

Er würde ihr den Ring geben, wenn sie das Frühstück im Bett genossen. Zugegeben, es war nichts Besonderes, aber es käme von Herzen, und er wollte nicht länger als nötig warten, um Zoe zu seiner zu machen. Leise schlich er sich aus dem Bett und spürte die kühle Morgenluft, die durch die offenen Fenster hereinkam. Er schnappte sich einen Bademantel vom Ende des Bettes und wickelte ihn um seinen nackten Oberkörper.

Wo zum Teufel hatte er seine Jeans gelassen? Nicht, dass er beim Kochen irgendwelche tragen würde. Himmel, wenn sie ihn gestern Abend nackt erwartet hatte, dann könnte es Spaß machen, in nichts als einer Schürze zu kochen. Aber der Ring befand sich in der Tasche seiner Jeans und das war ein wichtiger Teil dieses ganzen Morgens. Er tastete auf dem Boden herum, seine Finger berührten Denim, aber er erkannte sofort, dass es sich um Zoes Jeans handelte. Ängstlich, dass sie jetzt jeden Moment aufwachen könnte, weil sie spürte, dass er wach war, griff er nach ihrem Telefon auf ihrem Nachttisch, tippte auf den Bildschirm, damit er die Taschenlampe des Telefons benutzen konnte, und schaltete sie ein. Das Licht fiel auf die am Boden verstreute Kleidung.

Verdammt, dieser Ring war hoffentlich nicht aus seiner Tasche gefallen. Er musste hier sein. Schließlich fand er seine Jeans neben der Kommode. Als er jedoch die Taschenlampe ausschaltete, kam eine Nachricht auf Zoes Telefon.

Um 6:11 Uhr?

TONY: Habe das Geld. Ich nehme an, dass Sie Ihren reichen neuen Freund zu ...

Das war die gesamte Nachricht, die auf den gesperrten Bildschirm passte.

Wer zur Hölle war Tony?

Und was war das verdammt nochmal über einen reichen neuen Freund?

Sprach der Typ von Gabe? Und *warum* sprach er über Gabe und sein Geld?

Einerseits wollte er das Telefon zurücklegen und so tun, als hätte er den Text nie gesehen. Es war nicht sein Telefon und die Nachricht zu lesen war eine Verletzung der Privatsphäre. Er sollte ihr die Möglichkeit geben, alles zu erklären, was diskutiert werden musste, ohne dass er ein großer fetter Schnüffler war. Aber wenn es nichts war, würde er sich wie ein Idiot vorkommen, und sie würde wissen, dass er auf ihr Handy geschaut hatte. Außerdem war Zoe nicht gerade mitteilsam. Wenn es darum ging, was sie traurig machte, tat sie geradezu geheimnisvoll. Vielleicht hatte dieser Kerl sie belästigt. Wenn ja, dann war das etwas, was er unbedingt wissen musste.

Im Bett rührte Zoe sich leicht und drehte sich um. Er ging ins Badezimmer, das Telefon noch in seiner zitternden Hand, wo er den Text noch einmal anschauen konnte, ohne dass sie es mitbekam. Er zögerte noch ein paar Sekunden, bevor er den Sperrbildschirm wegdrückte und Zoes Passwort eingab: PFIRSICH.

Er öffnete die Nachricht und las sie:

TONY: Habe das Geld. Ich nehme an, dass Sie Ihren reichen neuen Freund dazu gebracht haben, die überfällige Miete zu bezahlen, so wie wir es besprochen haben. Und der nächste Monat auch? Klasse! Ich gehe davon aus, dass im nächsten Monat mehr kommen wird, oder ich werde ein Räumungsverfahren einleiten.

Was zum Teufel? Räumungsverfahren? Überfällige Miete?

Warum hatte sie das nicht erwähnt? Sie hatte offensichtlich das Geld gefunden, um diesen Tony zu bezahlen, und das musste von dem Geld kommen, das sie bei Gabes Training verdiente. Aber was war mit dem nächsten Monat? Hatte sie daran gedacht, das Training zu beenden, jetzt, da sie und Gabe zusammen waren? Hatte sie tatsächlich mit diesem Tony darüber gesprochen, dass Gabe reich war und ihre Rechnungen für sie bezahlte, wie es die SMS implizierte?

Renee hatte Gabe auch wegen seines Geldes gewollt. Wegen dem, und dem, was er im Bett fertigbrachte.

War das alles, was er für Zoe war? Ein guter Fick und ein Essensticket?

Gabes Nasenlöcher brannten, sein ganzer Körper zitterte vor unkontrollierter Wut. Dennoch versuchte sich sein rationaler Geist einzuschalten. Zoe war nicht so. Sie war es nicht.

Und woher weißt du das?, fragte seine Wut. Nach drei Monaten mit ihr? Drei Monate, in denen sie Geheimnisse vor dir hat?

Sie hatte ihm so oft gesagt, dass er sich öffnen sollte, den Menschen wieder vertrauen, die neuen Teamkollegen in seine Welt lassen musste.

Aber das waren leere Worte von jemandem, der Geheimnisse hütete. Sie hatte Gabe nie voll vertraut, also warum sollte er ihr vertrauen?

Plötzlich tauchte Zoe vor ihm auf. Er hatte nicht gehört, dass sie aufgestanden und leise über den Holzboden gekommen war, aber da stand sie mit einem verschlafenen Grinsen im Gesicht. "Guten Morgen." Sie schlang ihre Arme um seinen Oberkörper und umarmte ihn fest.

Er zwang sich seine Emotionen zu kontrollieren. Anstatt sie zu umarmen, hielt er seine Arme an seinen Seiten. "Also, hast du?", zischte er, seine Stimme kalt und ruhig.

"Habe ich was?" Ihre Stimme war noch heiser vom Schlaf.

"Willst du deinen *reichen Freund* dazu bringen, deine zukünftige Miete zu bezahlen?"

Langsam löste sich Zoe von ihm. Selbst in dem schwachen Licht, das jetzt in den Raum sickerte, konnte er sehen, wie das Blut aus ihrem Gesicht wich.

"Benutzt du mich wegen meines Geldes?", fragte er.

"Was?!" Sie krächzte, ihr Gesicht verzog sich schmerzhaft. Es konnte echte Ungläubigkeit oder gute Schauspielerei sein.

"Bist du bei mir, weil du Geld brauchst?"

Ihr Mund klappte auf. "Nun, ich ... Jesus, Gabe, ich arbeite für dich, weil ich Geld brauche. Was soll ich sagen?" War das ein Ja oder ein Nein? "Warum fragst du das überhaupt?"

Er hielt ihr Telefon hoch und reichte es ihr, wobei er sich verfluchte, dass er nicht alle Nachrichten gelesen hatte, als er noch die Chance gehabt hatte. Es konnte noch mehr dahinterstecken. Es konnte noch mehr Männer geben.

Schnell schaute sie auf ihr Handy und las die neuesten Nachrichten. Als sie nach oben schaute, war ihr Blick anklagend. "Du hast auf mein Telefon geschaut? Wirklich?" Bedauern schwang in ihrer Stimme, ein Ton, den er noch nie gehört hatte. "Wie hast du überhaupt ..." Ihre Augen weiteten sich. "Mein Passwort."

"Du hast mir gesagt, dass du es in PFIRSICH geändert hast."

"Ich habe dir das gesagt, weil ich wollte, dass du weißt, wie sehr ich es liebe, dass du mich 'Pfirsich' nennst. Nicht, damit du auf meine Nachrichten zugreifen kannst!"

"Nein, natürlich nicht. Weil du nicht möchtest, dass ich deine Geheimnisse erfahre, oder? Du hast diesen Tony nie erwähnt und du hast nie erwähnt, dass er dich rausschmeißen will. Geht es dabei um dein Haus oder das Fitnessstudio?"

"Warum sollte ich *dir* etwas sagen, nachdem du mein Vertrauen gebrochen hast?" Sie lief durch den Raum und schaute sich auf dem Boden nach ihren Kleidern um.

"Ich habe *dein* Vertrauen gebrochen?" Seine Handfläche berührte seine Brust, als ob sie sie in zwei Hälften spaltete, und so fühlte es sich auch an. "Ich habe dir nichts verschwiegen, Zoe."

"Wow, was für ein Engel! Was für ein Heiliger!", warf sie ihm sarkastisch an den Kopf. "Wirst du dich auch noch wie ein Heiliger fühlen, wenn ich dir sage, dass diese Nachricht ein Fehler war? Dass sie nicht einmal für mich gedacht war? Dass sie jemand, den ich nicht einmal kenne, ausversehen an die falsche Nummer geschickt hat? Dann würdest du jetzt ziemlich dumm aussehen."

"War es ein Fehler?"

"Nein, aber das wusstest du nicht. Du hast nicht eine Sekunde daran gezweifelt. Hast mir keine Chance gegeben, es zu erklären. Du hast direkt angenommen, dass du die Hintergründe kennst."

"Nun, warum erklärst du es mir dann nicht?", sagte er mit den Händen auf den Hüften. "Ich höre jetzt zu."

Sie schüttelte den Kopf. "Zu spät, Gabe. So wie du spielst, möchte ich nicht mit dir reden."

"Das ist Blödsinn, Zoe. Du hast nie mit mir geredet. Warum du manchmal traurig nach Hause kommst. Warum du mich nicht mitgenommen hast, um deinen Vater kennenzulernen. Warum du mit deiner Miete im Rückstand bist und warum irgendein Scheißkopf namens Tony denkt, ich bin der reiche Kerl, der alles besser für dich machen wird."

Nachdem sie sich angezogen und ihre Haare zu einem losen Knoten gewunden hatte, schob sie ihr Handy in ihre Tasche. "Ich verschwinde von hier."

Ihre Weigerung, mit ihm zu sprechen, schien nur all die schrecklichen Dinge zu rechtfertigen, die er dachte. Wie konnte er so dumm sein, sie auf diese Weise in sein Leben, sein Herz zu lassen? Hätte er es nicht inzwischen lernen sollen, dass das Gute sich immer in Scheiße verwandelt? Erst seine Eltern, dann seine Karriere bei The Noise, jetzt Zoe. Er ließ sich ablenken, wenn er in dieser Saison nichts anderes brauchte als den reinen Fokus auf den Football.

Wenn er nur daran dachte, dass er sie fast gebeten hätte, ihn zu heiraten. Anscheinend waren ein paar Monate *nicht* genug Zeit, um jemanden kennenzulernen.

Sie ging in ihr Schlafzimmer und begann zu packen. Er geriet fast in Panik, als er daran dachte, dass sie sein Leben verlassen würde, für immer, aber verdammt, besser jetzt, als wenn er sich noch mehr an sie gewöhnt hatte. Aber er wollte auch nicht bleiben und zusehen, wie sie ihn verließ. Im Halbdunkel tastete er herum, zog sich an, schnappte sich sein Portemonnaie und seine Schlüssel und ging aus dem Haus, während sein Kopf und sein Herz in Flammen standen.

KAPITEL 21

Sie fühlte sich, als hätte man ihr mitten ins Herz geschossen.

Vor ein paar Minuten noch hatte sie friedlich geschlafen, und als sie aufgewacht war, hatte sie daran gedacht, dass Gabe ihr letzte Nacht gesagt hatte, dass er sie liebte, und darüber nachgedacht, wie sie ihn wieder ins Bett locken könnte. Als nächstes hatte er ihr vorgeworfen, sie würde ihn nur benutzen.

Und das Schlimmste war, dass er ihr nicht einmal die Möglichkeit gegeben hatte, ihm alles zu erklären, bevor er sie verurteilt hatte. Er ging automatisch davon aus, dass sie ihn wegen seines Geldes benutzt hatte. Und dann hatte er die Frechheit besessen ihr vorzuwerfen, Geheimnisse vor ihm zu haben, was zwar stimmte, aber die Situation nicht wirklich besser machte.

Sie hatte sich in Gabe verliebt, ja, aber sie kannten sich erst seit drei Monaten. Und sie hatte ihm von ihrem Vater erzählen wollen. Sie brauchte nur ein wenig Zeit, um das Problem selbst zu verarbeiten, bevor sie es jemand anderem erzählte. Sich diese Zeit zu nehmen, rechtfertigte nicht, was er ihr gerade angetan hatte.

Sie nahm sich die Unterwäsche, die er am liebsten mochte, und packte sie ein, wissend, dass sie sie nie wieder tragen würde. Oder das Bootleggers-Trikot, das er ihr gegeben hatte, oder die getrockneten Sonnenblumen, die sie zwischen den Seiten ihres Notizbuchs getrocknet hatte, Blumen, die er ihr eines Tages mitgebracht hatte, als sie schlimme Kopfschmerzen geplagt hatten.

Alles, was sie berührte, erinnerte sie an ihn.

Als sie alles gepackt hatte, schaute sie sich um, blinzelte die Tränen weg und weigerte sich, zusammenzubrechen. Es schien, als hätte Gabe mit seiner Befürchtung, dass alles Gute ein Ende hatte, recht gehabt. Sie waren glücklich miteinander gewesen, aber offensichtlich sollte es nicht sein.

Als sie ihre Taschen gepackt hatte, ging sie zum Auto, legte sie hinein und stieg dann ein. Dort, in der Stille des kalten Autos, brach sie schließlich zusammen. Es waren nicht nur die Tränen, die ihr in die Augen stiegen, sie spürte, wie ihr ganzer Körper bebte und das Schluchzen von irgendwo tief in ihrem Inneren kam.

Sie weinte, weil Gabe nicht der Mann war, für den sie ihn gehalten hatte. Sie weinte um den Verlust dessen, was hätte sein können. Mit Gabe und auch mit ihrem Vater, einem Mann, den Gabe nie kennenlernen würde. Ihr ganzer Körper tat weh, als wäre sie diejenige gewesen, die am Vortag unter einem Haufen schwergewichtiger Spieler begraben gewesen war.

Als sie sich schließlich langsam wieder beruhigte, schaltete sie den Motor ein und fuhr langsam los. Dann trat sie auf die Bremse, als ein anderes Auto hinter ihr in die Einfahrt einfuhr.

Es war Murph. Sie stieg aus dem Auto und kam auf Zoes Tür zu.

Schnell trocknete sich Zoe ihre Augen am Ärmel ab, konnte aber ihre geröteten Augen und Wangen nicht verbergen.

"Hey", sagte sie durch das Glas, ein breites Lächeln auf dem

Gesicht, das jedoch schnell verblasste, als sie sah, wie rot Zoes Gesicht war.

Zoe zwang sich zu lächeln und rollte das Fenster runter. "Hallo, ich wollte gerade weg. Könntest du ..."

"Bist du okay? Was hat mein Bruder angestellt?"

Die Fragen allein reichten aus, um sie wieder zum Schluchzen zu bringen, aber sie versuchte, es zu unterdrücken, und ihr explodierte fast das Herz dabei. Sie konnte nicht sprechen.

"O mein Gott, Zoe ..."

Zoe schnappte nach Luft, während Murph die Beifahrertür öffnete und in das Auto glitt. Dann zog Gabes Schwester sie in ihre Arme.

Minuten später löste sich Murph schließlich von ihr, um Zoe anzuschauen. "Erzähl es mir", sagte sie.

Und das tat Zoe. Sie erzählte ihr alles. Von der Nachricht. Von ihren finanziellen Problemen. Ihrem Vater. Und ihrem Streit mit Gabe. Als sie fertig war, nickte Murph.

"Gabe hat Mist gebaut."

"Ja, das hat er", hickste Zoe.

Murph nahm Zoes Hand. "Ich wollte das im Voraus sagen, weil ich sein Verhalten nicht gut finde. Aber Zoe, Gabe hatte schon immer ... Probleme. Ich glaube, wir beide haben die. Du weißt, dass unsere Eltern gestorben sind, als wir noch klein waren, oder?"

Zoe nickte.

"Ich bin mir nicht sicher. Aber ich denke, das geht nicht spurlos an einem vorbei. Du verbringst den Rest deines Lebens in der Hoffnung, dass die guten Dinge, die du hast, nicht eines Tages einfach verschwinden. Manchmal, naja, manchmal zerstörst du selbst das, was du hast, bevor es die Chance hat, dich zu zerstören."

Zoe verstand, was Murph sagte, aber es machte das, was geschehen war, nicht einfacher für sie. "Er hat mir keine Chance gegeben, es ihm zu erklären. Nun, irgendwie hat er das schon, aber zu dem Zeitpunkt war ich so wütend, dass ich es nicht erklären wollte."

Murph nickte. "Ich verstehe das, aber versuche auch zu verstehen, was in ihm vor geht. Frauen haben ihn in der Vergangenheit wegen seines Geldes benutzt, und du hast selbst gesagt, er sei besorgt darüber, dass etwas passiert, was das Glück, das er hat, zerstören könnte. Diese Nachricht würden viele missverstehen."

"Das stimmt", sagte Zoe leise. "Aber ich war nicht *irgendjemand* für Gabe."

"Nein. Das warst du nicht. Und du bist es nicht, Zoe. Du bist die Frau, die er liebt, und er hat dich schrecklich verletzt. Ich sage nicht, dass du ihm einfach so verzeihen sollst, aber ich hoffe, dass du die Art von Frau bist, die irgendwann Vergebung in ihrem Herzen finden kann. Weil er dich braucht. Und du brauchst ihn."

"Ich-"

Zoe wurde von ihrem klingelnden Telefon unterbrochen und sie schaute auf den Bildschirm und Hoffnung und Angst mischten sich, dass es Gabe war. Stattdessen war es das Pflegeheim, in dem sich ihr Vater befand.

"Gib mir eine Sekunde, Murph." Als Murph nickte, nahm Zoe den Anruf entgegen.

"Frau Reynolds, hier ist das Pflegeheim Ihres Vaters."

"Ist alles in Ordnung?", fragte sie und ihr Herz schlug so laut, dass sie es praktisch hören konnte.

"Physisch geht es ihm gut, aber er ist ziemlich aufgeregt. Er fragt nach seinen Kindern und das schon seit geraumer Zeit. Da er das noch nie getan hat –

"Nein, nein. Sie haben mich zu Recht angerufen. Ich komme sofort vorbei. Vielen Dank."

Sie legte auf. Sie sollte froh sein, dass ihr Vater nach ihr fragte, aber wie konnte sie das, wenn die Tatsache, dass er aufgeregt war, wahrscheinlich bedeutete, dass er nicht verstand, wo er war und warum sie nicht bei ihm war. Hatte er Angst? War er wütend auf sie?

Sie wandte sich zu Murph um. "Das war das Pflegeheim meines Vaters. Er ist aufgeregt und fragt nach mir und meinem Bruder. Ich muss Pete anrufen und sofort dort hinfahren."

"Natürlich. Ich verstehe. Ich werde mein Auto sofort wegfahren." Sie umarmte Zoe noch einmal und öffnete die Beifahrertür, aber bevor sie das Auto verlassen konnte, erinnerte sich Zoe an etwas und hielt sie am Arm fest.

"Du hast etwas zu mir gesagt, bevor wir zu Gabe gegangen sind, nachdem er sich verletzt hatte. Du hast gesagt, du müsstest mir etwas gestehen. Was war das?"

Murph musterte sie vorsichtig. "Nun, ich wollte dir sagen, dass es kein Zufall gewesen war, dass ich dich eingestellt habe."

"Was meinst du damit?" Zoe zog ihre Augenbrauen zusammen.

"Ich habe von dem Moment an, als ich wusste, dass wir nach Savannah ziehen würden, angefangen, nach einem persönlichen Trainer zu suchen. Ich habe mit viel mehr Trainern gesprochen, als ich dir gesagt habe, Zoe. Ich habe wahrscheinlich mit zwanzig verschiedenen Frauen gesprochen. Ich wusste nicht einmal, dass es so viele Trainerinnen in dieser Stadt gibt, um ehrlich zu sein."

"Warte, Frauen? Warum hast du nur mit Frauen gesprochen?"

Murph seufzte. "Das klingt wahrscheinlich verrückt, aber ich wollte jemanden, der meinem Bruder guttut. Er brauchte in seiner Situation nicht nur den bestmöglichen Trainer, sondern auch jemanden in seinem Leben. Jemanden außer mir und unseren Großeltern, jemanden, den er lieben konnte und der ihn auch lieben würde."

"Du hast Amor gespielt?!"

Murph lächelte wie die Mona Lisa. "Ja, das habe ich. Das ist auch der Grund, warum ich kaum Zuhause war. Nun, zumindest teilweise. Und es tut mir nicht leid. Ich wusste, dass ihr euch ineinander verlieben würdet, und mein Bruder brauchte jemanden wie dich, um wieder gesund zu werden. Jemand, der stark genug ist, um ihm Kontra zu geben, weich genug, um auf sein Herz zu achten, und mutig genug zu bleiben, wenn es schwierig wird. Ich habe dich gewählt, Zoe, weil du perfekt für ihn bist."

KAPITEL 22

Ballübergabe.

Eckroute.

Schnell nach vorne sprinten, links abbiegen ... Fangen.

Ducken.

Neu aufstellen.

Angesichts dessen, wie dreckig es ihm gestern gegangen war, sollte man meinen, dass er schlecht spielen würde, aber Gabe war während des heutigen Trainings in Topform gewesen. Das Spiel am kommenden Wochenende fand in Dallas statt, und es war das erste Mal, dass er ohne Zoe unterwegs war.

Ballübergabe.

Schräge Route.

Vorbeilaufen, rechts abbiegen ... Fangen.

Bis zur Endzone laufen.

Er hatte Zeit gehabt, über alles nachzudenken, was er Zoe an den Kopf geworfen hatte, wie er reagiert hatte, und er hatte festgestellt, dass er sich wie ein Idiot aufgeführt hatte.

Warum hatte er es sofort, als er von ihren Schwierigkeiten erfahren hatte, auf sich selbst bezogen? Wie genau führte sie ihn hinter das Licht? Okay, also sie hatte ihm einiges verschwiegen und die Nachricht war nicht gut gewesen, aber wenn er sich mehr Zeit genommen hätte, über alles nachzudenken, wenn er Zoe gefragt hätte, was vor sich ging, anstatt sie sofort zu beschuldigen, dann wäre alles anders gelaufen.

Weil er wusste, dass Zoe ihn nicht benutzt hatte. Sie hatte hart für das Geld gearbeitet, das sie an ihm verdient hatte und mit dem sie ihre Miete bezahlt hatte, hatte Gabe nicht ein einziges Mal um etwas gebeten, das ihr nicht zustand. Himmel, sie hatte immer stur darauf bestanden, ihren fairen Anteil zu bezahlen, und hatte Gabe nicht einmal an dem Tag, an dem sie eingezogen war, das Sushi zahlen lassen.

Und das, was sie ihm verschwieg? So sehr Gabe auch gewollt hatte, dass Zoe ihm ihre Probleme anvertraute - er *hatte* sie mehrmals gebeten, ihm zu erzählen, warum sie manchmal traurig war –,hatte er es doch nicht hart genug versucht. Himmel, er hatte vermutet, dass etwas mit ihrem Vater vor sich ging, aber er hatte sie nie direkt danach gefragt. Und er hätte nie gedacht, dass sie Probleme bei der Arbeit haben könnte, Probleme die Miete zu bezahlen oder irgendetwas anderes. Aber es ergab Sinn. Die Turnhalle war heruntergekommen, stand Lichtjahre hinter all den modernen Einrichtungen, obwohl das Iron Maiden etwas besaß, was die anderen Fitnessstudios nicht hatten – Zoe.

Nein, die Wahrheit war, dass er sich die meiste Zeit nur um sich gekümmert hatte, gefangen in seinem Selbstmitleid, und Zoes Probleme gar nicht wirklich hatte hören wollen. Ihm war klar, dass Zoe etwas anderes verdient hatte.

Alles, was zwischen ihnen gewesen war, kam vom Herzen. Wie zur Hölle konnte er ihr jemals so etwas Lächerliches vorwerfen? Wenn er sie mit den Frauen verglich, die er in der Vergangenheit gedatet hatte, dann wurde schnell klar, dass sie anders war. Ihr einziges Interesse galt von Anfang an ihm. Erst seiner Schulter, dann seiner Leistung und dann seinem Herz.

Kein Wunder, dass sie ihm nie von dem Geld erzählt hatte,

das sie schuldete – sie war sich nicht sicher, ob sie es ihm erzählen konnte. Und das aus gutem Grund. Er war ein Idiot.

Wenn Gabe sich erneut von den anderen Spielern über den Haufen rennen lassen könnte, würde er es tun.

Sobald das Training vorbei war, würde er zu ihr gehen, sie um Verzeihung bitten und hoffen, dass sie ihm eine weitere Chance gab. Der einzige Grund, warum er es noch nicht getan hatte, war, dass er, sobald er im Hotel gewesen war und erkannt hatte, was für ein Narr er gewesen war, sofort Zoe angerufen hatte, nur um festzustellen, dass sie seine Anrufe blockierte. Dann hatte er etliche wütende Nachrichten von Murph bekommen, in denen sie ihm mitteilte, dass sie Zoe am Boden zerstört gesehen hatte, als sie das Haus verlassen hatte. Sie hatte Gabe auch gesagt, er solle über alles nachdenken, aber Zoe etwas Zeit lassen, bevor er sie um Vergebung bat, weil *"sie sich um andere wichtige Dinge kümmern muss, und die Welt sich nicht nur um deinen dummen Arsch dreht."*

Es brachte Gabe fast um, dass Murph wusste, um welche *wichtigen Dinge* sich Zoe kümmern musste, aber er verdiente es, für das zu leiden, was er getan hatte. So sehr es ihn auch belastete, gab er Zoe so viel Raum, wie er konnte. Etwas mehr als 24 Stunden. Jetzt musste er alles wieder in Ordnung bringen.

Nach dem Training ging er nach Hause, nicht weil er dachte, dass Zoe dort war, sondern weil er duschen, sich etwas anderes anziehen und das Kästchen finden wollte, in dem der Verlobungsring war, den er ihr gekauft hatte – er hatte ihn weder vor noch nach dem Streit gefunden.

Er wappnete sich, wusste, dass Zoe weg war, aber es machte ihn dennoch fertig, als er in die Einfahrt einbog und ihr Auto nicht da war. Als er das Haus betrat und ihren süßen Duft nicht wahrnahm, oder sie im Fitnessstudio beim Training sah, oder auf der Couch, während sie sich eine Show ansah, oder in der Küche, wo sie gerade etwas kochte, damit sie später draußen im Garten essen konnten. Dieses Haus bedeutete ihm nichts, wenn sie nicht

da war. Sie war fast schon seit dem ersten Tag, an dem er eingezogen war, dort gewesen.

Er verstand nicht, wie er jemanden so sehr vermissen konnte,
ohne den er die meiste Zeit seines Lebens gelebt hatte.

Alles, was er wusste, war, dass sie ihn wieder gesund gemacht
hatte, und jetzt war er wieder ein gebrochener Mann.

Es stellte sich heraus, dass das Kästchen unter das Bett gerollt
war. Er nahm es, nicht, weil er Zoe, sobald er sie sah, einen Antrag
machen wollte – Himmel, er wollte nur, dass sie ihm verzieh, und
er wusste, dass er eine Menge Arbeit vor sich hatte, bevor er würdig
genug war, Zoe zu seiner Frau zu machen. Aber trotzdem öffnete er
das Kästchen und starrte den Ring an und erinnerte sich daran, wie
aufgeregt er gewesen war, ihn ihr zu geben. Wie sehr er sie liebte
und an sie glaubte. Und wie sehr er bereit war, ihr das zu beweisen.

Was hatte sie gesagt, als er sie geneckt hatte, weil sie eine
Romantikerin war?

*Ich nehme an, ich bin ein Romantiker, wenn es darum geht, dass ein
Mann bereit ist, nicht nur Berge zu erklimmen, sondern um die Frau,
die er liebt, auch zu kämpfen.*

Nun, das war seine Chance, Zoe zu beweisen, dass er dieser
Mann und sie diese Frau war.

Er hatte Murph bereits gefragt, doch sie kannte Zoes Adresse
nicht. Und wenn sie sie hätte, würde sie sie ihm sowieso nicht
geben. *"Arbeite daran, sie zu finden und das alles wieder in Ordnung
zu bringen",* hatte sie gesagt. Der erste Ort, den er aufsuchte, war
das Iron Maiden. Als er sie dort nicht fand, machte er sich auf
den Weg zu Petes Bar.

Als er die Tür öffnete, strömten all die Gerüche und Klänge
des Orts auf ihn ein, der ihm ans Herz gewachsen war. Petes Bar
& Grill war für ihn wie ein Zuhause in dieser neuen Stadt, die
anfing, sich für Gabe vertraut anzufühlen. Aber in dem Moment,
als er an den vollen Tischen vorbei zur Bar ging, entdeckte Pete
ihn, kam schnell um die Bar herum und begrüßte ihn mit einem

Fausthieb. Gabe sah es kommen und versuchte nicht einmal, sich zu ducken.

Sein Kopf flog unter der Wucht des Hiebes zur Seite. Gabe rieb darüber und blinzelte durch die Sterne, die er sah, hindurch zu Pete.

"Das habe ich verdient", sagte er. "Und du kannst mich noch einmal schlagen, wenn du willst. Es wird nicht einmal annähernd so weh tun wie das Wissen, dass ich Zoe verletzt habe."

„Meinst du die Zoe, die hinter deinem Geld her ist?"

Gabe schüttelte den Kopf. "Ich weiß, dass sie das nicht ist. Ich habe einen Fehler gemacht. Offenbar etwas missverstanden. Aber ich möchte mit ihr sprechen und mich entschuldigen, aber sie blockt meine Anrufe."

"Das sollte sie auch", sagte Pete und schüttelte seine Hand. "Niemand war jemals so ein Vollidiot ihr gegenüber. Nach allem, was sie für dich getan hat."

Ein schlechtes Gewissen krallte sich in Gabes Brust. "Ich weiß. Zoe ist das Beste, was mir je passiert ist, und selbst wenn sie mich nicht zurücknimmt, will ich, dass sie weiß, dass ich derjenige war, der es vermasselt hat und dass sie nichts falsch gemacht hat und dass sie die beste, selbstloseste Frau ist, die ich je gekannt habe."

Pete starrte ihn kalt an. Gut, dachte Gabe, er würde hier keine Hilfe bekommen, also musste er einen anderen Weg finden. Er würde das Bootleggers-Verwaltungsbüro anrufen, die Person finden, die Murph Zoe empfohlen hatte. Er würde denjenigen überzeugen, ihm Zoes Adresse zu geben, und wenn sie es nicht taten, dann würde er zurück ins Iron Maiden gehen und davor auf sie warten. Er würde tun, was er tun musste —

Gabes Telefon summte, als eine Nachricht einging. Er hielt inne, um auf den Bildschirm zu schauen. Es war eine Adresse, die Nachricht kam von einer unbekannten Nummer.

"Sie ist jetzt dort", sagte Pete von hinten. "Aber nur, dass du es weißt, sie ist dort mit einem anderen Mann. Immer noch bereit, um sie zu kämpfen?"

Der Seitenhieb hatte die von Pete gewünschte Wirkung. Als er sich zu ihm umdrehte, sah er die Herausforderung in den Augen des anderen Mannes, und er erwiderte fest seinen Blick. "Und wie."

Die Adresse, die Gabe in sein Handy eingab, führte ihn zu einem Ort namens Savannah Oaks. Bevor er hineinging, suchte Gabe danach im Internet.

Savannah Oaks Memory Care basiert auf einer einfachen, aber innovativen Vision: Die Lebensqualität für alle Senioren zu verbessern. Es beginnt mit den Patienten und ihren persönlichen Bedürfnissen und führt zu maßgeschneiderten Wohnverhältnissen und Hilfe, so dass unsere Bewohner die Pflege erhalten, die sie brauchen.

Er las weiter. Der Ort war ein Pflegeheim, spezialisiert auf Alzheimer-Patienten und Menschen mit Demenz. Die Bandbreite der Preise für Dienstleistungen war groß, schien aber gerechtfertigt, da die Einrichtung mit 5 Sternen bewertet wurde.

In seinem Kopf machte es *Klick*. Zoes Anfälle von Traurigkeit. Ihre Abneigung, über ihren Vater zu sprechen. Und Petes Anmerkung, dass Zoe bei einem anderen Mann war.

Er machte Pete nicht einmal Vorwürfe deshalb. Er hat es verdient und noch viel mehr.

Deshalb hatte sie die Mietzahlungen für das Fitnessstudio nicht leisten können. Dieses Heim musste ein Vermögen kosten. Familie war eine Priorität für Zoe, genau wie für Gabe. Er hätte dasselbe getan. Aber Zoe wollte nichts für umsonst bekommen, wollte niemanden, der ihr Geld schenkte. Sie arbeitete verdammt hart für ihr Geld, was er selbst so oft mit eigenen Augen gesehen hatte.

Und ich habe ihr vorgeworfen, dass sie nur hinter meinem Geld her ist.

Er verdiente sie nicht, vielleicht würde er das nie tun, aber was er Pete gesagt hatte, war wahr. Auch wenn sie ihn nicht zurücknahm, musste er die Dinge zwischen ihnen richtigstellen.

Er betrat die Einrichtung und ging zur Rezeption, wo ihn eine junge Frau in einem braunen Pullover begrüßte. "Kann ich Ihnen helfen?"

"Hallo, ich suche Zoe Reynolds."

Sie nickte. "Oh, Sie meinen die Tochter von Herrn Reynolds." Sie blätterte durch ein Anmeldebuch und nickte erneut. "Ich lasse sie wissen, dass Sie hier sind. Wie ist Ihr Name?"

"Gabe. Danke."

Während er wartete, sah Gabe, wie mehrere Senioren herumgeführt wurden, ein Paar, das mit Hilfe von einer Krankenschwester den Gang entlanglief, und ein paar andere, die im Rollstuhl durch die Gänge fuhren. Das Heim sah sauber und modern aus, mit eleganten Möbeln und Vertäfelung. Alle sahen gut versorgt aus und das Personal war aufmerksam.

"Oh, Zoe", hörte er von hinten. "Ich wollte gerade zu Ihnen. Sie haben einen Besucher."

Gabe drehte sich um und sah Zoe, die im Flur stand und schön, aber blass aussah. Ihr Gesicht war verkniffen und Schatten lagen unter ihren Augen. Ihr Arm war um die Taille eines älteren Mannes geschlungen: Kip Reynolds.

KAPITEL 23

"*B*ettie, könntest du kurz bei Papa bleiben?", fragte Zoe.

"Sicher." Bettie steckte ihren Arm durch den von Zoes Vater.

An ihren Vater gewandt sagte Zoe: "Ich komme gleich wieder zurück. Ich muss kurz mit diesem Mann sprechen."

Sie ging zwei Schritte auf Gabe zu, als sie hörte, wie ihr Vater antwortete: "Soll ich mit dir kommen?"

Zoe starrte ihren Vater an. In den letzten zwei Stunden und endlose Stunden davor während der letzten zwei Jahre, hatte er sie überhaupt nicht erkannt. Aber den größten Teil des gestrigen Tages hatte er sowohl sie als auch Pete erkannt, und heute Abend, in dem Moment, als er sah, wie sie wegging, um allein mit einem fremden Mann zu sprechen, hatte sein väterlicher Instinkt zugeschlagen.

"Es ist okay." Sie lächelte. "Ich habe das unter Kontrolle. Vielen Dank."

Ihr Vater nickte, sein Blick wurde im selben Moment ausdruckslos und er begann wieder, sich im Flur umzusehen, als sei es das erste Mal, das er hier war, als fragte er sich, wo er war und wann er nach Hause gehen würde.

"Frau Reynolds, ich denke, ich werde ihn zurück in sein Zimmer bringen", sagte Bettie. "Sie können später wieder zu ihm gehen."

"Okay, Bettie. Danke." Zoe seufzte, ging direkt an Gabe vorbei nach draußen, um frische Luft zu schnappen. Als sie seine Gegenwart hinter sich spürte, sagte sie: "Woher wusstest du, wo ich bin?"

"Pete", sagte er.

Sie blieb mit dem Rücken zu ihm stehen, weil es zu sehr weh tat, ihn anzuschauen, und lachte bitter. "Richtig. Verraten von meinem eigenen Fleisch und Blut. Aber zumindest glaubt er nicht, dass ich hinter deinem Geld her bin."

"Ich bat ihn, mir zu sagen, wo du bist, und es sah so aus, als würde er es nicht tun. Er hat mir einen Fausthieb verpasst, falls du dich dadurch besser fühlst."

"Das tue ich nicht", sagte sie tonlos.

Sie wusste, dass er näherkam, da sie ihn plötzlich riechen konnte, frisch und männlich und ganz Gabe. "Zoe, bevor ich etwas anderes sage, möchte ich dir sagen, dass ich weiß, dass es falsch war, was ich getan habe. Ich war ein komplettes Arschloch und ich hätte nie deine Nachrichten anschauen und einfach etwas daraus schlussfolgern sollen. Ich weiß, dass du nicht wegen meines Geldes mit mir zusammen warst. Ich weiß, dass du nicht so ein Mensch bist. Ich habe einfach diese Nachricht gesehen und ich habe Angst davor bekommen, wie stark meine Gefühle für dich sind und was es bedeuten würde, wenn du nicht dasselbe für mich empfindest."

Da drehte Zoe sich schließlich zu ihm um. "Nun, jetzt weißt du, dass ich dasselbe für dich empfunden habe. Dass der Grund, warum ich manchmal traurig war, und der Grund, warum ich mit meinen Mietzahlungen für das Iron Maiden im Rückstand war, ist, dass dieses Heim hier so teuer ist, aber Pete und ich tun, was wir tun müssen, um uns um unseren Vater zu kümmern. Meine Mutter wollte nicht, dass es irgendjemand erfährt, und nach ihrem Tod fühlte ich mich immer noch an ihre Wünsche gebunden. Ich habe damit zu kämpfen, dass mein Vater hier ist und ich immer mehr von ihm verliere, obwohl wir von Anfang an nicht genug Zeit zusammen hatten –"

Ihre Stimme brach und sie konnte den Schmerz auf Gabes Gesicht sehen, der ihren eigenen widerspiegelte. "Es tut mir so leid, Zoe. Es tut mir leid, was mit deinem Vater passiert. Es tut mir leid, dass ich auch zu einer Belastung für dich geworden bin. Ich würde dir keinen Vorwurf machen, wenn du nach dem, was ich getan habe, nicht mehr mit mir zusammen sein willst. Ich wollte früher kommen, ich war bereit, das Training auszulassen, aber Murph sagte mir, dass du dich um einiges kümmern musst und ich dir Raum geben muss. Länger habe ich es nicht ausgehalten. Weil ich wollte, dass du es weißt. Dass ich weiß, ich es *weiß*, Zoe, dass du die beste Frau der Welt bist. Ich verdiene dich nicht, aber trotzdem bist du die erste wirkliche Liebe, die ich je hatte, und ganz ehrlich? Du wirst auch die Letzte sein."

Zoe versuchte, an ihrer Wut und Bitterkeit festzuhalten, aber sie sah das ehrliche Bedauern und die Liebe in Gabes Augen. Und obwohl er sie verletzt hatte, liebte sie ihn immer noch von ganzem Herzen. Sie hatte keine Zeit, mehr im Leben zu verschwenden, schon gar nicht in einer Zeit, die sie besser mit dem Vater verbringen sollte, den sie langsam verlor. Aber sie wollte sich auch keinen weiteren Tag so elend fühlen, wie sie es getan hatte, jeden Tag weinen und sich fragen, was zwischen ihnen hätte sein können.

"Gabe, ich will uns noch eine Chance geben", gestand sie mit Tränen in den Augen, "aber ich will mich nie wieder so fühlen, wie ich mich gestern Morgen gefühlt habe. Es war, als hätte mich jemand in den Magen geschlagen, ins Herz und dann immer wieder darauf herumgetreten."

Er zuckte zusammen und legte seine Hände um ihr Gesicht. Sie hielt sie fest, sog tief den süßen Geruch seiner Haut ein. "Das wirst du nicht, Zoe. Ich meine, ich kann nicht versprechen, dass ich mich nicht wieder irgendwann wie ein Idiot verhalten werde, denn das werde ich mit Sicherheit. Aber ich werde nie daran zweifeln, wer du bist, was du mir bedeutest, was wir zusammen haben, Zoe. Ich vertraue dir, und ich werde mit dir reden, versprochen. Ich werde auch an deiner Seite sein, um dir mit deinem Vater zu helfen. Dir bei allem helfen, was das Leben bringt, Pfirsich, egal, ob es etwas Gutes ist oder nicht. Du bist meine Priorität, und wenn ich ein Training auslassen muss, ein Spiel überspringen, den Football ganz aufgeben muss, um bei dir zu sein, dann werde ich es tun."

Zoe holte tief Luft, seine Worte trafen sie ins Herz und heilten es. Er meinte es ehrlich, das wusste sie. Er liebte sie wirklich. War diese Liebe nicht eine zweite Chance wert? "Ja", flüsterte sie, obwohl er keine Frage gestellt hatte, aber angesichts der Erleichterung, die sich auf seinem Gesicht ausbreitete, wusste sie, dass er es verstanden hatte.

Sie streckte ihre Arme aus, und Gabe zog sie in eine feste Umarmung. Er drückte sie an sich und küsste sie hungrig, und sie erwiderte seinen Kuss, so dass seine Kraft, seine Güte und seine Liebe zu ihr ihre verbliebene Wut und ihren Schmerz wegwaschen konnten.

Am Ende hatte Murph recht gehabt – sie war die perfekte Frau für Gabe, und er war der perfekte Mann für sie. Das bedeutete jedoch nicht, dass sie perfekte Menschen waren. Sie würden beide Fehler machen und es würde sie stärker machen, wenn sie diese gemeinsam durchlebten, anstatt sich zu trennen.

Sie zog sich zurück und nahm seine Hand in ihre. "Komm." Sie zog ihn in Richtung der Glastüren, die sich automatisch öffneten.

Sie lächelte Bettie an und zog Gabe bis zum Zimmer ihres Vaters, wo eine Krankenschwester im Badezimmer war und das Waschbecken vorbereitete, um ihrem Vater beim Zähneputzen zu helfen.

Sie merkte, dass Gabe ihre Hand losgelassen hatte und immer noch vor der Tür stand.

"Du kannst hinein gehen."

"Sicher?"

"Ja", sagte sie, nahm seine Hand und brachte ihn zum Bett ihres Vaters, der am Rand saß und verloren aussah. "Herr Reynolds?", fragte sie. "Ich möchte, dass du meinen Freund Gabe Murphy triffst. Er ist ein großer Fan von dir."

Gabe trat nach vorne und legte seine Hand in die ihres Vaters. "Sir, ich möchte Ihnen nur danken. Für alle Pässe, die Sie geworfen haben, für alle Spiele, die Sie gewonnen haben, und auch für die, die Sie nicht gewonnen haben. Sie waren mein ganzes Leben lang ein Held für mich. Nicht nur als Quarterback, sondern als Familienmensch." Er sah Zoe an. "Und ich möchte ihnen auch für Ihre wunderbare Tochter danken."

Ihr Vater sah Gabe aus schmalen Augen an. Jeden Moment würde er verkünden, er sei kein Quarterback, habe keine Tochter und sei während des Bürgerkriegs ein Kriegsheld gewesen, nicht bei der NFL. "Sie", sagte er und zeigte auf Zoe, "das ist meine Tochter dort."

Gabes Augen spiegelten die gleiche Überraschung wider, die Zoe empfand. "Ich weiß. Ich weiß. Das ist die Frau, die ich liebe. Also danke dafür."

Zoe konnte nicht sprechen. Sie schluckte ihre Tränen, als zwei der drei Männer, die sie am meisten liebte, im Handschlag vereint dastanden. Sie nahm ihr Handy heraus, hielt es hoch und konnte das Bild auf ihrem Bildschirm durch ihre Tränen kaum erkennen. "Schaut her, ihr zwei. Sagt Cheese."

EPILOG

*G*abe Murphy hatte eine Aufgabe zu erledigen – die Bootleggers zum Sieg zu führen. Bei seinem fünften Besuch bei Kip Reynolds war der alte Mann etwa dreißig Minuten bei klarem Verstand gewesen und hatte sich an einige Höhepunkte seiner Karriere erinnert, und als Gabe ihm gesagt hatte, dass er auch Football spiele, hatte Kip geantwortet: "Versprich mir, dass du den Super Bowl für mich gewinnen wirst." Als Gabe gesagt hatte, er würde sein Bestes geben, hatte Kip gelächelt, Zoe angeschaut, die neben ihm stand, und sich dann zu Gabe gebeugt. "Wichtiger noch: Versprich mir, dass du den Football nicht vor die Menschen stellen wirst, die du liebst." Gabe, der Zoe ebenfalls anschaute, sah, wie ihr die Tränen in die Augen stiegen. Ohne seinen Blick abzuwenden, hatte er geantwortet: "Ich verspreche es."

Er hatte dieses Versprechen während seiner ersten Saison bei den Bootleggers gehalten. Er liebte es, Football zu spielen, und er wollte immer noch der Beste sein, aber er meinte, was er zu ihr gesagt hatte – er würde für Zoe im Handumdrehen aufhören zu spielen.

Nun lagen sie in den letzten zwei Minuten des vierten

Quarter des Super Bowl, die Bootleggers und die Washington Orcas lieferten sich ein Kopf-an-Kopf Rennen mit 17-17 und jetzt war die beste Gelegenheit für die Bootleggers, einen Touchdown auf 24 Yards zu erzielen oder sonst irgendwie zu versuchen, ein Field Goal zu erzielen. Es waren noch vierzig Sekunden zu spielen.

Los ging es, alle waren auf ihrer Position und Gabe lief für diesen riskanten Hail Mary Pass an den Linebackers und den Linemen vorbei. Als er rannte, um den Ball zu fangen, konnte er sehen, wie der Safety der Orcas von der rechten Seite auf ihn zukam. Gabe versuchte schneller als er zu laufen, aber als er merkte, dass er es nicht schaffte, blieb er plötzlich stehen, um den Safety an sich vorbeilaufen zu lassen, und der Spieler erwischte Gabe an seiner schlechten Schulter. Er versuchte Gabe zu Fall zu bringen, aber Gabe lief ein weiteres Yard, um den Ball gerade noch mit den Fingerspitzen zu fangen.

Die Hälfte der Schlacht war gut gegangen. Jetzt musste er gewinnen – für die Bootleggers, für Kip Reynolds, für Pop und Mimi, die von der Tribüne aus zuschauten, für Murph, für The Noise, die ihm beigebracht hatten, wie man gewinnt und ein wertvoller Teil seiner Vergangenheit waren, aber vor allem für sich und Zoe, die Frau, die ihn wieder gesund gemacht hatte. Mit, wie es schien, der Weltbevölkerung, die ihm hinterherjagte, musste er nun in Richtung Endzone sprinten. Als das Stadion brüllte und die Cheerleader an der Seitenlinie auf und ab sprangen, sprintete Gabe an der Defense in der Ecke der Endzone vorbei.

Die Pfeife ertönte und unzählige Menschen kamen zu ihm, klopften ihn auf die Schulter, umarmten ihn, nahmen seinen Helm ab und küssten ihn auf die Wange. Obwohl die Uhr noch nicht abgelaufen war, hoben sie ihn in die Luft. Es gab keine Torchance mehr für die Orcas. Vielleicht ein Field Goal, aber das würde ihnen drei Punkte weniger als Gabes sechs bringen. Auf dem Spielfeld bekam der Kicker der Bootleggers den Extrapunkt und das Spiel war vorbei.

Gabe Murphy hatte den siegreichen Touchdown für die Bootleggers erzielt und sie waren nun die amtierenden Super-Bowl-Champions. Von der Seitenlinie schoss Zoe auf ihn zu, schob sich an den Spielern vorbei und warf sich auf ihn, schlang ihre Beine um seine Taille, die Arme um seinen Hals und bedeckte ihn mit Küssen.

"Du hast es geschafft!", rief sie. "Du hast es wirklich geschafft!"

Gabe würde sich für den Rest seines Lebens an diesen Moment erinnern. Seine Augen suchten nach seiner Schwester. Da sie wusste, was er suchte, trat sie mit einem breiten Lächeln zu ihm und überreichte ihm ein kleines Kästchen. Genau dort, von Kameras umgeben und sein Bild auf den großen JumboTron Monitoren im Stadium, setzte er Zoe sanft ab und kniete dann vor ihr nieder.

Die Menge jubelte, aber Murph beruhigte die Menschen um ihn herum und bat um Platz. Die Spieler traten zurück und bildeten einen engen Kreis um sie herum. Zoe erkannte, was vor sich ging, und bedeckte ihren Mund mit ihrer Hand.

"Zoe Reynolds, nur eines könnte mich heute Abend noch glücklicher machen, als ich es bereits bin", sagte Gabe atemlos und mit Schweiß bedeckt. Er öffnete das Kästchen, das er ihr viele Monate zuvor schon hatte geben wollen.

"Eine Dusche!", rief der Klugscheißer Dawson und warf ihm ein Handtuch zu, während die Menge lachte.

"Danke, Kumpel." Er wischte sich die Stirn ab. Über ihm kicherte Zoe. Er sprach gerade laut genug, dass Zoe ihn hören konnte. "Ich bat deinen Vater vor einer Weile um Erlaubnis, dich heiraten zu dürfen, Zoe, und er gab sie mir. Nun, Pfirsich, wirst du mir die ungeheuere Ehre erweisen, meine Frau zu werden?"

"O mein Gott, du bist so verrückt. Ja!" Ihre Grübchen traten hervor.

Gabe nahm den Ring heraus und schob ihn über ihren Finger.

Er passte perfekt. Er stand auf und zog sie an sich, ließ sie auch nicht los, als die Super Bowl Trophäe von Spieler zu Spieler gereicht wurde, durch Gabes Hände, durch Kyle Youngs, dann Heaths dann Alecs dann mehrerer anderer Spieler, bevor sie sich in den Händen ihres furchtlosen Trainers befand. Während das Team den Sieg feierte, küsste Gabe seine Verlobte.

Letzten Sommer hätte er nie gedacht, dass die Saison so enden würde. Als er sich verletzt hatte und von The Noise gekündigt wurde, hatte er geglaubt, alles verloren zu haben. Aber manchmal, wenn man hart im Leben kämpft, kann man das wiederbekommen, was man geglaubt hatte, verloren zu haben.

Was er jedoch nie erwartet hatte, war, wie gut alles werden würde. Gabe konnte sich nicht vorstellen, dass sein Leben nach dem Gewinn des Super Bowl und dem Gewinn der Liebe dieser außergewöhnlichen Frau noch besser werden könnte.

Eines Tages Kinder haben, dachte er. Eine eigene Familie.

Zu Hause gab es an diesem Abend viel zu feiern. Ja, sie besuchten alle anstehenden After-Game-Partys, wo wieder alle Augen auf seine schöne Braut gerichtet waren. Es schien Gabe, als ob Zoe jedes Mal, wenn er sie ansah, noch heißer und verlockender aussah, doch es war nur seine Liebe zu ihr, die immer tiefer wurde. Dennoch verließ er die Partys vorzeitig, um sie nach Hause zu bringen, und versprach, am nächsten Tag zum Team-BBQ zu kommen.

Als sie Sex im Schlafzimmer hatten und Zoe schreiend und sich unter ihm windend gekommen war, hatte Gabe sich in seine Verlobte ergossen, wohl wissend, dass sie ihm mit jedem Tag mehr ans Herz wuchs. Ihre verschwitzten Körper sanken auf dem Bett zusammen, als Gabe nach Luft schnappte und an die Decke schaute, um wieder zu Atem zu kommen. Er hätte nie gedacht, dass das Leben so schön sein könnte, und er wusste nicht, was er getan hatte, um diesen wunderschönen Engel an seiner Seite zu verdienen, aber er würde ihr nie wieder den Hauch eines Zweifels geben.

"Ich habe noch etwas für dich", sagte er und griff in die Schublade seines Nachttischs.

"Ich glaube nicht, dass ich noch mehr aushalten kann. Lieber Himmel, ich brauche Krankenpflege nach dem hier." Sie lachte und griff nach der Fernbedienung des Ventilators, um ihn einzuschalten.

Er zog einen Umschlag heraus, der voller Papiere war, und reichte ihn ihr. "Hier."

"Was ist das?"

"Öffne es."

Sie nahm den Umschlag und holte seinen Inhalt heraus. Ihre leuchtend grünen Augen flogen darüber und sie las Teile davon laut. Plötzlich dämmerte es ihr, was es war. "Du hast nicht ..."

"Doch, Pfirsich. Es ist mir egal, ob deine Miete im Rückstand war, ich wollte nicht, dass du dich noch einmal mit diesem Arschloch Tony herumschlagen musst. Das Iron Maiden ist dein Vermächtnis, eines, das dein Vater dir hinterlassen hat. Ich habe das Gebäude gekauft. Wir werden es reparieren, restaurieren, modernisieren und noch viel mehr ... Es gehört dir, ohne Wenn und Aber."

"Das kann ich nicht glauben."

"Glaub es ruhig. Wir werden große Dinge zusammen vollbringen, Pfirsich. Ich habe es deinem Vater versprochen."

"Hast du wirklich seinen Segen bekommen? Wie hast du das geschafft?", fragte sie.

"Das habe ich. Ich habe ihn an den Tagen besucht, an denen du nicht dort gewesen bist – zusammen mit deinem Bruder. Wir haben uns alle drei gut unterhalten. Ich denke, dein Bruder ist fast bereit, mir zu verzeihen, dass ich so ein Arschloch gewesen bin."

"Er hat dir in dem Moment verziehen, als er gesehen hat, wie glücklich du mich wieder machst", sagte sie, aber sie griff auch zu ihrem Nachttisch, holte etwas heraus und versteckte es hinter ihrem Rücken.

Er zog sie in seine Arme und versuchte es zu fassen zu bekommen, aber ... "Verdammt, Frau. Was hast du da?"

Sie hob eine Augenbraue. "Nur etwas, das sie *mir* heute Abend anvertraut haben, damit ich es dir gebe." Sie streckte ihre Zunge aus und er knabberte daran.

"Zeig es mir." Er beobachtete, wie sie eine Schmuckschatulle öffnete, ein großes, goldenes Band mit dem Bootleggers-Piraten und dem Schwert-Logo herausnahm und ihm in die Hand drückte.

"Herzlichen Glückwunsch zu deinem ersten Super-Bowl-Ring, Baby", sagte sie und zeigte ihm ihre Grübchen.

"*Unser* Super-Bowl-Ring. Und ich werde ihn in Ehren halten, Pfirsich. Aber nie mehr als dich. Du bist meine ganze Welt. Mein Grund zu leben. Zu atmen."

"Und ficken?", neckte sie ihn.

"Auch das Baby. Immer."

"Nun, du bist mein Grund zu leben und zu atmen und zu ficken, Gabe Murphy. Wie wäre es, wenn du jetzt loslegst und mir hundert gibst?"

Er lachte. "Jetzt? Du willst, dass ich dir jetzt hundert Push-Ups gebe?"

Sie schüttelte den Kopf. "Hundert Jahre", flüsterte sie. "In denen wir so glücklich sind wie jetzt gerade."

"Ich weiß was Besseres, Pfirsich. Ich gebe dir für immer. Bis der Tod uns scheidet. Und selbst dann werde ich meinen Weg zurück zu dir finden."

Sie seufzte vor Glück und zog ihn für einen langen, innigen Kuss an sich. Als sie sich von ihm löste, legte sie ihre Hände an sein Gesicht, starrte in seine wunderschönen blauen Augen und sagte: "Das bringst du fertig, Gabe Murphy. Das bringst du fertig."

Vielen Dank, dass Sie " **Wildes Sehnen** " gelesen haben.

Wenn es Ihnen gefallen hat, Zeit mit diesen Figuren zu verbringen, schauen Sie sich auch die anderen Bücher dieser Serie sowie meine weiteren sexy, zeitgenössischen Romanzen an!

Mit dem falschen Bruder im Bett. Im Folgenden finden Sie einen Auszug zum reinschnuppern. Viel Spass!

Und haben Sie eigentlich schon mit den O'Neill-Brüdern Quinn, Conor,
Brady, Riley und Sean Bekanntschaft gemacht?

Fünf sexy Brüder ziehen in die kalifornische Idylle.
Finde Dein nächstes Lieblingsbuch!
Die Serie, Heimkehr nach Green Valley

Ein Newsletter speziell für meine deutschen LeserInnen.
Erfahren Sie alles über Neuerscheinungen und
Geschenkaktionen! http://virnadepaul.com/deutsch-newsletter/

Schließen Sie sich unserer Facebookgruppe "Deutscher Buch-Harem" in der wir über Bücher und die Charaktere darin diskutieren. Außerdem gibt es tolle Geschenke!

MIT DEM FALSCHEN BRUDER IM BETT

Prolog

Daltons Zauberregel Nr. 1:
Gib niemals deine Geheimnisse preis!

„Hey, Marienkäferchen!"

Die vierzehnjährige Melina Parker zuckte beim Klang von Rhys Daltons Stimme so zusammen, dass die Eidechse auf ihrer Hand sich eilig davonmachte. Als Melina aufstand, runzelte sie die Stirn, um zu verbergen, dass sie plötzlich das Gefühl von Schmetterlingen im Bauch hatte. „Mensch, Rhys! Es hat mich beinahe eine Stunde gekostet bis ich sie soweit hatte, dass sie zu mir kam."

Rhys, der mit seinen 16 Jahren Melinas kleine Gestalt deutlich überragte, rollte mit den Augen. Er war einer der beiden eineiigen Zwillinge, und Melina konnte kaum glauben, dass gleich zwei solch tolle Typen mit dem gleichen honigfarbenen Haar und den hellen, grünlichen Augen die Welt unsicher machten.

„Deine Mutter hat mir aufgetragen, dir zu sagen, dass du dich nicht schmutzig machen sollst." Sein linker Mundwinkel zuckte leicht nach oben und offenbarte die Andeutung eines Grübchens. „Vermute, dafür ist es jetzt bereits zu spät!"

Melina sah an sich hinunter und entdeckte Staub auf ihrer Jeans. Mit einer Grimasse klopfte sie den Dreck ab und stöhnte: „Sie wird mich töten! Sie ist jetzt schon verrückt wegen des Kleides, das sie mir gekauft hat, weil ich es nicht anziehen will. Du hättest es sehen sollen, Rhys. Es ist getupft. Ich und *Tupfen*. Kannst du dir das vorstellen?"

„Na, komm schon, das ergibt doch Sinn. Außerdem glaube ich, dass du in einem Kleid cool aussehen würdest."

Bei den leisen, fast verschwörerisch gesprochenen Worten schnellte Melinas Kopf hoch. Er konnte doch nicht meinen, dass …

Nein, natürlich nicht. In letzter Zeit war er so distanziert, er sah sie nicht einmal an. Stattdessen schaute er auf eine Spielkarte in seinen Händen und faltete sie. Da war nichts Seltsames dabei. Rhys und sein Zwillingsbruder Max beschäftigten sich so wie ihre Eltern immer mit irgendwelchen Zaubertricks. Besonders gerne ließ Rhys Münzen verschwinden.

Manchmal wünschte Melina, er könnte ihre Schwärmerei für ihn genauso leicht verschwinden lassen, aber dann müsste sie ihm diese erst einmal gestehen. Doch das würde niemals geschehen. Sie hatte die Art Mädchen gesehen, zu denen sich er und Max hingezogen fühlten, und unscheinbare, etwas rundliche Gören brauchten sich da nicht zu bewerben.

Zumindest nannte er sie nicht „Vieräugiges Schweinchen Dick" wie es einige andere Jungen der Schule taten. Im Gegenteil, als Rhys einmal hörte, wie Scott Thompson sie so nannte, verfolgte er ihn und gab ihm eine äußerst eindringliche Warnung. Wo auch immer Melina nun auftauchte, Scott konnte nicht schnell genug von ihr wegkommen.

Während sie ihre Brille zurechtrückte, kam sie näher, um zu sehen, was Rhys gerade machte. „Ähm. Also, hast du was von Max gehört?"

Seine Hände hielten kurz inne, bevor sie wieder weitermachten. „Nur dass er das Fußballlager doch nicht so sehr hasst wie er gedacht hatte. Das dürfte aber auch mit dem Mädchenlager nebenan zusammenhängen."

Sie kicherte. „Ich wette, du würdest auch gern ins Lager fahren, wenn du die Gelegenheit dazu hättest, nicht wahr?"

„Nööh."

„Warum nicht?"

Sein Blick traf ihren. Anders als Max' Augen hatten Rhys' Augen einen leicht bernsteinfarbenen Ring um die Pupillen. Irgendwo hatte sie gelesen, dass es bei eineiigen Zwillingen äußerst selten vorkam, dass sie unterschiedliche Augenfarben hatten. Der feine Unterschied passte zu Rhys' Persönlichkeit. Während Max fast immer sorglos und verspielt war, trug Rhys eine gewisse innere Ruhe zur Schau – als ob ein Teil seines Selbst irgendwo anders wäre, an einem Ort, wo keiner hinkommen konnte.

Er zuckte mit den Schultern. „Wir sind selten zuhause. Das weißt du."

Melina nickte. Das stimmte. Das Schwierigste daran, mit den Dalton-Zwillingen befreundet zu sein, war, dass sie eine Menge Zeit damit verbringen musste, sie zu vermissen. Wenn die Familie von Rhys nicht gerade eine neue Aufführung vorbereitete, wie gerade jetzt, verbrachten die Daltons viel Zeit mit Reisen und Auftritten. Und dennoch, obwohl Rhys und Max während der Tour von Privatlehrern unterrichtet wurden, schien es so, als hätten sie viel Spaß daran, neue Orte kennenzulernen. Melina jedenfalls beneidete die beiden um ihre Möglichkeit, mehr zu sehen als diese kleine Universitätsstadt, die sie ihr Zuhause nannte.

„Armer Junge", neckte sie ihn, während sie einen Grashalm abzupfte und verzwirlte. „Es muss schon eine Qual sein, wenn man mit seinen berühmten Eltern die Welt sehen darf!"

Er runzelte die Stirn und schüttelte dann den Kopf. „Nein, du hast ja Recht. Das ist großartig!" Er streckte ihr die Hand hin. „Hier. Um die zu ersetzen, die ich verjagt habe."

Sie ließ den Grashalm fallen und nahm die Karte entgegen. Als sie sie betrachtete, schnappte sie nach Luft. Er hatte die Karte in Form einer Eidechse gefaltet, mit einem Pik als Auge. Ein Lächeln huschte über ihr Gesicht, und sie kreischte beinahe: „ Die ist ja cool!"

Sie sah auf und freute sich, dass sein Stirnrunzeln verschwunden war. Eine Haarsträhne war ihm über die Augen gefallen, und es juckte sie in den Fingern, sie zurückzustreichen. Sie hätte nicht zweimal darüber nachgedacht, wenn es bei Max gewesen wäre, aber bei Rhys? Sie konnte es nicht riskieren, preiszugeben, wie es mit ihren Gefühlen für ihn um sie stand. Das nächste, was sie erleben würde, wäre, dass er ihren Kopf tätscheln und gar nicht mehr mit ihr reden würde, und das wäre schrecklich für sie.

Er steckte seine Hände in die Hosentaschen und zuckte nochmal mit den Schultern. „Ich hab dieses Buch aus der Bücherei …"

Eine Bewegung hinter seiner Schulter ließ sie ihre Augen aufreißen. „Max?" Sie sah Rhys an, dessen Gesichtsausdruck erstarrte. „Da ist Max!"

Sie rannte an Rhys vorbei und warf sich Max in die Arme. Der lachte und hob sie hoch, wirbelte sie herum und setzte sie wieder auf ihren Füßen ab. Auch einem Außenstehenden würden nun die Unterschiede zwischen ihm und seinem Bruder auffallen. Er war sonnengebräunter, und sein Haar reichte ihm beinahe bis auf die Schultern, so war es gewachsen. Sie schnippte es leicht durch die Luft. „Was ist das für mädchenhaftes Haar?"

Seine Augen verengten sich, und mit einem Finger strich er über ihre Nase. „Spielst du immer noch im Schmutz?"

Sie stieß seine Hand weg. „Du kommst ja früh nach Hause. Rhys erzählte, dass du viel Spaß im Lager hättest."

„Hatte ich. Aber ich wollte sehen, was Mam und Dad gerade vorbereiten. Für die Tour durch Europa wollen sie sich wirklich etwas Einzigartiges ausdenken. Und deine Eltern helfen ihnen dabei?"

„Ja, jeden Tag während der letzten Woche bastelten sie an irgendsoeinem mechanischen Ding rum."

Max grinste und legte ihr einen Arm um die Schulter. „Ist ja super. Komm, wir wollen es uns mal anschauen!"

„Okay. Aber schau erst mal, was Rhys für mich gemacht hat." Sie hob die Papiereidechse hoch und wandte sich Rhys zu. „Die ist so schön. Rhys, lass uns …"

Rhys ging an ihr vorbei, nickte seinem Bruder zu und klopfte ihm auf die Schulter. „Komm schon, Mann! Das wird dir gefallen. Es ist riesig. Ich meine …"

Während sie vor ihr hergingen, lachten sie und rempelten sich an. Melina runzelte die Stirn, beobachtete die beiden, den lockeren Umgang, den sie miteinander hatten, und zögerte. In einigen Wochen würden sie wieder auf Tour gehen, dann wäre sie mit ihren Eltern wieder allein in ihrem kleinen, ruhigen Haus, und sie alle würden ihre Nasen in Bücher stecken. Niemand würde sie Marienkäferchen nennen oder ihr Zaubertricks vorführen.

Niemand wäre da, von dem sie träumen könnte.

Was sowieso dumm war. Ihre Eltern sagten, dass Dinge in Erfüllung gingen durch Forschung und Anwendung, nicht durch Träumen. Und sie hatten eigentlich immer Recht.

Außer was Kleider mit Tupfenmuster betraf, ergänzte sie.

Mit einem Seufzer steckte sie die Papiereidechse vorsichtig in die Tasche und rappelte sich auf, um die beiden einzuholen. „Hey, Leute! Wartet!"

Kapitel Eins

Daltons Zauberregel Nr.2:
Fordere dich ständig selbst heraus!

]

„Hör dir das mal an!", rief Lucy Conrad und wedelte mit Melinas Zeitschrift wie mit der roten Sturmflagge. „98,9 Prozent aller Frauen wünschen sich manchmal, dass ihre Liebhaber sie einfach packen, zu Boden werfen und bis zur Bewusstlosigkeit ficken würden." Nachdem sie die Zeitschrift aufs Sofa geschleudert hatte, deutete sie mit einem Finger in Melinas Richtung, und ihr kurzes, struppiges, rotes Haar bebte ganz schön. „Du weißt, was das heißt, oder?"

„Dass Frauen sich begehrt fühlen wollen, nehme ich an?", vermutete Melina, während sie Lucy einen Becher Kirscheis von Ben § Jerry reichte, ehe sie sich in den Stuhl schräg gegenüber von ihr fallen ließ. Melina saß mit überschlagenen Beinen da, und nachdem sie ihre Brille zurechtgerückt hatte, löffelte sie selbst ihr Lieblingseis Chunky Monkey. Seit genau sieben Tagen erlaubte sie sich diesen himmlischen Genuss. Als die kalte Süßigkeit ihre Zunge berührte, schloss sie ihre Augen vor lauter Wonne. „Hmmm", schnurrte sie. „Ich liebe diese nächtlichen Mädchenzusammenkünfte!"

„Das kannst du laut sagen." Die sanfte, aber leidenschaftliche Erwiderung kam von Grace Sinclair, die auf dem Stuhl neben Melina saß. Melina hielt ihr ihren Löffel hin, und Grace tupfte mit ihrem eigenen zart dagegen. Als Staatsanwältin und Geisteswissenschaftlerin für klassische Literatur hatte sie an der Universität Karriere gemacht und strahlte Klasse sowie heitere Gelassenheit aus. Während Lucy auf Cherry Garcia – Kirscheis mit Kirschen und Zuckergussflocken – stand, liebte Grace die Crème Brulée von Ben & Jerry – süßes Eiercreme-Eis mit karamellisiertem Zucker. Blond, gertenschlank und eine Haut wie Porzellan, das war Grace, die mit einem ganz leichten Südstaatenakzent sprach. „Alles was wir jetzt noch brauchen ist ein Film mit Viggo Mortensen, und schon wäre ich halbwegs im Himmel."

„Das hast du doch bereits probiert, erinnerst du dich? Doch sogar mit Viggos Stimme im Hintergrund bist du nicht abgehoben."

Grace warf Lucy einen vorwurfsvollen Blick zu, während sie mit ihrem Löffel herumfuchtelte. „Du darfst jetzt nicht Viggo die Schuld daran geben. Ich konnte ihn kaum hören wegen all der grunzenden Geräusche, die Philip machte."

Grace rümpfte die Nase. „Ich schwöre, der Mann hatte beste Tischmanieren, aber im Bett ..." Sie täuschte ein Schaudern vor.

Melina kicherte, als Lucy auf die Zeitschrift schlug, die sie zuvor gelesen hatte.

„Im Ernst ", beharrte Luca, „es bedeutet nicht, dass Frauen sich begehrt fühlen wollen. Es bedeutet, dass sie auf Fantasien bauen anstatt sich am Anfang einer Beziehung darauf zu konzentrieren, was sie wirklich wollen. Und das ist genau das, was du machst, Melina."

Seufzend zwang sich Melina zu einem Lächeln. Das Letzte, was sie jetzt wollte, war eine weitere Diskussion mit Lucy über Professor Jamie Whitcomb. Obwohl Lucy ihre Sommersprossen puderte, die sie immer noch eher wie eine ihrer Studentinnen aussehen ließen und nicht wie eine Professorin in Amt und Würden, war sie leider wie eine Bulldogge, wenn es darauf ankam, ihre Freundinnen zu beschützen – notfalls vor sich selbst. „Und worauf genau soll ich mich konzentrieren?", fragte Melina.

„Leidenschaft", feuerte Lucy zurück.

Natürlich. Leidenschaft. Lucys Lieblingswort. „Und mit Leidenschaft meinst du ..."

„Reine, animalische Lust. Von der Art, die dich dazu bringt, sich gegenseitig die Kleidung vom Leib zu reißen und es an einen Baum gelehnt zu tun, wenn es sein muss. Die Art von Leidenschaft, die du für Jamie nicht empfindest."

Diese Art Leidenschaft hatte sie noch niemals für einen Mann empfunden, dachte Melina. Für keinen Mann außer für Rhys, hieß das. Aber wenn sie an Rhys dachte, machte sie das nur traurig, und traurig zu sein, während sie Ben§ Jerrys Eis aß, war einfach falsch. „Ach", stöhnte sie nur und versuchte, nicht allzu bitter zu klingen. „Du meinst die Art von gegenseitiger Leidenschaft, die zu Liebe und lebenslangem Glück führt, und die ungefähr genauso real ist wie Einhörner oder fliegende Drachen."

„Seltenheit ist nicht dasselbe wie Fantasie", rief Lucy aus. Mit rot erhitztem Gesicht stand sie auf und gestikulierte wild mit ihren Händen. „Das ist den Frauen heutzutage so beigebracht worden: Dass Leidenschaft, wahre Liebe und Freundschaft, alles auf einmal unmöglich zu haben ist. Und deshalb begnügen sie sich."

„Lucy hat schon Recht", gab Grace zu. „Leidenschaft muss ein fundamentales weibliches Bedürfnis sein. Oder warum sonst würde sich ein so hoher Prozentsatz der Frauen danach sehnen?"

„Vielleicht", sagte Melina und versuchte die Stimme der Vernunft darzustellen, „weil 98,9 Prozent der Jungs nicht der Wirf-die-Frau-auf-den-Boden-Typ sind." Automatisch bewegten sich ihre Augen zu den Fotos von Max und Rhys, die bei ihr auf dem Regal standen. Sie hatte das Gefühl, dass die beiden die Ausnahme wären, aber sie stellten nicht gerade den genauen männlichen Durchschnittstypen dar. „Frauen wollen Leidenschaft, aber wenn sie nicht in der wahren Natur des Mannes liegt, sie ihr zu geben, was hat es dann für einen Zweck, sie sich zu wünschen? Übereinstimmung. Gegenseitiger Respekt. Sogar Liebe. Das zählt."

„Und was haben die hier dann zu bedeuten?"Lucy deutete auf mehrere Bücher auf Melinas Kaffeetisch. *Freude am Sex* lag als oberstes auf dem Stapel.

Melina zuckte prosaisch die Schultern, da sie sicher war, dass Lucy die Antwort bereits wusste. „Kerle mögen Sex. Jamie ist ein Kerl. Folglich ist ein Teil davon, Jamie zu bekommen und zu behalten, ihm Sex zu geben."

Und nicht einfach irgendeine Art Sex, dachte Melina. Sondern umwerfenden, überwältigenden, kann-nicht-mehr-ohne-das-leben, werde-nie-eine-andere-Frau-ansehen-aus-Angst-du-wirst-mir das-nie-wieder-geben Sex. Die Art Sex, von der sie offenbar nicht wusste, wie man sie bereitstellte, aber sie würde es diesmal schaffen, auch wenn es bedeuten sollte, jeden Pornofilm herunterzuladen, den sie im Internet finden konnte.

„Du magst Sex auch", wies Grace sie darauf hin. „Beziehst du diesen Umstand überhaupt in die Gleichung mit ein?"

„Natürlich. Ich habe keine Zweifel, dass Jamie mir das geben kann, was ich will."

Lucy brummte missbilligend und sah sie mit zusammenge-kniffenen Augen an. „Na, da bin ich aber froh, dass deine Bedürf-nisse noch mit im Bild sind. Zumindest hat Brian dein sexuelles Selbstbewusstsein nicht völlig zerstört, als er mit seiner kleinen Studentin rummachte."

Nein, dachte Melina, er hatte ihr Selbstbewusstsein schon lange zuvor zerstört. Jedes Mal wenn er andeutete, dass sie ein paar Pfund weniger auf die Waage bringen sollte. Und da war er nicht der einzige ihrer Freunde gewesen, die zu solchen Äuße-rungen neigten. Doch von Unsicherheiten mal abgesehen, sie wusste, dass sie gesund und relativ attraktiv war. Doch das war für einige Männer einfach nicht genug. Der Schlüssel war, den Mann zu finden, der sie so liebte, wie sie war.

Und wie sie im Bett sein sollte, das würde sie *lernen*.

„Wahre Leidenschaft hat nichts mit Technik zu tun, Melina", beharrte Lucy. „Du kannst sie dir nicht zurechtzimmern, indem du darüber liest."

Melina nickte. „Hab ich verstanden. Aber ich bin sowieso noch nie allzu leidenschaftlich gewesen. Nach Brian war ich mir sicher, dass ich mit den Männern abgeschlossen hatte. Doch dann kam Jamie auf mich zu. Er war klug und freundlich und witzig. Ich denke, ich könnte mit ihm glücklich sein." Sie hörte das Zögern in ihrer Stimme, preschte aber weiter. „Ich brauche nur eine kleine Extra-Versicherung, dass ich ihn auch glücklich machen kann."

Wutschnaubend schüttelte Lucy den Kopf. „Wenn du meinst, ob du ihn im Bett glücklich machen kannst, da gibt es keine Versicherung. Da musst du einfach den entscheidenden Sprung wagen, sozusagen."

„Nicht unbedingt", sagte Grace gedehnt. „Wie meine Mutter immer zu sagen pflegte, Übung macht den Meister, nicht wahr?"

Lucys Brauen zogen sich zusammen, während Melina ein inneres Stöhnen von sich gab. Sie bemerkte die Herausforderung hinter der gedehnten Äußerung. Als eine Frau, die sich so sehr unter Kontrolle hatte, konnte sie eine Herausforderung hinwerfen wie niemand sonst. Schlimmer noch, sie wäre die erste, die eine solche annehmen würde, wodurch Lucy und Melina schwer unter Druck gesetzt wurden, falls sie eine solche selbst ablehnen wollten.

Melina wandte sich Grace zu, deren boshaftes Grinsen unverkennbar war. „Und mit wem, schlägst du vor, soll ich üben?", fragte sie.

Völlig synchron wanderten die Augen aller zu demselben Regal mit den Bildern. Melinas Magen zog sich zusammen, als sie ihre neueste Errungenschaft genauer betrachtete. Max und Rhys, beide sahen unglaublich gut in ihren schwarzen Anzügen aus. Dieses Bild hatte sie letztes Jahr bei der IBM Zauberer-Zusammenkunft in Las Vegas gemacht, gleich nachdem die beiden Chris Angel und Lance Burton als beste Bühnenzauberer des Jahres geschlagen hatten. Natürlich hatte auf dem Bild jeder einen Arm um seine jeweilige damalige Freundin gelegt: Max um eine groß gewachsene, langbeinige Rothaarige und Rhys um eine pralle Brünette, deren Brüste aus dem tief ausgeschnittenen Kleid beinahe herausfielen.

Melinas Blick fiel auf ihr Eis. Wenn sie nicht angefangen hätten, Implantate herzustellen, würde sie wetten, dass die Brünette niemals von Ben & Jerry gehört hätte. Plötzlich fühlte sie jeden Bissen Eis direkt auf ihre Hüften und Oberschenkel wandern und stellte die Packung weg.

„Rhys?", fragte sie zweifelnd. „Ich sagte, dass ich eine Sicherheit bräuchte, dass ich Jamie zufriedenstellen kann, und ihr wollt, dass ich kopf-voraus in eine Ziegelwand fahre. Rhys spielt in einer ganz anderen Liga als Jamie."

„Genau", erwiderte Grace. „Du willst ihn, hältst dich jedoch aus Angst von ihm fern. In einer Woche wirst du achtundzwanzig, Melina. Warum willst du nicht zwei Ängste gleichzeitig besiegen? Beweise dir selbst, dass du einen Mann wie Rhys zufriedenstellen kannst, und damit beweist du gleichermaßen, dass du auch jemanden wie Jamie zufriedenstellen kannst."

„Du bist verrückt", stieß Lucy atemlos, aber äußerst beeindruckt aus.

Grace verbeugte sich dankend für die Anerkennung.

Melina schüttelte ihren Kopf und hielt ihre Hände hoch. „Ach, hört schon auf! Ihr nehmt an, dass ich Rhys zufriedenstellen kann. Wie wahrscheinlich ist das? Ich konnte noch nicht mal Brian im Bett zufriedenstellen, und der hat nur zwei andere Frauen gehabt. Aber nach all den Frauen, die Rhys schon hatte …" Melina schluckte schwer, allein der Gedanke an all diese Frauen verursachte ihr Brustschmerzen von unendlichen Ausmaßen.

„Umso mehr ein Grund, ihn zu fragen. Stell dir doch nur vor, was für ein fabelhafter Lehrer er wäre!", drängte Grace.

Aber Melina schüttelte bereits wieder den Kopf. Trotzig nahm sie ihre Eispackung wieder zur Hand und einen recht üppigen Happen zu sich. „Auf keinen Fall", murmelte sie mit dem

Löffel noch im Mund. „Rhys mag mich auch gar nicht mehr. Schon seit Monaten haben wir nicht mehr gesprochen."

Offensichtlich war er viel zu sehr mit den Frauen des Showgirl-Typus, mit denen er oft fotografiert wurde, beschäftigt, als Zeit für eine alte Freundin zu haben. Vor langem hatte er ihr schon einmal bewiesen, dass ihm die heißeste Braut aufzureißen wichtiger war als Freundschaft. Ihr Fehler war gewesen, zu glauben, dass es eine einmalige Angelegenheit wäre. „Vergesst es einfach! Ich werde Rhys um gar nichts bitten."

Ihr Ton duldete keinen Widerspruch, dachte sie jedenfalls. Nach ein paar Sekunden warf Lucy ihr einen Seitenblick zu. „Okay, wenn nicht Rhys, wie wär's dann mit Max?"

Melina erstickte beinahe, hustete und stieß keuchend hervor: „Max?"

„Natürlich!", rief Grace aus, nickte und lächelte vor Vergnügen. „Er hat sogar noch mehr Erfahrung als Rhys. Und mit ihm fühlt sie sich auch komplett wohl."

„Nicht sooo wohl", warf Melina ein, nur um komplett ignoriert zu werden.

„Sie vertraut ihm", stimmte Lucy zu. „Und er ist ein ganz Heißer. Sie haben sich bereits einmal geküsst …"

„Das ist fast zwölf Jahre her, und ich tat ihm Leid …"

„Und er fliegt zu ihrem Geburtstag hierher. Er ist perfekt."

„Perfekt", ahmte Grace nach. „Dieses Gespräch über die Verbesserung sexuellen Könnens."

Melina Blick sprang zwischen ihren Freundinnen hin und her, während sie verzweifelt versuchte, einen Grund zu finden, warum mit Max zu schlafen eine schlechte Idee war.

Doch ihr fiel keiner ein.

Und dennoch wäre es demütigend, so bald klein beizugeben.

Mit zusammengekniffenen Augen fragte sie: „Und welcher Verbesserung sexuellen Könnens genau würdet ihr beide euch zuwenden während meines Crash-Kurses, wie stelle ich einen Mann zufrieden?" Sie schaute zu Grace hinüber, die angefangen hatte, eine Strähne ihres langen blonden Haares zu flechten. „Grace?"

Grace hörte zu flechten auf, biss sich auf die Lippe, zuckte die Achseln und verzog den Mund zu einem zynischen Lächeln. „Hat wohl keinen Zweck, meine größte Angst leugnen zu wollen, oder? Mein Geburtstag ist zwei Wochen nach deinem; also werde ich versuchen, den Mann zu finden, von dem ich befürchte, dass er gar nicht existiert: der Mann, der mich kommen lassen kann. Ich bin sicher, das wird wieder zu einem Wochenende voller Enttäuschungen führen, aber solang ich meinen Vibrator griffbereit habe, bin ich bereit, für die Sache zu leiden."

Obwohl Melina spürte, wie sie weich wurde, reichte sie ihrer Freundin nicht die Hand. Diese Herausforderung war ja eigentlich die Idee von Grace. Vielleicht brauchte sie diese Herausforderung mehr als Melina selbst. Seit fast einem Jahr war Grace nicht mehr ausgegangen, da sie überzeugt war, dass wenn sie mit einem Mann sowieso kein Vergnügen erlangen konnte, es zwecklos wäre, sich mit einem abzufinden. Lucy andererseits legte so viel Wert auf Vergnügen, dass sie sich mit den Schwächen eines Mannes länger abfand als es gut für sie war. Trotz des finsteren Ausdrucks auf Lucys Gesicht wandte sich Melina ihrer Freundin mit unbewegter Miene zu. Lucys Geburtstag war erst in einigen Monaten, aber es war ein runder, der Dreißigste.

„Ich sollte bei so etwas eine Freikarte bekommen", sagte Lucy. „Denn ich habe keine Angst, wenn es um Sex geht, das wisst ihr. Ich habe schon alles ausprobiert, was es auszuprobieren gibt. Es gibt also keinen Grund ..."

„Du hast Angst vor Nähe", sagte Grace sanft. „Du triffst dich nur mit üblen Kerlen, Typen, die sich niemals an dich binden wollen ..."

„Nur weil ich zufällig grenzwertige, kreative Männer mit einem leichten Schlag liebe, bedeutet das nicht, dass ich Angst vor Nähe habe", protestierte Lucy.

„Es ist nur ein Wochenende, Lucy. Ein Wochenende mit

einem netten Kerl, dem du normalerweise nicht mal einen zweiten Blick gönnst", stellte Melina klar.

„Einen netten Kerl?" Lucy schaute entgeistert. „Aber sicher. Für dein Geburtstagswochenende bekommst du die Aufgabe, einen heißen Freund zu bitten, dir alles zu zeigen, was er im Bett kennt. Grace bekommt die Aussicht, dass ihr jemand zwei Tage lang so viel Vergnügen wie möglich bereitet oder er stirbt dabei, es zu versuchen. Und was bekomme ich? Einen netten Kerl, der wahrscheinlich nicht einmal ein Kondom von einem Kakadu unterscheiden kann." Sie hob eine Hand, um Melinas Antwort zuvorzukommen. „Aber gut. Wenn ihr beiden das könnt, dann kann ich das auch."

Lucy hielt kurz inne und lächelte süß, was bei ihr eigentlich einem großen, hell aufleuchtenden Schild mit der Aufschrift „Gefahr" gleichkam. „Ich nenne die Bedingungen. Jede, die ihren Plan umsetzt und ihn das gesamte Wochenende über durchzieht, ungeachtet der Folgen, bekommt einen ganzen Tag das volle Verwöhn-Programm im besten Wellness-Tempel der Stadt. Jede, die das Vorhaben abbricht, muss vor den Studenten meines Kurses 101 Rede und Antwort stehen. Und in allen Einzelheiten erklären warum."

Lucy streckte die Hand mit der Handfläche nach unten aus. Nach kurzem Zögern legte Grace ihre Hand sanft oben drauf. Melinas Hände waren zu Fäusten geballt. Ihr Blick landete auf der Zeitschrift, die Lucy gelesen hatte, die mit der Sex-Umfrage, die sie selbst vorher gelesen hatte. Einen Absatz hatte sie im Gedächtnis behalten. „Von allen Menschen, die mit ihrem Sexleben sehr zufrieden waren, waren neunzig Prozent auch mit ihrem Eheleben oder ihrer Partnerschaft sehr zufrieden. Je weniger sexuell zufrieden die Menschen waren, desto weniger waren sie auch mit ihrem Eheleben oder ihrer Beziehung zufrieden."

Das klang so einfach, dachte sie. Sorge dafür, dass dein Mann zufrieden ist, und er wird wahrscheinlich weniger fremdgehen, nicht wahr? Gib deinem Mann im Bett ständig das, wodurch bei ihm die Sicherung durchbrennt, und er wird ein Leben lang der Deine bleiben. In diesem Fall waren die Männer nicht recht viel anders als die Insekten, die Melina studierte: Gib ihnen was sie brauchen, und sie geben dir alles zurück.

Mit Max als ihrem Lehrer würde sie lernen, einen Mann sexuell zu befriedigen. Und sie war eine ausgezeichnete Schülerin. Sie hatte nur niemals ihr Augenmerk auf diese besondere Fertigkeit gelegt. Doch wenn sie das einmal tat, wie schwierig konnte das schon sein?

Zitternd legte sie ihre Hand auf die von Grace.

Sie würde Rhys niemals bekommen. Vielleicht war es die nächstbeste Sache, mit Max zusammen zu sein. Doch eines war klar. Durch die Bedingungen, die Lucy gesetzt hatte, würde sich keine von ihnen vor dieser Herausforderung drücken.

„Also wann fährst du nach Sacramento?", rief Rhys Max zu. Er versuchte, unbekümmert zu klingen, während er seine Aufmerksamkeit darauf konzentrierte, Lauras geschmeidiges, feminines Bein anzuheben und ihr Fußgelenk in die lederne Fessel zu legen. Er weigerte sich, Max anzuschauen, sondern zog lieber das Leder strenger, um sicherzustellen, dass die Fessel auch gut hielt. Dann wiederholte er das mit Lauras anderem Bein und beendete das Ganze mit einem verspielten Knurren, das sie veranlasste zu kichern.

Zufrieden, dass sie nun vollständig gefesselt war, spielte er seine Rolle weiter, indem er geistesabwesend mit seinen Fingerspitzen sanft an der Innenseite ihrer geschwungenen Wade entlangstrich, hinauf zu ihrem weichen, blassen Oberschenkel, von dort die Reise fortsetzte über eine wohl proportionierte Hüfte, eine schmale Taille, üppige Brüste und einen nach oben ausgestreckten Arm, bis er an der einen Fessel angekommen war, die ihre beiden zarten Handgelenke zusammenband. Max hatte noch nicht geantwortet.

Mit gespreizten Beinen stand er direkt vor Laura und berührte mit seiner Brust ganz leicht ihre herrlichen Brüste, drehte sich aber um, um seinen Bruder anzuschauen. „Max?"

Sein Bruder beachtete ihn nicht. Stattdessen starrte er mit zusammengezogenen Brauen auf den Boden. Rhys seufzte, öffnete das Lederband, das an einer Vorrichtung an einer Kette hing, und lächelte Laura an. „Gibst du mir eine Sekunde?"

Sie kaute weiter Kaugummi und winkte ab. „Ich gehe nirgendwohin."

Rhys bewunderte die Rauheit ihrer Stimme. Obwohl sie ein bescheidenes Leopardentrikot anhatte und nicht das knappe, mit Ziergoldmünzen besetzte Artistenkostüm, das sie sonst während einer Aufführung trug, war alles an ihr, von ihrer Stimme bis zu ihren pedikürten Zehen ein wandelnder feuchter Traum. Es war auch nicht unbedingt eine einstudierte Nummer. Auch wenn sie ihrem Sohn im Teenager-Alter verkündete, er solle seine Hausaufgaben machen, schaffte sie es, wie eine Person zu klingen, die Telefonsex anbot. Während Rhys zu Max hinüberging, der an der linksseitigen Bühnenwand lehnte, ließ er seine Schultern kreisen und versuchte, seine Ungeduld zu unterdrücken.

Es zeigte sich, dass genau dann, wenn ihr Traum in Reichweite war, Max in seine grüblerischen Launen verfiel. Normalerweise konnte Rhys Max' Launen tolerieren und kompensieren, so wie Max es auch bei ihm tat, aber durch die ständigen Proben verbunden mit der Zeit, die er damit verbrachte, den neuesten Bühnentrick der Dalton-Brüder zu verfeinern und zu perfektionieren, dem spektakulärsten, den es jemals gab, war er mit seiner Geduld am Ende. Die Show nächste Woche musste reibungslos klappen. Sollte man zu all diesem Stress noch die Tatsache hinzufügen, dass Melinas Geburtstag vor der Tür stand? Erschöpft war der Ausdruck, der nicht einmal ansatzweise beschrieb, wie er sich fühlte.

„Max? Max!"

Max blinzelte und straffte die Schultern; dann kehrte sein in die Ferne gerichteter Blick zu Rhys und Laura zurück, die noch immer in dem nach Maß angefertigten Apparat hinter ihm hing. Mit einer Hand fuhr er durch sein bereits recht zerzaustes Haar und zielte mit seinem Kinn ruckartig in Rhys' Richtung. „Brauchst du mich, um diese Fesseln jetzt auszuprobieren?"

Rhys lächelte dünn. „Ich bin sicher, Laura kann solange warten bis ihre Hände taub werden, wenn du noch ein paar Minuten länger im Traumland verweilen willst."

Kopfschüttelnd ging Max zu Laura hinüber. „Entschuldige, Schätzchen. Aber ich habe gerade nachgedacht."

Hinter ihm schnaubte Rhys: „Ich dachte, wir wären überein gekommen, dass bis wir den Vertrag mit SEVEN SEAS unter Dach und Fach haben, du das Denken mir überlässt, während du dich darauf konzentrierst, deine Muskeln zu stählen und mit deinem Hintern ins Publikum zu wackeln."

„Was würde es schon ausmachen, ob es mein oder dein Hintern wäre? Das Publikum würde wohl kaum den Unterschied bemerken."

Rhys ließ den Kopf hängen. Wo Max Recht hatte, hatte er Recht. All das Mysteriöse um die Zaubershow der Dalton-Zwillinge beruhte darauf, dass das Publikum wusste, dass der Zauberer, der an diesem Abend auftrat, ein eineiiger Zwilling war; es wusste nur nicht welcher, bis zum Ende der Show. Das Problem war, dass er immer zufriedener damit war, Max den Darsteller sein zu lassen, damit er das tun konnte, was er am liebsten machte: sich darauf zu konzentrieren, die Nummer einzustudieren und sich neue Zaubertricks auszudenken. Er müsste die Anzahl seiner eigenen Nummern stufenweise erhöhen oder er würde Gefahr laufen, die Kunst des Rätselhaften und Geheimnisvollen vollständig zu verlieren. Außerdem, wenn sie einmal das Geheimnis ihres neuen Tricks gelüftet hätten, würde Rhys für ganz schön lange Zeit keine Atempause bekommen. Die

SCHWEBENDE VERWANDLUNG würde nur so lange spektakulär sein, wie das Publikum beide Dalton-Zwillinge gleichzeitig auf der Bühne sah.

Nachdem Max so an den Fesseln gezerrt hatte wie es ein Freiwilliger aus dem Publikum tun würde, nickte er Lou, einer Assistentin hinter der Bühne, zu. Als Lou begann die Fesseln zu lockern, tätschelte Max geistesabwesend Lauras Hüfte. Als Antwort hauchte Laura einen Kuss durch die Luft in Max' Richtung.

Laura und Lou verließen die Bühne, aber nicht bevor Laura Max einen verführerischen Blick zugeworfen hatte. Plötzlich bekam die Tatsache, dass die beiden mit unordentlichem, verschwitztem Haar eine halbe Stunde zu spät zum Proben gekommen waren und ausgesehen hatten, als hätten sie kaum geschlafen, eine ganz neue Bedeutung. Rhys funkelte seinen Bruder finster an. „Jesus, Max, du konntest einfach nicht deine Hände von ihr lassen, oder? Nicht einmal ein paar Wochen lang?"

Max zuckte die Schultern und hielt seine Handflächen vor sich ausgestreckt in einer Geste, die besagte: „Und wenn schon?"

„Was ist, wenn du sie vertreibst und sie an einem Showabend einfach geht? Versuchst du immer alles zu vermasseln, wofür wir gearbeitet haben?"

„Du gibst Laura nicht genug Vertrauensvorschuss. Sie ist ein großes Mädchen. Letzte Nacht war Spaß, aber sie hängt immer noch an ihrem Ex-Mann. An diesem Wochenende fährt sie hin, um ihn zu sehen. Und natürlich auch ihren Sohn!"

„Das ist nicht der Punkt", gab Rhys bissig zurück. „Seit wir Joey Salvador schnappten, als er hinter die Bühne schleichen wollte, musste ich den Sicherheitsdienst verdoppeln. SEVEN SEAS besteht darauf, dass wir ihnen ein siebenstufiges Sicherheitskonzept für die abendlichen Familienvorstellungen vorlegen. Und vergessen wir mal nicht, dass ich nach der Show heute Abend alles gepackt haben und allein nach Reno bringen lassen muss, während du fürs Wochenende nach Kalifornien jettest.

Alles ist schon verrückt genug um uns herum, ohne dass ich mich noch um dein Sexleben kümmern muss."

Grimmig dreinblickend öffnete Max den Mund, um zu antworten, aber eine Stimme hinter den Kulissen unterbrach ihn. Es war ihr Vater. „Hey Jungs, eure Mutter trifft gerade der Schlag. Jillian besteht darauf, dass wir die Nummer für SEVEN SEAS unbedingt noch etwas aufpeppen müssen und die schwarzen Krawatten und schärpenartigen Rundbundgürtel mit etwas ersetzen müssen, das zum Outfit der Mädchen passt. Ich glaube, sie wollen es gerade ausraufen. Kommt schnell!"

Für einen Moment vergaß Rhys, warum er so verärgert war, und schaute Max an. Er war sicher, dass sich auf seinem Gesicht der gleiche Schrecken widerspiegelte wie auf Max'. Ihre Bühnenassistentinnen trugen glitzernde, münzenbesetzte Kostüme, deren Farben von rosée bis fuchsienrot variierten. Egal wie Jillian es nennen würde, für Rhys war es immer noch pink.

Max fluchte. „Bist du fertig damit, mich herunterzumachen? Denn ich, für meinen Teil, will nicht auf die Bühne gehen und wie ein Homo aussehen."

Rhys wischte sich mit der Hand übers Gesicht, bevor er den Kopf schüttelte. Um was ging's eigentlich? Max war einfach nur Max. Es war nicht seine Schuld, dass er, Rhys, die Sache so eng sah. Nicht wirklich. „Scheiße. Vergiss es! Ich bin bloß müde. Ich werde gehen und mit Jillian verhandeln." Er hielt inne und murmelte dann: „Richte Melina alles Gute zum Geburtstag von mir aus!"

Rhys war nicht mehr als vier Stufen hinaufgespurtet, ehe Max ihn mit einer Hand auf seine Schulter schlug und ihn eine Stufe zurückzerrte. „Warum sagst du ihr das nicht selbst? Ich weiß, dass ich in letzter Zeit meinen Anteil nicht so recht geschultert habe. Ich werde bleiben. Du kannst mein Ticket haben und Melina überraschen." Max grinste. „Schau mal, ob sie diesmal den Tausch bemerkt!"

Rhys brachte ein Lächeln zustande. Als sie jünger waren,

hatten er und Max die gleichen dummen Streiche mit Melina gespielt, die sie mit jedem anderen auch gespielt hatten. Abwechselnd hatten sie vorgegeben, der andere Zwilling zu sein, um ihre Opfer dazu zu bringen, etwas Abfälliges über den jeweils anderen zu sagen. Melina war die einzige, die sie niemals hereinlegen konnten. Nicht einmal. Sie hatte die unheimliche Fähigkeit, sie auseinanderzuhalten, sogar aus der Entfernung. Das war eines der Dinge, warum er sich von ihr besonders angezogen gefühlt hatte.

Und das war auch der Grund, warum er sich nicht selbst einreden konnte, dass sie, als er sah, wie sie Max an ihrem sechzehnten Geburtstag küsste, eigentlich ihn hatte küssen wollen.

Bei der Erinnerung daran verschwand sein Lächeln. Über lange Jahre hinweg hatte sich dieser Kuss störend auf zwei Freundschaften ausgewirkt: auf seine Freundschaft mit Melina und auf seine Freundschaft mit seinem Bruder. Anscheinend war der Kuss zwischen Max und Melina eine einmalige Angelegenheit, dennoch hatte er das Unbehagen noch gesteigert, wenn sie alle zusammen waren. Dieses Unbehagen hatte er fast zehn Jahre lang bekämpft, indem er versuchte, Melinas Freund zu bleiben. Doch alles was es bewirkt hatte, war, dass es für ihn unmöglich geworden war, über sie hinwegzukommen.

Dennoch hatte sein Plan funktioniert. Indem er ihren Kontakt während der letzten zwei Jahre auf ein Minimum beschränkt hatte, fing er endlich an, sie weniger zu vermissen. Zum Teufel nochmal! Er konnte jetzt Stunden, sogar Tage verbringen, ohne an sie denken zu müssen, und nun lag sein Augenmerk einzig und allein darauf, worauf es auch wirklich liegen sollte: auf seiner Familie, ihrer Aufführung und dem Sicherstellen eines andauernden Erfolges von beidem.

Max rempelte ihn an. „Mein Ticket ist in der Garderobe. Wenn du jetzt packst, kannst du gleich nach der Show abhauen und…"

Doch Rhys schüttelte den Kopf und konnte seinem Bruder

nicht ganz in die Augen schauen. „Ich kann nicht", brachte er heraus. „Es gibt zu viel zu tun."

„Was gibt's zu tun? Die Crew kann auch ohne uns alles zusammenpacken. Die GEBRÜDER SALVADOR würden es nicht wagen, hier nochmal aufzutauchen. Und was diese lächerliche Anfrage von SEVEN SEAS wegen der Kindervorstellung betrifft, kann man das noch rausschieben ..."

Rhys zog seine Augenbrauen energisch in die Höhe, wodurch Max' Worte abgewürgt wurden. Dann zog er eine Grimasse. „Zu viel?"

„Naja, ein wenig."

„Ich kann es abmildern. Ich weiß, dass Melina dich gerne sehen würde ..."

„Nein", sagte Rhys und schüttelte wieder den Kopf. „Du bist derjenige, mit dem sie sich wohler fühlt. Hat sie immer."

„Ach Quatsch, Rhys, sie ist kein Kind mehr. Und sie war schon seit Jahren immer in dich verknallt."

Rhys zuckte zurück, als ob sein Bruder ihn weggestoßen und geschlagen hätte. Sofort verengte er seine Augen zu Schlitzen, um ihn zu warnen: „Ich bin nicht der Ersatz für dich oder sonst jemanden, Max. Und das werde ich auch niemals sein."

Sein Bruder errötete schuldbewusst. „Es war ein Kuss, und den hat sie nicht einmal initiiert ..."

„Jaja, das hast du mir erzählt, aber jetzt reden wir über alte Geschichten. Ich bin schon seit langer Zeit über sie hinweg." Die beiden, Spiegelbilder, starrten sich gegenseitig an, und diesmal errötete Rhys. Da er nicht mit seiner eigenen Unehrlichkeit konfrontiert werden wollte, starrte er auf den Bühnenfußboden.

„Wann hast du dich in einen Lügner verwandelt?", fragte Max ruhig. „Und was noch wichtiger ist, wann hast du angefangen zu glauben, ich wäre ein Idiot? Wir arbeiten zusammen. Wir sind Brüder. Glaubst du nicht, dass ich dich lesen kann?"

Rhys Gesicht schnellte nach oben. „Klar, nun, vielleicht ist genau das das Problem!"

„Jetzt haben wir ein Problem?"

„Du denkst, du kennst mich, aber das stimmt nicht. Genauso wie du Melina nicht wirklich kennst. Wenn du sie kennen würdest, hätten wir jetzt nicht diese Unterhaltung. Selbst wenn sie mich tatsächlich mehr wollen würde als dich als Ersatzmann, kann ich ihr das, was sie will, nicht geben, genauso wenig wie du."

„Sprich mal Klartext!" Sein Blick fiel auf Rhys' Lendengegend. „Ist was passiert, wovon ich nichts weiß?"

„Arschloch", knirschte Rhys. Er holte aus und schlug Max mit etwas mehr Härte als nötig auf die Schulter. „Ich spreche über Stabilität. Wurzeln."

Sein Bruder rieb sich die Stelle, an der er ihn getroffen hatte. „Autsch."

„Ja. Autsch. Du weißt, sie ist bestes Muttermaterial. Sie hat einen Job, den sie liebt. Sie möchte einen weißen Gartenzaun und zwei-Komma-zwei Kinder. Das kann ich ihr nicht geben."

„Vielleicht weiß sie nicht, was sie will. Vielleicht will sie reisen. Auf Tour zu gehen könnte ein Abenteuer sein."

„Sie konnte reisen, doch sie zog es vor, es nicht zu tun. Nicht einmal mit ihren Eltern. Selbst wenn sie es in Erwägung ziehen würde, wäre es nichts Langfristiges. Glaubst du wirklich, sie würde das ihren Kindern antun? Die Kindheit, die wir hatten, Max …" Er hob seine Arme und umfasste das gesamte Theater in einer großen Bewegung. „Das Leben, das wir *hier* führen, ist unkonventionell. Es ist nicht das, was die meisten Leute wollen."

„Das klingt so, als ob es vielleicht nicht mehr das ist, was du willst. Ist es das?"

Unbehagen drang in seinen Verstand ein. Er konnte es spüren. Sie waren gerade dabei, ganz groß rauszukommen – wirklich groß – und er war diesen Lebensstil gewöhnt. Kann sein, dass er mal was anderes gewollt hatte, aber das war ein seltener das-Gras-auf-der-anderen-Seite-ist-grüner Moment gewesen. „Machst du

Scherze? Ich habe das Reisen nie so sehr gemocht wie du, aber wenn wir diesen Vertrag mit SEVEN SEAS jetzt an Land ziehen, dann haben wir zumindest unser eigenes Theater. Wir müssten nicht mehr alle zwei Wochen von einem Ort zum anderen ziehen. Wir sind an der Spitze angelangt. Das hast du doch immer gewollt."

„Du meinst wir."

„Was?"

Max starrte ihn an. „Du meinst, das ist das, was wir immer gewollt haben."

„Klar. Du. Mam und Dad. Ich. Wir. Das hab ich gemeint."

„Aha."

„Hey Jungs!" Ihr Vater streckte den Kopf um die Ecke, und sein spärliches Haar stand ihm in Büscheln zu allen Seiten ab, als hätte er daran gezogen. „Letzte Warnung! Ich bin ja nicht derjenige, der in Goldmünzen auf die Bühne muss!"

„Ich komme, Dad." Kopfschüttelnd begann Rhys rückwärts zu gehen. „Schau, ich weiß nicht, wie wir auf dieses lächerliche Thema gestoßen sind. Melina und ich sind Freunde. Ich bin glücklich mit der Vorführung. Alles ist cool." Dann drehte er sich um, damit er den Zweifel auf dem Gesicht seines Bruders nicht länger mit anschauen musste, und ging hinter die Kulissen. Über die Schulter rief er: „Führ sie aus! Lass sie sich als was Besonderes fühlen! Und sag ihr, dass ich sie besuchen komme ... naja, irgendwann mal besuchen komme."

Rhys zwang sich, weiterzugehen, obwohl eine leise Stimme in seinem Kopf schrie, dass er ein Feigling sei. Zum Teufel, er war kein Feigling, er war nur realistisch.

Er hatte sein Leben und Melina hatte ihres. Außerdem hatte er Max die Wahrheit gesagt: Ihre Ziele waren so weit auseinander, dass sie genauso gut an den zwei entgegengesetzten Enden der Welt hätten leben können. Dennoch dachte er mit einem Seufzer, nachdem er die Tür zum Garderobenraum geöffnet hatte, war er durch Max' Angebot stärker in Versuchung geraten als er es eigentlich sollte. Vor allem weil er gewollt hätte, dass Melina ihn für Max halten sollte.

Nur einmal wäre er von Melina gerne so begrüßt worden wie sie Max immer begrüßte. Mit offenen Armen und einem offenen Lächeln statt mit einer freundlichen, aber reservierten Distanziertheit, die ihn immer so zurückließ, dass er mehr wollte.

BÜCHER VON VIRNA DEPAUL

‚MIT DEN JUNGGESELLEN IM BETT'

Band 1: Mit dem falschen Bruder im Bett (Rhys)
Band 2: Mit dem schlimmen Zwilling im Bett (Max)
Band 3: Mit dem Milliardär im Bett (Jamie)
Band 4:Mit dem besten Freund im Bett (Ryan)
Band 5: Mit dem Biker von nebenan im Bett (Cole)
Band 6: Mit dem Bodyguard im Bett (Luke)
Band 7: Mit dem Trauzeugen im Bett (Gabe)
Band 8: Mit dem Boss im Bett (Eric)
Band 9: Mit dem Vater des Babies im Bett (Dante)
Band 10: Mit dem Schein-Boyfriend im Bett (Gio)
*Hochzeit mit dem Bad Boy: Eine Novelle (Max)

KISS TALENTAGENTUR

Band 1: Küss mich für immer (Bastian)
Band 2: Halt den Mund und küss mich (Simon)
Band 3: Küss mich, du sexy Typ (Caleb)
Band 4: Kiss mich um den Verstand (Hunter)
Band 5: Küss mich die ganze Nacht (Lee)
Band 6: Küss mich besinnungslos (Declan)

LIEBE AM SPIELFELDRAND
Band 1: Gelbe Karte für die Liebe (Heath)
Band 2: Blaues Blut und tiefe Pässe (Kyle)
Band 3: Ganz tief drin (Alec)

ÄRZTE ZUM VERLIEBEN
Band 1: Dr. med. Bad Boy
Band 2: Dr. Hottie

HART WIE STAHL
Band 1: Harte Zeiten für Schwere Jungs
Band 2: Harte Fälle für Toughe Anwälte
Band 3: Harte Entscheidungen, Sanfte Liebe
Band 4: Harte Jungs - Zwischen Hammer und Amboss
Band 5: Harte Schale, Weicher Kern

ROCK'N'ROLL CANDY
Die Rock'n'Roll Candy Serie handelt von einer Gruppe von Freunden, Schauspieler Bad-Boys und sexy Rock Stars Anfang 20, die jeweils der Frau ihrer Träume begegnen.
Band 1: Sexy wie Rock'n'Roll
Band 2: Stark wie Rock'n'Roll
Band 3: Crazy wie Rock'n'Roll
Band 4: Süß wie Rock'n'Roll
Band 5: Wild wie Rock'n'Roll
Band 6: Frei wie Rock'n'Roll

HEIMKEHR NACH GREEN VALLEY
Band 1: Wozu Liebe in der Age ist
Band 2: Wohin die Lie be führt
Band 3: Ich will Dich Lieben
Band 4: Das Beste meiner Lieben
Band 5: Denn du liebst mich
Band 6: So verliebt

GLÜHEND HEIßE COPS REIHE
Band 1: Guter Cop/böses Mädchen
Band 2: Diesmal für immer
Band 3: Träumen (wieder) erlaubt

SEXUALKUNDERROMANE von Virna DePaul w/ Havana Scott
Band 1: Sexualkunde fur Anfänger
Band 2: Nervenkitzel

SPECIAL INVESTIGATIONS GROUP
Band 1: Töne des Verlangens
Band 2: Töne der Versuchung

STANDALONE

NAGELPROFIS

ABENTEUER SEX(T)

EIN BILD VON EINEM MANN

DER COWBOY, DER MICH LIEBT

VERRÜCKT NACH DEM VERKEHRTEN KERL

Erlösung für einen Vampir

Nacktfotos senden/ löschen

SEAL – ein Leben lang

ÜBER DEN AUTOR

ÜBER DIE AUTORIN

Virna DePaul ist eine *New York Times* Bestsellerautorin und steht auch auf der Bestselling-Liste von USA Today für erregende, spannungsvolle Erzählliteratur. Ob es um Vampire, eine Spezialeinheit für paranormale Phänomene, heiße Polizisten oder umwerfende identische Zwillingsbrüder geht, ihre fiktiven Geschichten handeln immer von komplexen Individuen, die gewillt sind, auch die unglaublichsten Schwierigkeiten zu überwinden, um der Liebe den Weg zu bahnen.

Um weitere Informationen zu erhalten und den kostenlosen Newsletter zu abonnieren, besuchen Sie mich bitte auf: www.virnadepaul.com

Website: www.virnadepaul.com
Facebook: www.facebook.com/booksthatrock
Twitter: twitter.com/virnadepaul

Ein Newsletter speziell für meine deutschen LeserInnen. Erfahren Sie alles über Neuerscheinungen und Geschenkaktionen! http://virnadepaul.com/deutsch-newsletter

Schließen Sie sich unserer Facebookgruppe "Deutscher Buch-Harem" in der wir über Bücher und die Charaktere darin diskutieren. Außerdem gibt es tolle Geschenke!